阅读，认识你自己
Lege, temet nosce

# はごく 破獄

よしむら　あきら
〔日〕吉村昭——著　李重民——译

北京联合出版公司
Beijing United Publishing Co.,Ltd.

— 1 —

1943 年（昭和 18 年）4 月 10 日，东京市和其近郊的樱花盛开。今年的花儿运气极好，没有像往年那样随风凋零，但上野、爱宕山这些赏樱景点却无人问津，只有骑自行车或徒步往来的人朝它瞥一眼便匆匆而过。

太平洋战争爆发以来频传捷报的报纸和电台，近来开始播报战局处于胶着状态，接着又报道了日军从瓜达尔卡纳尔岛撤退的消息，看来美军已经转入了反攻状态。同时，作为军事同盟的德军也开始出现溃败的征兆，进攻苏联的德军装甲部队在斯大林格勒惨败。

随着战局的演变，粮食等日用必需品已实施了配给制，但很多物品都配给延迟，经济管制也空前加大，大部分商店关门，人们去军需工厂上班，那里晚上要工作到很晚。在这样的情形下，根本没有人有心思去赏花，而樱花在人们还没有察觉时就已经凋谢了。

4 月中旬以来，气候极不稳定，18 日早晨还罕见地下起霜来，甚至产生了流言，说手压泵里的井水都结冰了。然而，天气很快好转，21 日强烈的高气压扩散，整个天空碧蓝如洗。

23 日傍晚，巢鸭东京拘留所的大铁门打开后，驶出一辆押送车。押送车经过护国寺门前，从不忍街上驶过。此时街上行人稀少，路上只有自行车不时经过。

押送车驶过春日街，驶下汤岛的坡道到大路上，在杳无人迹的上野站前停下时，四周已是暮色朦胧。

五名身穿看守制服、戴着制帽、佩着军刀的男子从押送车里出来，将身穿浅黄色囚衣的小个子男子放在石板地上。几名身着便服的上野警察署的警察接到拘留所的通知后在车站前等候着，和看守一起将犯人带到警察办公室的房间深处。他们都围着这名囚衣男子默默地站立着。

虽然上野警察署的警察们接到通知，说犯人是个需要十分警惕的人，但对这副戒备森严的押送架势仍感到十分意外。一般来说，最常见的是两名看守押送一名犯人。坐地铁就能到上野站，几乎用不着汽车，更何况看守中还有人佩戴着看守长的肩章，这也是没有先例的。

不久，一名警察报告说列车的发车时间快要到了，看守们便簇拥着脚穿草履的犯人走出了办公室。旅客们都用惊奇的目光望着被看守和便衣警察围着的囚衣男子。

两个月前，作为战争期间的运输措施，为了增强货车运送军需物资、客车运送兵员的运输能力，大幅削减了普通旅客乘坐的客车，因此客车全都超载，很多人挤不上车，尤其是长途列车。去青森①的快车被削减到每天五趟，其中一辆晚上 7 点发车的列车，连车厢门

---

① 青森：位于日本本州岛最北端的青森县，与北海道隔海相望。

口的踏板上也挤满了人。

　　穿制服的警察站在踏板旁边，看守们前呼后拥地把男子带到车厢里。盥洗室后边的四个座位和厕所后边通道边的两个座位都被警察们包下，犯人则被安排坐在盥洗室后边里侧的座位上，看守们围着他坐下。通道上挤作一团站立着的旅客们都一声不响地偷窥着犯人。犯人入座的那个车窗，窗帘被放了下来。

　　发车铃响起，列车驶离了站台。

　　犯人三十五六岁，长着一张四方脸，脸色苍白。他抬头望着电灯，目眩似的不停地眨巴着眼睛。与他的体形相比，他的肩膀宽得出奇。男子懒洋洋地闭上了眼睛。

　　列车取道常磐线，在满天繁星的夜空下行驶着。看守们每两人轮流打会儿瞌睡，其他人则监视着男子。男子将脑袋倚靠在窗沿上，闭起眼睛。

　　从天快亮的时候起，下车的旅客很多，通道上站立的人也变少了。清晨的阳光很耀眼，天朗气清。

　　押解人员在决定押解日期时，还留意过天气情况，担心如果天气恶劣，押解途中会发生不幸事故，因此还向中央气象台打听过天气情况。得到的回答是，从 21 日起至少到 26 日夜里，特别是关东地区到东北、北海道地区都是好天气。这才决定在 23 日夜里出发。气象台说得没错，天空万里无云。

　　上午 7 点 46 分，列车到达青森站。青森刑务所的看守长带着两名看守在站台上等候着，随后把他们带到了港湾警察办公室的值宿室，在那里向他们提供了刑务所方面准备的早餐和茶水。

休息以后，男子在看守和警察的簇拥下乘上渡轮。他们包下船舱的一个区域，五名看守将男子围坐在中间。

响起铜锣声时，渡轮驶离了岸壁。海面风平浪静，渡轮行驶得很平稳，四个半小时后驶入函馆港①。函馆少年刑务所的狱卒准备好晚餐用的盒饭和茶水等候在岸壁上。一行人接过盒饭和茶水后，立即乘上函馆本线即将发车的列车。沿线的树林里，雪花飞舞。

太阳下山了，列车继续行驶着。男子还在打瞌睡，看守们彻夜不眠地监视着男子，不敢有半点疏忽。

翌日 8 点 45 分，列车到达终点站网走②站。一下站台，筋骨瑟缩，寒气刺骨。市内积着厚厚的雪，天莹似镜。

在接站看守的带领下，一行人吐着白白的哈气走出车站便门，坐上押送用的卡车。卡车在低矮的房舍之间穿行之后，行驶在两侧田地辽阔的雪道上。

不久，看见了挖着护城壕的长长的红砖围墙，卡车一过桥便驶入挂着巨大木牌、上书"网走刑务所"的大门，铁门随之关闭。

刑务所方面已经接到司法省"需要严加看管"的指示，看守长等候着将男子带进监舍楼。监舍楼有五栋，呈放射状建造，中央建有高高的岗楼，能够俯视各监舍，男子被送入其中一栋处于中间段的单人牢房里。那是一间在走廊里巡查的看守最频繁通过门前的监室。

入监者被送到边远地区的刑务所，往往会深陷绝望。刑务所为

---

① 函馆港：位于日本北海道函馆市南端。
② 网走：网走市，位于日本北海道东北部的小城市，北面毗邻鄂霍次克海。

了尽可能抚慰入监者的情绪，将作为惯例送上一碗乌冬热汤面，入监者照例会有人喜极而泣。当然给男子也端上了一大碗，但男子却毫无表情地将面条吃完了。

男子再怎么说只是个需要多加防备的犯人，刑务所方面也有人觉得，从东京拘留所跟来五名包括看守长在内的看守，未免有些小题大做。网走刑务所只收监刑期长的犯人，从1916年（大正5年）发生越狱事件以来27年间再无事故，并引以为豪。那起事件有五名犯人假装吵架谋划逃跑，杀害了两名想要制止他们的看守，并重伤了另一名看守。虽然其中四名犯人被抓获，但有一人逃跑。后来，这名逃犯被参与搜山的青年用猎枪击中，受伤被抓。受重伤的看守辞职后，因伤势久治不愈而绝望自杀。

刑务所对看守的教育一抓到底，有着保证无逃跑事故的骄矜。但是，本次由于有来自司法省的严厉警告，因此根据所长的命令，对囚禁男子采取了戴上手足铐①这一罕见的措施，而且手铐和脚镣都是狱内特制的、坚固无比的铁制戒具，重量达四贯②。

东京拘留所的看守长对这一措施颇感满意，和部下一起于翌日乘坐5点50分发车的列车返回东京。从司法省送达网走刑务所的男子档案里记载着：佐久间清太郎，三十六岁，生于青森县，因抢劫致死罪被判无期徒刑，有两次越狱前科。佐久间犯下抢劫致死的罪行，逮捕佐久间的，是1935年2月就任青森县警察部刑事课课长、

---

① 手足铐：手铐和脚镣之间有铁链连接的戒具。
② 贯：日本旧度量衡的重量单位。1贯约合3.75千克。

三十二岁的樱井均。

樱井在走马上任的同时，与前任进行工作交接，得知 1933 年春季在县内发生的抢劫致死事件，还处于未结案的状态。

事件是在那年 4 月 8 日凌晨 2 点发生的。

两名蒙面男子潜入浦川鹤吉的杂货店正在店内物色时，在隔壁房间里睡觉的鹤吉的养子由藏听到响声，大喊"抓小偷"。两名男子逃跑了，但对自己的臂力颇有自信的由藏光着脚追了出去，抓住一人按倒在地。另一名男子可能是觉得如果同伙被抓自己也跑不了，于是返回来用手里的日本刀砍向由藏的后背，被按在地上的男子也用短刀从下面往上捅，之后扔掉偷来的手套和几颗奶糖逃跑了。后来，由藏被送进青森卫成医院接受了手术，但右背部深达肺脏的伤成为致命伤，于六天后死亡。

青森警察署的警察们接案负责侦查，向由藏询问案发当夜的情况。但由藏负有重伤，所以没有获得详尽的口述，只是说凶手都戴着滑雪帽、穿着长筒橡胶靴，被他按倒在地的男子有三十五六岁，用日本刀砍他的男子有二十三四岁。

现场留有的唯一线索是两人留在残雪里的脚印。脚印在浜田街道上朝青森刑务所的方向延伸，到行人众多的大街上就消失了。警察进行了走访等调查，但没有找到线索。

案发后三个月，县内又发生了一起抢劫事件。小偷胆大包天，屡次作案，深夜潜入居民家里寻找钱财，见这户人家的居民被惊醒便大喊"我是宪兵"，趁着家人畏怯的间隙便逃之天天，被俗称为"宪兵强盗"。

　不久，一名六十一岁的男子被负责深夜监控的警察抓获，供述了自己的罪行。上次把杂货商养子由藏砍成重伤后逃跑的两名同伙的脚印就是在这名男子独门独户的家门前消失的。负责调查的警察对此颇为重视，并将杂货商养子伤害致死事件与这名男子的偷盗事件进行并案调查。

　警察进行了严厉的追查，但男子对杀害杂货商养子一事矢口否认，又找不到证据证明是他作案，只好以抢劫罪起诉。加上他有前科，所以被判了十年徒刑，把他送到横滨刑务所服刑。警察署虽然没有得到他的供述，但很多人认定他就是杂货商养子被杀事件的凶手，于是停止了对杂货商养子被杀事件的调查。

　新任的刑事课课长樱井对"宪兵强盗"男子的调查内容进行了研究，最后断定他与杂货商养子被杀事件无关。

　樱井想亲自破案。他为了摆脱先入为主的影响，没有去找当时的侦查员了解情况，而是从头开始调查。

　他首先拜访了死者由藏的养父浦川鹤吉家，向鹤吉询问案发当天夜里的情况。鹤吉对之前稀里糊涂结案的警察怀有极大的不信任，所以对樱井的来访大喜过望，有问必答。可是，从他的讲述中樱井并没有获得任何线索。

　樱井还去了现场，在据说残雪上曾留下两名同伙脚印的地方走了走，得知脚印消失的地方就是被叫作"宪兵强盗"的男子的家。

　他继续深入调查，同时考虑会不会与连续发生近十起破墙进入仓房盗窃财物的案件有关。那些事件都是小偷用日本刀剁掉大地主家坚固的土墙仓房上的锁，打开门将贵重物品洗劫一空。由于日本刀被如此用过后会卷刃，所以犯人的作案手段是将用过的日本刀扔在现场，从潜入的仓房里带走新的日本刀用于下次作案。现场没有留下指纹，估计是戴着手套作案的。

樱井从杂货商养子伤害致死事件和破墙潜入仓房的事件都使用日本刀这一细节，认为如果抓住仓房偷盗事件的小偷，也许就能找到破案的线索，便投入侦查员，倾注全力抓捕盗贼。

去年夏天，岩手县警察部曾发来照会，说发现了很可能是赃物的物品。那是用金或银打造的梳子、簪子、手镜等物，一名男子带着幼儿到盛冈市内的当铺里典当，当铺老板觉得这些物品与男子的身份不符，产生了怀疑，便悄悄地向盛冈警察署报案，结果该男子被警察带走了。可是，据说该男子矢口否认是赃物，他的供述又吞吞吐吐，说不清来源。青森警察署接到照会后进行了调查，最后确认是县内屈指可数的大地主别墅仓房里被盗的物品，显然是女儿嫁妆的一部分。

该男子就是破墙潜入仓房偷盗财物的盗贼，这一点毫无疑问，但刑事课课长樱井却感到很困惑。在都、道、府、县的警察署之间，按常规在辖区内抓获的嫌疑人，当地警察署有权做出处理。那是因为不需要进行大范围的侦查，所以根据司法省训令指示，在有引渡要求的情况下，要将嫌疑人移交给其他区域的警察署，而且这还仅限于发出通缉令的嫌疑人。

因典当赃物而被带走的男子并没有被青森县警察部通缉，当然在岩手县警察部接受调查后，以破墙潜入仓房偷窃财物的嫌疑被移送检察院，判决将要下达。如果事态到了这一步，就无法掌握两年零四个月前发生的杂货商养子伤害致死事件的线索，案件恐怕会成为悬案。

　　樱井和岩手县警察部刑事课课长板桥长右卫门熟悉，于是打电话说明情况，要求将该男子引渡过来。板桥是全国资格最老的刑事课课长，为人豁达大度。他很体谅樱井。盛冈警察署的警察们都反对把靠自己力量抓捕的嫌疑人移交给其他县警察署，板桥说服了盛冈警察署的警察们，告知樱井来把嫌疑人领走。

　　樱井立即派数名警察赶赴盛冈警察署，乘列车把拘押中的二十八岁的佐久间清太郎押了回来，关押在青森警察署里。这期间，佐久间的身世已经查清，他幼年丧父，被寄养在亲戚家，成年后兜售鱼等水产，后来开店做豆腐生意。据说他卖鱼时价格便宜，豆腐也比其他商店的大，所以街坊邻居都觉得他是个诚实的商人，对他颇有好感。警方对他的住宅也进行了搜查，但貌似全都做了处理，没有发现被盗的赃物。

　　樱井立即在县警察部刑事课的审讯室里审问佐久间，佐久间承认自己连续破墙潜入仓房偷盗物品。樱井接着从使用日本刀这一细节严厉追查杂货商养子伤害致死事件，但佐久间矢口否认，又没有证据指证他，所以审讯是白忙活一场。

　　樱井开始放弃了，他心想，从两名同伙在残雪上留下的脚印着手，也许能找到线索。脚印从现场一直延伸到被称为"宪兵强盗"的男子家门前。盗贼们显然是从那里走到大街上逃走的，因为是在深夜，所以没有目击者，但居住在脚印消失处那幢房子里的"宪兵强盗"男子很有可能看见了踏着残雪奔跑而来的两个男子。估计犯有前科的人具有很强的回避谈论其他案件的特点，尽管亲眼看见也绝口不提。

要把服刑中的男子请到青森市谈何容易，但樱井向青森地方检事局主任检事 ① 说明了情况，提出请求。主任检事答应了他的请求，办好手续，用列车押送男子，于 12 月 2 日夜里转到了青森刑务所柳町分所。

翌日，樱井在县警察部刑事课审讯室提审了该男子。男子不知道自己为何被转到青森市来，一副局促不安的表情。问到是否看见过两个结伴的男人时，他说没有看见，再三追问，回答都一样。

樱井对自己的推测落空而失去了唯一的线索深感失望。不可能把服刑中的男子永远置留在青森市，只好让他回到横浜刑务所去。

男子站起身，在看守和警察的看押下走出审讯室。樱井走到审讯室门口，目送着男子被押回柳町分所。

在走廊里朝审讯室走来的佐久间与男子擦肩而过。樱井看见佐久间的脸色微微地失了血气，在佐久间那张毫无表情的脸上，第一次流露出像是表情的表情。

佐久间走进审讯室，在椅子上坐下，目光游移。樱井与他面对面坐下，许久没有说话，揣测着佐久间的心思。樱井敏锐地察觉到佐久间的内心正在翻江倒海，但他不知道他为何心虚。

他抽出一支烟递给佐久间，给他点上火，自己也取了一支。

"怎么样?在这里交代的话……"他用平静的语气说道。

不料，佐久间微微地点了点头。

樱井克制着的脸部突然舒缓，耐心地讯问案发那晚的情况。佐

---

① 检事：日本检察官的旧称。

久间开始低声回答樱井的提问，部下露出惊讶的表情，飞快地做着笔录。

樱井把审讯交给刑警部部长，思考着佐久间主动招供的原因，发现这纯属偶然。佐久间在报纸上得知"宪兵强盗"男子成为杂货商养子伤害致死事件的嫌疑人，应该也知道被怀疑的原因是嫌疑人的脚印在男子家附近消失。后来也肯定读到过男子遭到起诉的罪名只是抢劫罪，判刑后被关押在横浜刑务所的报道。

佐久间那天与从审讯室里出来的男子擦肩而过，内心里惶惑不安。他大概认定服刑中的男子从遥远的横浜刑务所被押送到青森县警察部，是因为男子在刑务所里透露出自己亲眼看见他和同伙逃跑，樱井为了证实这一点才把男子请来的。他突然开始招供，肯定是以为无法抵赖了。

樱井为了证实自己的推测，试探着说道："被'宪兵强盗'看见，运气很好啊！"

佐久间扭曲着脸无奈地点了点头。

"果真如此？"樱井心想。如果佐久间没有在走廊里与男子擦身而过，案件也许又会成为悬案。偶然性产生了意想不到的结果，但他又觉得，这是自己努力破案，甚至不惜将男子从横浜刑务所押解过来的热情结出的硕果。

佐久间还供出了同伙的名字，警察立即赶去抓捕，傍晚时就把那名同伙带回了刑事课。同伙是一名四十四岁的男子，他坦承了自己的犯罪过程。

结案后佐久间和同伙的案卷被移送检察院，人犯被拘留在青森刑务所柳町分所。

1936 年年初，青森地方法院进行审理，主诉检事要求判处佐久间死刑，判处同案犯十五年有期徒刑。

这时，日本宣布从伦敦海军条约<sup>①</sup>中退出，国际情势更加恶化，世事黯淡、前景无望。紧接着在 2 月 26 日，以日军步兵第一、第三联队为主力，外加近卫步兵第三联队、野战重炮第七联队的部分成员，共约一千四百名官兵发动兵变。他们袭击大臣官邸等处，刺杀财政大臣高桥是清、内大臣斋藤实、陆军教育总监渡边锭太郎等，政府将之视作叛军命令镇压，三天后叛乱官兵投降<sup>②</sup>。

这起发生在东京的事件立即向全国警察机关通报，青森县警察部也按照内务省命令，向县内所有的警察署发布紧急招募警察的命令。

青森步兵第五联队里有属于皇道派<sup>③</sup>的激进青年军官，向东京的兵变部队发出"师团之态度是与我等一起行动""希望以这次兵变为契机，向革新奋勇挺进"的电报。县警察部截获这份电报，把这起事件向内务省报告。内务省警保局<sup>④</sup>局长发来通令，说青森步兵第五联

---

① 伦敦海军条约：《限制和削减海军军备条约》，由第一次世界大战的战胜国——英国、美国、日本、意大利、法国于1930年4月22日在伦敦签订。后于1935年召开第二次会议，日本于第二次会议后退出此条约。

② 日本史称"二·二六事件"。

③ 皇道派：日本昭和初期陆军内部的派系之一。由年轻军官及连级军官组成，主张在天皇领导下以"极端国粹主义"为依据进行法西斯式的政治变革，迫切要求建立军事独裁。与之相对的，是比较保守的、主要由高级军官组成的统制派。皇道派后因发动"相泽事件"和"二·二六事件"而失势。

④ 警保局：警备保障局的简称。管辖行政警察、高等警察、特别高等警察等。随着战时体制的加强，又作为治安警察和国家警察管制日本国民。"二战"后被废除。

队要上京与兵变部队会合的传闻不断，县警察部要严加防范，在出现上京动向时，要竭尽全力进行阻止。

县内也谣言四起，说联队将要采取积极行动，闹得人心惶惶。县警察部动员全体警察警惕联队的动向，但无法打入联队内部，只能在兵营外悄悄地安排人员探测内部动静，并对离开兵营的官兵进行跟踪。同时为了阻止联队上京，县警察部特意将青森站长请来，叮嘱他假如联队官兵命令开车，即使拼上性命也绝对不能答应他们。甚至有谣传说联队官兵要占领县政府，小林光政知事召集县政府全体职员，训示即使被官兵占领也绝不离开工作岗位。

叛乱部队被镇压以后，时局还是动荡不安。3月6日警保局局长向县警察部发出指令：

一、对极左分子军队的流言蜚语及其他暗中策动，要特别严厉地予以取缔。

二、对右翼团体的行动也同样要严加监视。关于匿名信泛滥，要及时进行处罚，同时为使它绝迹，要讲究万全之策。

县警察部在继续监视第五联队的同时，也加强了对县内右翼团体的秘密侦查。

青森市内积雪消融，樱花盛开，又凋谢了。

这时，报纸上刊登了阿部定事件 [①] 的报道，成为市民们轰动一时的谈资。阿部定割取男人生殖器逃跑的行为，引起人们极大的关注，尽管很少却也冲淡了"二·二六事件"的沉闷气氛。

---

① 阿部定事件：1936年5月18日，在日本东京都荒川区尾久的茶室，女佣阿部定将情人勒死并切除了他的生殖器。

在这样的情势中，县警察部刑事课课长樱井均与部下一起尽心尽职地工作着。

6月18日早晨，有电话打到机关宿舍，妻子接电话后对樱井说是青森警察署打来的。

樱井接过听筒，听筒里传来惊惶的声音："佐久间从柳町分所逃跑了！"

樱井顿时讲不出话来。从刑务所逃跑，一般仅限于在狱外劳动时或押解途中，犯人从狱内逃跑的情况极其罕见，而且仅限于杂居牢房的犯人利用团伙力量实施越狱。然而，佐久间作为可能被判死刑的未决犯囚禁在单人牢房里，昼夜都处于严密监视之下，很难相信他会越狱。

"逃跑时间呢？"樱井问。回答说是5点20分往前推三十分钟内，发现时间是5点30分。

樱井看了一眼时钟，指针正指向5点40分。他慌忙穿上官服，急匆匆地赶往青森警察署。署长已经赶到，紧急招募来的警察们都急急赶来集合。

受署长委托，樱井直接担任搜查指挥。考虑到佐久间越狱后没过多久，所以樱井紧急下令立即在最狭小的范围内设置警戒网配置第一号警戒线。警察用电话向各巡查派出所传达这一指令，围绕着青森市布下了警戒线。

樱井觉得抓捕佐久间只是时间早晚问题。青森港是北洋渔业最大的码头，干活的有数千人，都居住在国道南侧地区的海边，每天凌晨4点起，人们要步行越过国道向北侧方向的海边走去。这好比是一场大迁移，从柳町分所越狱的佐久间会与这股人流逆向而行。他的身影当然会留在很多人的眼睛里。

樱井打电话到柳町分所，询问佐久间逃跑时的衣着等特征，得知他穿着黑格子花纹的平纹粗绸方袖夹和服，和尚头，胡须刮过，身高五尺二寸①。他把这些特征转告给等待出动命令的警察们。

警察们匆匆跑出警察署，分别乘坐警车和跨斗式摩托车，从国道向海边的方向散去。同时，青森刑务所也进行总动员，抽出六十名狱卒参加搜捕行动。

在警察署里，县警察部部长池田长吉以及各课长陆续赶到，在二楼的司法调查室设立搜查本部。这时，报社记者们早已涌到警察署。署长公布，从越狱时间来看，佐久间还潜伏在市内。他担心佐久间在潜逃期间作案，打电话将发生的事件向市内各消防队、在乡军人会、青年团传达，委托他们进行警戒。于是，由这些团体组织的自警团②在各自的区域分别处于紧急戒备状态。由于委托了这些团体进行警戒，发生越狱事件的消息便迅速在市民中间传开。

过了上午 10 点，在主诉检事到场的情况下开始进行现场勘查。樱井也和县警察部部长池田、青森警察署署长等赶往青森刑务所柳町分所。那里的新闻记者也蜂拥而至。他们一边抵挡着记者们七嘴八舌的提问，一边挤进柳町分所内。

刑务所内笼罩着异样的气氛，以柳町分所所长为首的干部们都

---

① 五尺二寸：约为158厘米。日本当时以10/33米为一尺，一尺等于10寸。一寸即约3.03厘米。

② 自警团：发生紧急情况时为自卫而组织的民间自主警备团体。

眼睛充血、脸色铁青。

分所所长将樱井他们带到现场。两名案发时值夜班的看守都一脸苍白地站在那里。

佐久间被扣押在单人牢房里。单人牢房铁栅栏门上的锁，看来是用另配的钥匙打开的，能自由开关。以此断定佐久间从房间里逃脱以后，走廊里的锁也是用钥匙打开才逃到外面的。

值班看守被请来进行讯问。他们用颤抖的声音说明情况。据说看守的轮班时间是凌晨 1 点，巡查牢房的看守经过佐久间的房门到返回的时间大约为十分钟。看守在 5 点 30 分观察了牢房内部，感觉佐久间的盖被的隆起有些低矮，便喊他。可是无论怎样喊他都没有应答，于是把凌晨 1 点交班的看守喊醒，一起打开铁门走进房内查看，发现被窝里只有扫帚、水桶、枕头等物品。

樱井感觉越狱是事先计划好的。但如何另配钥匙、逃跑时如何不让看守察觉，这些作案方法凭勘查还无法水落石出。佐久间肯定是经过缜密的准备，用超乎想象的方法逃脱的。

勘查结束，樱井和警察部部长池田他们一起回到青森警察署，等待来自侦查员的报告。

下午 1 点 20 分，接到第一份报告，说佐久间出现在市内的寺院里。警察立即驾车赶去。搜查本部也移到寺院附近的巡查派出所。据说有一名男子在寺院里露面，说肚子饿想乞讨食物，给他后就离去了，看样子可能是佐久间。警察和自警团包围了男子离去的方向，2 点时全市敲响警钟，消防队员坐着消防车陆续会合。

樱井向住持反复询问，虽说容貌相似，但说话带东京口音，而

　且衣着和体格都有不同点，因此断定不是佐久间。

　　搜查本部再次移回警察署内，从这时起，发现疑似佐久间男子的情报不断传来，每次都派警察去查看，但全都认错了人。同时，市内也流传着佐久间用菜刀刺杀警察逃跑的谣言。

　　太阳下山，市民都将房门关得紧紧的，路上行人绝迹。街角由手提灯笼的自警团把守，侦查员对空房、仓库、空船、房屋的地板下面等处进行了彻底检查。

　　樱井开始对柳町分所报告的越狱时间产生怀疑。如果在那个时间段逃跑，理应会被大批去海边干活的人看到，但没有人说看见过疑似逃犯的人。

　　他向警察部部长和警察署署长建议重新向看守讯问，得到他们的同意后立即赶往柳町分所，在分所长在场的情况下，向两名看守进行了讯问。他的关注点集中在凌晨1点交班后睡觉的看守身上，终于打探出一个时间上的空白点。

　　看守害怕会被追究责任，所以讲话支支吾吾，在樱井的追问下像挤牙膏似的被迫承认有违纪现象。按规定，交接班时他应先叫醒接班的看守进行移交，移交结束后再去如厕等，然后在值宿室里睡觉。但据他说，他想早点睡下，常常是在交接之前先去如厕，回来后叫醒接班看守移交后，便直接去睡下了。

　　估计在他如厕时没有人巡查，处于无监视状态，佐久间便在这期间逃跑了。樱井心想，佐久间肯定是在暗中观察看守们的动静，知道这名看守的交接班方式与其他看守不同，便趁他值夜班的时候越狱逃跑了。

　　樱井立即返回搜查本部，讨论到最后，在他的坚持下，县内全境处于戒备状态，发布命令设置第三号警戒线，翌日凌晨 4 点警戒线全部配置完毕。

　　这天情报也是源源不断地送来，下午 3 点收到可信情报，说有一名容貌、衣着与佐久间完全一致的男子进入了山里。

　　搜查本部断定那名男子就是佐久间，便动员一百九十名警察、五十名消防队员，最迟于 20 日凌晨 4 点同时进山搜索。结果一队警察在山里的公共墓地发现了饿得精疲力竭的佐久间，并将他逮捕。

　　早上 8 点，警方用汽车将佐久间押送到青森警察署，市民都拥到警察署前围观，接着在押送到柳町分所的时候，市民数量更是有增无减，到了进退不得的程度。

　　青森警察署开始对佐久间的越狱进行调查，樱井也在场。

　　正如樱井的推断，越狱时间是看守去如厕的凌晨 0 点 50 分到 1 点，显然是翻越外墙逃走的。

　　关于配制钥匙，他采用的方法令人咋舌。他在洗澡时将嵌在手提桶上的铁箍偷偷折下，带回房间里藏起来。接着在洗澡后回房间时，将被热水泡软的手掌用力按在锁眼里获取钥匙的形状，然后在洗澡时装作清洗臀部的模样，将铁箍在水泥地板上摩擦，制作出钥匙。当巡查的看守在走廊里走远后，他将复制的钥匙插进锁眼里，证实能打开，然后等交接班前必定要如厕的看守值班的那天夜里付诸行动。同时他还说，这位看守对他极其严厉，所以趁他值夜班的时候逃脱，是想把这名看守逼入窘境。

　　樱井领教了佐久间的策划能力和精明的头脑。

　　为了防止佐久间再次越狱，柳町分所把他关入单人牢房以后，还给他戴上了结实的皮手铐，并增加看守严加看管。同时，将玩忽职守的那名看守免职，另一名看守因为凌晨 1 点接班后，直到 5 点半也没有发现佐久间不在牢房，也被追究责任，受到两个月减薪两成的处分。

　　青森地方法院重新开庭对佐久间进行审理。不料在一个酷暑的夜里，在巡查中窥探佐久间房间的看守意外发现，应该戴着皮手铐的佐久间正掀去被子，双手伸向两边睡着觉。

　　看守大吃一惊，跑到办公室按响了警铃。听到警铃响起，值班看守长以及看守们跑到牢房前一看，却见佐久间又被皮手铐紧束着双手手腕躺着……

　　面对这起意外，狼狈不堪的柳町分所连脚镣都给佐久间戴上了，看管得更加严了。

　　8 月 28 日，佐久间在青森地方法院接受了无期徒刑、同案犯十年徒刑的宣判。佐久间对此判绝不服提出上诉。11 月 5 日，宫城控诉院① 宣布维持一审判决，此为终审判决。

　　佐久间被关押在宫城刑务所，1940 年 4 月转到东京小菅刑务所。

---

① 控诉院：日本旧审判制度下的高级法院，也称上诉院。

—— 2 ——

　小菅刑务所作为内务省直辖的东京集治监<sup>①</sup>，于 1879 年（明治 12 年）创建在东京府下的小菅村。

　集治监是为了把明治维新后发生的佐贺之乱<sup>②</sup>、神风连之乱<sup>③</sup>、萩之乱<sup>④</sup>、西南战争<sup>⑤</sup>中被捕的政治犯投入监狱而设置的监舍，也关押终身监禁犯人、有期徒刑犯人、流放犯。但是，因囚犯人数激增，东京集治监无法全部接收，便在 1881 年以后，将许多犯人转到北海道石狩川沿岸的密林里新设的桦户集治监。

　此后，东京集治监从内务省划到司法省的管辖之下，于 1922 年

---

① 集治监：日本旧刑法下拘禁被处以徒刑、流放刑及终身监禁等重罪犯的监舍。

② 佐贺之乱：1874年2月1日，日本旧佐贺藩士揭起反政府旗帜，烧掠了佐贺县厅。太政官命令陆军省出动军队镇压，夺取反叛分子根据地佐贺城，并将所有反叛干部处以极刑，史称"佐贺之乱"。

③ 神风连之乱：1876年10月24日，旧肥后藩的士族组成敬神党反对明治政府的废刀令掀起叛乱。因为敬神党又称"神风连"，所以史称"神风连之乱"。

④ 萩之乱：1876年在山口县萩市爆发的反明治政府的士族叛乱之一。叛乱以失败告终。

⑤ 西南战争：发生于1877年2月至9月，是日本明治维新期间平定鹿儿岛士族反政府叛乱的一次著名战役。鹿儿岛地处日本西南，故称"西南战争"。此役的结束标志着明治维新以来代表倒幕派的正式终结。

11 月改称为小菅刑务所。翌年 9 月，由于关东大地震，围着刑务所的砖墙全部倒塌，监舍也倾斜或出现裂痕，失去了作为刑务所的功能。当时让收监的一千二百九十五名重刑犯到荒川的堤防避难，要求出动军队负责警戒以防事故发生。

1929 年，在占地六万坪 ① 的土地上建造了新设计的办公楼和监舍等建筑。设计新颖，是一个展翅飞翔的巨鸟造型，岗楼建立在形状似鸟头的塔顶上。用钢筋水泥建造的刑务所，破例还有电梯设备，办公楼和监舍用回廊相连，并用若干道铁栅栏门断开。建筑物四周的围墙很高，四个角向内侧弯曲，防止犯人攀爬逃跑，还设立了岗楼，并安排看守端着枪进行警戒。

从宫城转来的佐久间被关押在单人牢房里。他的档案里记录着从青森刑务所越狱的经历和逮捕后曾巧妙打开过为防止他逃跑而戴着的皮手铐，同时还附有在宫城刑务所内拧断过铁制手铐的报告，写着警示事项，要求对他采取最严厉的看管手段。

根据这个警示事项，小菅刑务所先对关押佐久间的牢房进行了讨论，最后采用了特殊的方法。在监舍一端的牢房里放入两名模范犯人，下一个房间关押佐久间，再下面的房间设为空房。假如佐久间为了逃跑企图割断铁栅栏时，听到响声的模范犯人便将此通知看守。隔壁房间设为空房，是因为看守进入那间空房能够隔着墙壁探听佐久间房间里的动静。

如果放任佐久间逃跑，刑务所所长以下相关人员都要受到处罚，

---

① 坪：1 坪约等于 3.3 平方米。

还会成为职业生涯中的污点，给前途造成重大影响，尤其是直接相关的看守，最严重的处罚是被免职，即使轻处理也要受到减薪处罚。为了避免出现这些情况，刑务所对佐久间的监控态势要做到万无一失。

挑选执勤成绩最优秀的四名看守进行看管，由担任戒护主任职务的浦田进看守长直接进行指挥。巡查监舍的看守通常每隔十五分钟就要观察牢房内部一次，现在采取平时在牢房外的廊道上配置一名看守面对面监视的办法。同时，浦田也经常去牢房外听取部下的汇报。

给牢房内的服刑人员戴上手铐、脚镣，仅限于能充分预见有逃跑可能或使用暴力的情况。刑务所内部也有人主张给有越狱前科的佐久间戴上手铐，但佐久间入监以来一直安静地端坐着看书，没有理由采取这样的措施。如果强行那样做，是违反监狱法的行为，刑务所所长会被问责。因此，不要说脚镣，就连手铐都没有给佐久间戴。

日本 1931 年 9 月 18 日在中国挑起的战争逐步扩大。英、美两国与日本的关系变得更加紧张。去年 9 月，由于德军侵占波兰，第二次世界大战爆发。到 1940 年，丹麦、挪威、荷兰、比利时进入德国的军事统治之下，德国开始进攻法国。6 月 14 日，由于巴黎沦陷，法国向德国投降。日本和德国、意大利缔结三国同盟，更加深了这种紧张的局势。

刑务所内的战时色彩也很浓。狱内的工厂马不停蹄地制造弹药箱、急救箱、木枪、军服、战斗帽、护士服、火药罐、军靴、马具等上缴给陆、海军。同时，全国的刑务所为了弥补因男子出征、入伍或被军需工厂征用造成的劳动力缺乏，大多数犯人都被动员去军事设施处劳动。

1938 年 6 月，根据海军省的要求，有一千二百六十名犯人在靠近网走刑务所的美幌建造的海军机场工地上劳动，完成了机场的建设任务。

海军省对这一成果颇为关注，向司法省要求派遣两千名犯人，于翌年 1939 年 9 月去日本的托管领地①马里亚纳群岛②的提尼安岛，以及马绍尔群岛③的沃特杰岛建设机场。

要凑齐两千名犯人并非易事，司法省行刑局④一时也难以决断。而且，监狱法规定"犯人在刑务所外劳动，仅限于国内"。所以，海军省的要求，在法律上是不可能被满足的。但是关于这一点，有解释说，如果将靠着岛屿的船只当作犯人的宿舍，将它比作在国内，每天上岸去岛上工地干活的话，不应算作违法，并将此视作战争时期的特例。

行刑局首先向两岛派遣视察员。最令人担忧的是犯人逃跑，不过把岛屿看作是一家刑务所就用不着那么担心了，于是行刑局按司法大臣的命令，决定将这一办法付诸实施。

挑选犯人是个难题。不料从犯人中招募志愿者时，应征者超过规定的人数，达到两千六百六十人。行刑局面对这个意想不到的结果喜出望外，经过审查挑选两千名合格者，冠以"南方赤诚队"的名称

---

① 托管领地：接受国际联盟委托的国家对特定地区实行的统治方式。适用于"一战"后从战败国德国和土耳其分离出来的领地。

② 马里亚纳群岛：现美国海外属地，位于北太平洋，由关岛、塞班岛、提尼安岛等16座岛及一些珊瑚礁组成。

③ 马绍尔群岛：现属马绍尔群岛共和国，位于北太平洋。

④ 行刑局：刑罚执行局的简称。

组成作业队。

1939 年 12 月 8 日，行刑局向提尼安岛、沃特杰岛两岛各送去一千人。

将船只当作宿舍只是一个名义，所以在岛内搭建简易监舍，犯人被收押在简易棚里，出工时直接进入机场的建设工地。

看守们最应该提防的是犯人暴动和发生逃亡事故。按最初的计划是每名看守负责看管三名犯人，但因预算等关系，监管率为每名看守负责看管十名犯人。因此为防备出现不测事态，给看守配备了手枪、卡宾枪。但是，工地现场有劳动用的铁锹、丁字镐、铁棒等危险物品，一旦发生骚乱，岛屿就会立即落入犯人手中。这是不言而喻的。

掌控作业队指挥权的看守长偶尔会向他们训示工地是国家事业，在严密监视的同时为了稳定他们的情绪，在给养方面也表示了心意，所以没有出现明显的不祥苗头。

尽管如此，两岛还是发生了三起逃跑事件，尤其是 1940 年 4 月 15 日提尼安岛发生的事故中，造成了两名犯人死亡。

那天上午 11 点 20 分时，全体犯人返回监室吃午饭，两名犯人提出有职员托他们去职员宿舍里干活，所以专职看守便让他们离开了监室。

不久，下午的劳动开始，专职看守在下午 1 点 20 分时发现不见两人的身影，就到托他们干活的那名职员那里去询问，得知根本就没有那回事，于是向作业队本部报告他们逃跑了。本部立即让全体犯人返回监舍，进行全岛搜索，直到太阳下山后还在查找犯人的踪迹，但一无所获。16 日上午 8 点 20 分左右，有农民发现他们从家后门偷偷溜进去偷了两个饭团、一个罐头，便向搜索队报告。

追捕过程中，两人爬上山丘斜坡意图逃跑，却被搜索队包围并逼进甘薯地里。在看守部长和看守靠近到二十米距离的位置时，一名犯人拉着了手上的达那炸药①，喊回另一名想要逃跑的犯人，两人抱在一起趴在达那炸药上。看守部长和看守吃惊地后退几步时，达那炸药爆炸，一个人的头颅飞越部长的头顶，另一个人的头颅落在看守身后。

两名犯人显然是在去提尼安岛的船上开始亲近起来的，判断两人的逃跑原因是为了一个月前两人劳务地点分开而感到忧伤。同时，从两人自上船以来的活动细节来看，推断自杀是殉情而死。

逃跑事件只发生了三起，但在风土气候与本州截然不同的岛上生活，出现了许多病人。因登革热、痢疾、伤寒等疾病，有四十五名犯人、十名看守死亡，另有五名犯人发生精神错乱，用上吊等手段自杀。

看守中也有很多人精神出现异常被送回本州。犯人们已经习惯了被囚禁的生活，所以对岛上的生活好像也并不感到难熬，但看守们则无法忍受四面被大海包围着的岸上生活，又没有能得以休养的家庭，所以精神出现了异常。他们无一例外地全都沉溺在好像反被十倍于自己的犯人监视的错觉里，被强迫观念所袭扰。

尽管发生了犯人逃跑事件，但工程进展顺利，1941 年 1 月，沃

---

① 达那炸药：以硝酸甘油为主要药剂的炸药的统称。诺贝尔于1866年发明的炸药，通过用惰性物质吸收硝酸甘油，达到方便保存、运输且威力不减的效果。

特杰岛、提尼安岛完成了机场建设。

犯人的战时劳动得到进一步强化，但小菅刑务所没有动员一个犯人去建设机场，因为收监的全都是重刑犯，担心他们会逃跑，所以不允许他们去狱外参加劳动。

小菅刑务所的犯人只能在缝制工、木工、皮革工、锻冶工等刑务所内的工厂里，从事军需品的加工、修理工作。而佐久间清太郎作为需要严加看管的犯人，连去工厂劳动都不被允许，只能在单人牢房里度日。

他只有每周两次的洗澡和监规中规定的放风时间——除雨天之外每天十五分钟——会被带到监舍外。每次他也只是面无表情地眨巴着眼睛抬头望着日光，活动活动手脚，做些轻微的运动。

在这期间，看守部长和看守们一起走进监舍内做彻底检查。他们用铁棒仔细地敲打铁栅栏，确认铁栅栏有没有被割断。如果有断口，响声会不一样。以前的越狱案例中，很多犯人会在断口塞进饭粒将缝隙填埋好不让它发出奇怪的声音，看守们会一根根地仔细查看铁栅栏，检查有没有断口。同时，监舍用钢筋水泥加固的墙壁和屋顶也要用棒子敲打，检查有没有异常。接着就连被子的接缝处都要用手探摸一遍，看佐久间有没有把什么东西藏在监舍内。

不久，佐久间一回来就要脱光衣服，被看守从口、耳、鼻一直检查到肛门里面。佐久间顺从地张开嘴，按命令手脚着地趴下。

荒川流经刑务所的门前，荒川的泄水渠堤坝上开始结出霜柱，下起了第一场雪。

监舍里没有取暖设备，寒气逼人。

"很冷吧。"看守长浦田招呼道。

"与青森的刑务所相比好受些，这点冷能挺住。"佐久间回答道。

佐久间过得很平静。浦田甚至怀疑，他被囚禁在小菅刑务所坚固的单人牢房里，难道失去了逃跑的意志？但那种平静的态度也许是为了麻痹看守，浦田督促部下不能放松对佐久间的监控态势。

进入 1941 年，日美关系变得更加紧张。美国加强对日本的经济压制，采取了禁止向日本输出废钢铁的措施。对此，日本政府派驻美大使野村吉三郎负责修复与美国的外交关系，但无功而返，两国的对峙变得不可调和。

5 月下旬，美国总统罗斯福宣布国家进入紧急状态，指责德国的军事行动，暗示将输送军事物资支援英国。这期间，日本外相松冈洋右为了缓和对苏关系而访问苏联，缔结了《日苏中立条约》。紧接着，6 月下旬，日本的同盟国德国向苏联宣战，开始入侵苏联境内，国际关系呈现出更加复杂的态势。

美国、英国于 7 月 25 日宣布冻结日本在外资产，同时，日军于三天后侵占法属印度支那南部，接着美国禁止向日本输出发动机燃料、航空机润滑油作为报复措施。日、美两国之间的外交虽然还在继续进行交涉，但两国关系日趋恶化，已经失去了修复的希望。

7 月 16 日，第二次近卫文麿内阁总辞职，近卫立即组织第三次内阁，任命检事总长岩村通世为司法大臣。岩村于 7 月 31 日将前桥

地方法院检事正 ① 正木亮提携为统领全国刑务所的行刑局局长。日美交涉举步维艰，9 月 6 日的御前会议上，内阁决定要有"不惜与美英荷一战的决心"。同时，美国国务卿赫尔送来备忘录，内容包括日军必须从中国、法属印度支那全面撤军，这等同于最后通牒。

政府考虑到形势严峻，制定了相应的政策并付诸实施。

在如此紧张的情势中，司法省最重视的是如何处置关押在各刑务所里的犯人。虽然地方上的刑务所用不着操心，但东京的刑务所在情况紧急时必须审时度势地采取相应的措施。

预计到战事一开后美国空军的飞机会来空袭，想到那时首都东京也许会遭到轰炸，假如刑务所因美军的空袭遭到破坏，就一定会发生犯人暴动、集体逃跑的现象。关东大地震时丰多摩刑务所就发生过骚乱，是看守拔剑镇压了狂暴的犯人。另外，巢鸭刑务所也是两千几百名犯人突然发出吼声捣毁墙壁、屋顶等处于集体越狱的状态，看守们拔剑、开枪，最终靠着出动军队才终于将它平息。当时刑务所附近的城镇陷入恐慌，甚至出现了逃难风波。如果遭到空袭，恐怕会引起同样的骚乱，扰乱治安。尤其是只关押重刑犯的小菅刑务所，被视为最危险的地方。

司法省以大臣为主进行了商议，最后决定把关押在小菅刑务所里不服管教的重刑犯分散转到地方上，指定宫城、秋田、网走三家刑务所为接收方。

行刑局局长正木立即将小菅刑务所所长伊江朝睦请到司法省，

---

① 检事正：日本检事职名之一，即检察厅长官。

再用电报把宫城、秋田、网走各刑务所的所长召集到司法省传达这个决定。关于移监日期、方法，正木指示各刑务所与小菅刑务所进行协商。这期间，10 月 16 日第三次近卫文麿内阁总辞职，两天后东条英机内阁成立，战争已经不可避免，所以要加快移送重刑犯。关于向各刑务所移送的囚犯人数的分配，要考虑接收方刑务所的设施。宫城刑务所是陈旧的木造建筑，相比之下，秋田、网走两家刑务所以砖房建筑、配备齐全而闻名。根据行刑局局长正木的指令，秋田、网走两家刑务所关押"有不守法嫌疑"的重刑犯是最理想的，何况长途押解也有出事的危险，因此，有可能越狱、抗命的重刑犯被集中转到秋田刑务所。

转到秋田刑务所的犯人有两百人。关于操作方法，由秋田刑务所和小菅刑务所进行商量。小菅刑务所方面提出包租数节车厢将两百名犯人一次性转移的方案，但秋田刑务所不同意这个方案。秋田刑务所所长中田主税在关东大地震时就在小菅刑务所工作，刑务所遭到破坏后承担过分别将三百名犯人转到千叶刑务所、两百名犯人转到宫城刑务所的任务。但是途中笼罩着不稳定的气氛，在得到军队的支援后才勉强把犯人押解到两家刑务所。正因为当时有过心惊肉跳的经历，所以不能赞同小菅刑务所的方案。中田主张分批转移，小菅刑务所方面也同意这个方案，决定将两百名犯人分十次转移。

移监日期设定三天的间隔，并希望在白天进行，但因为没有合适的列车，所以决定利用晚上 8 点 30 分上野发车去秋田的快车。

进入 10 月下旬，第一批移监的犯人出发了。二十名重刑犯戴着手铐、绑着腰绳分别乘坐带车篷的押送卡车，由二十名看守看押着到达上野站。包租一节车厢，犯人和看守一起上车。通往其他车厢的门全部关闭，佩带手枪的看守站在车厢门前担任警戒。列车于翌晨 9 点 10 分到达秋田站。犯人们乘坐秋田刑务所的押送卡车进入刑务所被收监。

接着第二批、第三批出发了，其中还有三年间屡次大胆闯入别人家里作案并向受害人教导防范心理，人称"说教强盗"的长期徒刑犯人。

因抢劫致死罪被判无期徒刑关押的佐久间清太郎也被转到秋田刑务所。他曾在青森刑务所从单人牢房里逃走，又有过两次打开手铐的经历，因此在移监的犯人中是最需要警惕的囚犯。

关于他的移监方法，小菅、秋田两家刑务所经过协商，最后决定这次包括佐久间在内的囚犯人数减少到以前的二分之一，特地由与他接触过的专职看守长浦田进和两名看守跟随。

11 月底，佐久间戴着手铐和最后一批移监犯人一起被押送到上野站，乘上客车。他被安排在远离其他犯人的窗边座位上，看守长浦田进坐在他的面前，看守坐在他的边上和斜对面。窗帘放下。列车驶离了上野站。

列车驶过宇都宫站不久，浦田看见佐久间将一只手肘支在窗沿上托着下颌闭着眼睛。浦田瞪大眼睛凝视着。戴着手铐的佐久间是一副按理说不可能做到的姿势。浦田吃惊地看他的手腕，他的一只手垂在膝盖间，手铐居然被打开了。浦田和其他看守一直注视着佐久间，却不知道他什么时候把手铐打开了。浦田深为愕然。

两名看守大惊失色，站起身来，说道："给他戴上手铐，绑上吧。"

"佐久间，老老实实地让我铐上！"浦田制止看守，说道。

佐久间睁开眼睛，将一只手从窗沿上放下，伸进手铐里。

"我只是手累了才解开一下呀！让看守长先生受累了，我不会给你们添麻烦的。"他说道，把脑袋靠在车壁上，又闭上了眼睛。

浦田重新领悟到佐久间是个具有神秘能力的人。心想，以前他两次打开过手铐，从单人牢房里逃跑，对他来说是完全有可能的。

佐久间不久开始传出呼噜声。浦田他们继续监视着他，片刻也不敢合眼。

翌晨，列车到达秋田，犯人们从便门走出围墙外。押送卡车在那里等候着，等他们坐上车，很快驶入被一丈二尺<sup>①</sup>高的砖墙包围着的刑务所里。

12 月 8 日，由于日本偷袭珍珠港，太平洋战争爆发。各刑务所将此消息向犯人们传达，捷报频传，刑务所内洋溢着明朗的气氛。

可是，在秋田刑务所，刑务所所长以下的看守们的脸上，苦恼的神色却越来越明显。

秋田刑务所于 1878 年作为秋田县监狱署设立以后，先后遭遇建筑物火灾、迁移等，到 1912 年 3 月才完成了现代化监狱的改造。在两万一千余坪的占地面积上用砖建造起一千八百三十坪的监舍和一千七百坪配套建筑，是一所规模很大的监狱。1922 年，由于监狱官制改革，改称为秋田刑务所。因为具备作为刑务所的完善功能，所

---

① 约3.6米。

以以 1919 年废弃的北海道桦户监狱转来的犯人为主收监重刑犯。建筑物用砖建造，房间用厚板搭建，铁栅栏比其他刑务所粗壮，对看守的培训也很正规。此后，随着其他刑务所的设备渐渐得到加强，重刑犯也被转到其他刑务所里。1935 年以后，秋田刑务所开始只收监刑期八年以下的犯人。

在这样的刑务所里要接收竟达两百名不服管教的重刑犯，这是一个重大问题。"七七事变"① 以来，看守的入伍、出征频繁，刑务所为了弥补减员而招募看守，但积极招募人员的军需工厂薪水很高，很少有人会想当薪水低廉的看守，因此只能录用体格差的人，看守的素质相当低下。

为了接收从小菅刑务所转来的犯人，秋田刑务所事先进行了慎重的讨论。转来的犯人大多有逃跑、抗命的危险，所以小菅刑务所将他们关押在单人牢房里，不允许他们在狱内参加劳动。但是，在秋田刑务所服刑的犯人全都是轻刑犯，他们参加在狱内工厂里的劳动。在这样的状况下，如果把新转来的重刑犯囚禁在单人牢房里不让他们劳动，这些轻刑犯肯定会对这种差别对待产生抵触情绪，因此规定让所有的犯人全部都出来参加劳动。但是让重刑犯与轻刑犯一起在相同的地点劳动，估计重刑犯会对短刑期服刑结束出狱的人感到羡慕，情绪会产生波动，因此给予照顾，将印刷工厂即第三工厂设为只有重刑犯参加的劳动场所。

只是，关于佐久间清太郎，绝大多数意见认为应该是个例外。

———————————

① 七七事变：1937年7月7日，日军在卢沟桥附近演习时，以寻找失踪士兵为借口进军宛平城，挑起了全面侵华战争。

考虑到他从青森刑务所的单人牢房里越狱的经历，让他去工厂劳动之类的事免谈。

据统计，逃跑事故最多发生在狱外劳动的时候，按顺序依次是狱内劳动场所、杂居牢房，从单人牢房里逃跑的现象极其罕见。对曾经成功越狱的佐久间来说，从工厂里逃跑理应是易如反掌的，很多人都主张应该在他与其他犯人之间划道界线。但第三工厂负责人、看守部长泷泽诚一却反对说，把佐久间一个人区别对待，会使他产生反抗心理，效果会适得其反。刑务所所长采纳了他的意见，同意让佐久间也参加劳动。

分批转来的犯人们休息一天后，便去第三工厂劳动，佐久间也去参加。

寒气凛冽，刑务所里大雪盈尺。

进入冬季以后，早班看守的集合时间推迟了，不过还是要在凌晨4点50分全体列队，接受看守长的点名。点名结束后，看守部长和看守们分散到各个监区，用名册核对牢房里的犯人，确认没有异常就打开牢房门锁，让犯人在走廊里列队，沿着廊道去工厂。

犯人们在劳动场所吃早饭，然后开始干活。下午4点30分劳动结束，休息40分钟后加班两个小时。加班结束时会分发添加盐或咸梅干的粥作为夜宵，很多犯人爱喝这种粥，因此没有人对加班怨声载道。

晚上7点30分，犯人们从工厂回到牢房就寝。看守将所有牢房的钥匙检查后集中上交，看守部长接过钥匙，向白天值班的看守长报告一切正常，收管钥匙。一百三十名看守一天的执勤时间是平均十三个小时，休息日每月只有一天。

　　夜班执勤给看守们造成了肉体上的痛苦。牢房里即使面临严寒也禁止备置暖炉等暖房设备。犯人们将身体钻进一条垫被、两条盖被的被窝里，看守却置身于寒冷之中。因为看守禁止穿外套，以防发生越狱等事故与犯人格斗时处于不利状态。所以他们在制服内塞入了棉坎肩或牛皮纸等。他们担心一坐下来就会打瞌睡，所以站在走廊里不停地来回巡视。因为长时间站着，很多人腿部浮肿，患上了血尿。

　　日班执勤的人通常在凌晨 4 点之前就要起床出勤，用前夜做好的饭分成早餐和午餐两份盒饭，早饭在刑务所内匆匆吃完。下班回家是夜里 10 点左右。另外，因为看守人数常常不足，所以一旦有人生病缺勤就必须顶上去替班，有时连每月一次的休息也得不到。因此为了不给同事添麻烦，大家常常是生着病也硬撑着上班。

　　在发动战争的同时，司法省担心犯人在刑务所外的劳动任务增加会导致逃跑事故的发生，给社会治安带来混乱，因此在 1942 年元旦分发给犯人的报纸《人》上刊登了行刑局局长正木亮向全国刑务所里服刑的犯人发表的防止逃跑的谈话。

　　"社会上的人们担心一旦战争气氛蔓延，实行灯火管制，各地会变得漆黑一片，而刑务所一定会第一个出乱子，发生犯人逃跑等事故。但是我相信你们。今天，和我同样沉浸在日本人才有的感激心情中的服刑人员，会有一个试图要逃跑的人吗？无论违反监规还是逃跑，我都不愿意把它仅仅作为全体服刑者的罪行而进行责罚。我坚信，在处理服刑者的官吏们的精神上，也有必须承担的责任。因此，不要光责备他们说'是服刑者不好'了。"他强调不要抱有逃跑的念头，"我真的相信服刑者们为了国家能够自我管束……四万五千名服刑者们！在这时局紧急的时刻，不能有任何犯罪的行为。唯独因犯罪而消耗国力，才是最大的不忠。我相信你们所有人。"

战况朝着对日军有利的方向发展，占领马尼拉后，紧接着2月15日，新加坡也落入日军之手。

这时，佐久间清太郎出现一个动向。早晨，看守打开单人牢房的房门让他去工厂参加劳动，他却坐着一动不动。看守抓住他的手臂，他却令人惊讶地粗暴地甩开了看守的手。

看守长询问原因，他说负责工厂的看守部长泷泽诚一对他很有人情味，他很感激，但和其他犯人一起劳动让他很不高兴。

"以前无论在哪家刑务所里，我都是待在单人牢房里的，所以还是一个人独处的好。"佐久间用平静的语气说道。

看守将他的话如实向刑务所所长汇报，刑务所内部进行了商议。正因为佐久间有过越狱经历，所以他的要求令人觉得不踏实。参加劳动，犯人们一般都乐不可支，但佐久间却反说"不高兴"。轻率地接受他的要求是很危险的。有人怀疑说，也许和其他犯人一起劳动就置身于其他犯人的视线之下，无法找到越狱的机会，这不就是他为自己能一个人独处而寻找的借口吗？

最后，商量的结果一致认为要答应他的要求。一般来说，出监劳动伴随着逃跑的危险。允许他去工厂参加劳动，就是因为生怕对他特殊照顾而给他造成刺激。由于他的申请，也就失去了劳动的理由。按常理他就应该囚禁在单人牢房里，因此得出接受他要求的结论。

看守长转告佐久间满足他的要求，他开始终日在单人牢房里度过。

可是几天以后，佐久间的态度突然开始出现变化。早晨必须喊他好几次他才会起床，点名也不应答。夜里为了防止犯人自杀时无法及时发现，禁止犯人睡觉时将被子蒙着脑袋。他也不服从这个规定。看守粗暴地喊他，他从被窝里探出头来，随即又钻进了被窝里。看守气不打一处来，即使深夜也喊醒他。

佐久间则会探出脑袋，露出凶狠的眼神。

"我已经习惯了，改不了啦!不要对我那么严格呀。夜里就让我好好睡一会儿。"

"不遵守规定，就要处罚你啊!"看守厉声说道。

"我随时都能逃跑啊。新年里你们的大人物在《人》上写着呢，说犯人逃跑，看守在精神上也有责任……话说得如此严厉，我会在你当班的时候逃跑啊!那样的话你就会受到处罚，会遭罪吧。"佐久间又把脑袋缩回到被窝里。

深夜对他大声训斥，会妨碍其他犯人的睡眠，看守怒气冲冲地闭上了嘴。

这样的情况每天夜里反复出现。渐渐地，在其他犯人之间开始弥漫着不稳定的气氛。夜里，看守中也有人克制不住愤怒的情绪对佐久间破口大骂，还吵醒了其他犯人。加上刺骨的寒冷，犯人们的情绪出现波动。

不久，犯人们开始明目张胆地采取反抗态度。劳动结束返回牢房时，会像事先约定好似的发出怪叫声，用餐具敲打牢房铁门，看守即使吹响笛声进行制止也无济于事，只好打开牢门想把领头叫喊的犯人拽出来，犯人便群殴看守致人受伤。这样的事接连发生，看守们将坐垫顶在头上以防挨打，打开牢房，把估计是主谋的犯人拉出来关进小黑屋，做减食处罚。

佐久间对这些骚动冷眼旁观，绝不插嘴。但是，白天巡查的看守观察房内，见他违反"坐姿端正"的规定，躺着，便向他提出警告。

"对我可以那么苛刻吗?你会倒霉的呀!在你当班时逃跑，你不是会很为难吗?"他说道。脸上的表情很平和，但斜视的眼睛里却透出刺一般的光。

在如此故技重演期间，看守们对监管佐久间萌发了厌恶心理。如果在自己当班时被他越狱逃跑，就会遭到免职等严厉的处罚。正因为佐久间有过轻易打开手铐越狱的经历，所以不能以为他的话纯粹是逞强。看守们开始怀有这样一种祈愿：佐久间有可能会越狱，但愿不是在自己当班的时候。

他们不知不觉地都不去严厉训斥佐久间，深夜他即使蒙头睡觉也不愿意向他提出警告。白天即使看见他伸直双脚坐着，也只是稍稍提醒他。

这些做法给其他犯人带来了很恶劣的影响。"对我们强制遵守监规，却唯独对佐久间另眼相待!"他们对此心怀不满，一时平息的情绪波动再次露头。

看守长训斥看守们，命令他们对佐久间也要严格遵守监规。然而同时也觉得把佐久间与其他犯人放在同一个监舍里不太公平。违反监规屡教不改的佐久间理应受到处罚，如果对他进行处罚，其他的犯人也会认同。他判断因为具备这两个条件，所以把佐久间转到犯人们最害怕的禁闭室去是合情合理的，并得到了刑务所所长的批准。

禁闭室是外墙用砖建造的独立房间，在刑务所内东北角的病舍西侧设有三间，边上是停尸房，用来放置在病舍里死亡的尸体。

禁闭室面积狭小得不足一坪，地板、墙壁镶着又厚又硬的优质板。在 3.2 米高的屋顶上有塔形房间，设有直径 30 厘米加有铁丝网的玻璃采光窗。窗边有两只电灯，灯泡坏掉时，必须架上长梯子才能换下来。

房间前面是厚厚的栗子木材的门，门上只有看守监视用的牢窗和下边递送餐具的长方形小窗，排泄物沿着门下穿透的浅沟槽流到外面。

禁闭室很像稻荷神社 ① 的祠堂，看守们因此把它称为"稻荷房"。又因为它四周用砖加固，所以也俗称"碉堡房"。

3 月下旬，佐久间从单人牢房转到禁闭室。

---

① 稻荷神社：供奉着稻荷大明神，原本在传说中只掌管农业、农作物，如今日本人则更愿意相信它掌管农业、商业、工业等所有行业。日本境内分布着大大小小无数间稻荷神社。

---- 3 ----

　　佐久间清太郎被转到秋田刑务所的禁闭室后不久，1942 年 4 月
18 日，美国的中型轰炸机飞到了日本本土上空。

　　其征兆在 4 月 10 日就已经显现。日本海军军令部<sup>①</sup> 根据潜艇发
来的有关美军行动的情报和无线电监听判断，那天下午 6 点 30 分左
右，由两至三艘航母组成的美军机动部队在太平洋上向西挺进，进入
珍珠港西北方向约四百海里处，并由此察觉到 14 日左右有企图空袭
东京的迹象。

　　因此，军令部命令以木更津、南鸟岛为基地的空中侦察机，在
七百海里圈内搜索敌人，同时命令航空部队采取强有力的迎击态势。
另外，命令正在从印度洋回日本本州途中的第一航空舰队快速进击估
计有美军机动部队进入的海面。第一航空舰队由南云忠一中将指挥，
拥有航母"赤城"和战舰"榛名""金刚"。

---

① 海军军令部：旧时日本海军负责指挥作战的最高统率部门。

军令部的判断非常准确，由威廉·F.哈尔西[①]中将指挥，以航母"企业号""大黄蜂"为主干的美国机动部队悄悄接近日本本土。哈尔西的作战计划是首先从日本东侧四百海里处起飞一架轰炸机，于4月18日夜里到达东京上空，投下燃烧弹，并以轰炸产生的火灾为目标，后续十二架飞机进入东京，另有三架飞机攻击名古屋、大阪、神户，然后各自朝中国方向撤退，翌晨在中国军队占领区的机场着陆。

4月18日上午6点30分，军令部收到从"日东丸"监视艇发来的第一份情报，说发现美军机动部队。监视艇在离本土七百三十海里的海上秘密配置了多艘。军令部立即向各方面发出采取迎击态势的指令，但推断空袭绝对不可能在19日上午之前进行。这是推测航母上搭载的舰载机续航距离短，并在空袭东京后必须回到航母上，需要让航母更靠近本土，计算其所需时间才得出这样的结论。

然而，美国航母上搭载的不是舰载机，而是陆军使用的续航距离长的双发动机飞机——北美飞机制造公司的B25。这对日本军令部来说完全出乎意料。但美国机动部队也犯了巨大失误，被日本监视艇发现了。因此，哈尔西不得不改变作战计划，于4月18日上午7点25分，在离东京六百八十八海里的位置上同时起飞，舰队掉头快速退到东方洋面上。

那天下午1点，攻击机群低空进入东京，扫射、轰炸横须贺、名古屋、四日市、神户各市后，退到中国。日本方面的损失是死亡四十五人，重伤一百五十三人，房屋全烧毁一百六十间，半烧毁

---

① 威廉·F.哈尔西（1882—1959）：美国海军五星上将，著名军事家、统帅。参加过第一次世界大战、第二次世界大战，获得海军十字勋章、海军卓越服务勋章等，1947年退役。

一百二十九间，房屋倒塌二十一间，半倒塌两间。

　　这次空袭给各个方面都造成了很大冲击，对统辖日本全国刑务所的司法省行刑局也产生了重大影响。

　　预计到战事一开后会遭到美军空袭，司法大臣岩村通世于一个半月前的 3 月 2 日，向各刑务所发布了《刑罚执行非常警备规程》，作为应对空袭的训令，指示以构筑防空避难所为主，在刑务所区域内准备大量简易壕沟。各刑务所根据此指示，派出犯人挖掘壕沟。

　　司法省意识到由于美国飞机的空袭，刑务所的建筑完全有可能会遭到破坏。假如真的遭遇这样的事态，会导致很多犯人逃跑，国内治安会陷入巨大的混乱。大正时代①平均每年发生二十人左右的逃跑事件。发生关东大地震的 1923 年由于刑务所倒塌、破损，有四百二十八人逃跑。即使从这些案例来看，也能充分预计到空袭会导致重大事故发生。

　　行刑局局长正木亮重新调查那年从 1 月到 4 月底全国刑务所的逃跑人数，对逃跑人数与历年同期相比增加颇为关注。1939 年七人，1940 年六人，1941 年九人，1942 年达到十一人。虽然十一人全部被抓获，但增加的原因是战争开始以来，为弥补劳动力不足，犯人被动员在刑务所外参加劳动，由此增加了逃跑的机会。同时，为了填补看守编制缺口而采用新人，导致看守的素质降低，这也是原因之一。

　　正木亮担忧这种倾向会蔓延，向全国各刑务所所长发出了电报，内容为："最近发现各刑务所逃跑事件频发，在确保战时国内治安和

---

① 大正时代：1912年7月30日至1926年12月25日。

保持刑罚执行的权威上，实在是不胜遗憾。鉴于形势的需要，希望采取万全之策，以防止逃跑事故的发生。"

接着，在 6 月 3 日战事打响后第一次举行的全国刑务所所长联合会议之前，破例发出通牒，敦促部下在刑务所所长因出席会议而没有留守在刑务所岗位上期间，不要发生事故。而且，在司法大臣机关宿舍会议室举行的联合会议上，正木亮局长向全体刑务所所长分发了逃跑事件的资料和《预防逃跑对策纲要》（以下简称《纲要》）。《纲要》上详细写明着预防事故发生的方法、看守的心得，强烈要求杜绝事故的发生。

会议一结束，所长们便匆匆赶回任地的刑务所，秋田刑务所所长藤川一义也乘车连夜离开了东京。他一回到秋田就立即召集管理干部出示《纲要》，严令要防止发生逃跑事件。指示要将《纲要》内容彻底贯彻到基层看守。

在这次会议上，对服刑人员的状况再次进行了讨论。从小菅刑务所转来的重刑犯们对冬天的严寒烦躁不安，出现不稳定的动向，但随着气温的上升，这种气氛也在渐渐淡薄。有抵触情绪的人很多，但对能在不允许重刑犯劳动的刑务所内参加劳动，犯人们好像普遍感到很满意。

关于有越狱前科的佐久间清太郎，负责监管的看守做了详细汇报。佐久间自从囚禁在禁闭室以后，一直过得很安静。监视由配置在隔壁病舍里的看守不分昼夜每隔三十分钟从牢窗里观察房内情况，看守部长还会不定时地冷不防打开牢窗查看。

在洗澡和放风时让他走出禁闭室，这期间看守部长和看守走进房内，对墙壁、房门、卧具、打扫用具等进行彻底检查，然后还让佐久间赤身裸体检查身体和衣服。据说每天进行的房间搜检和裸体检查都没有发现丝毫反常。

包括刑务所所长在内的看守长们听取了汇报，对最需要警惕的佐久间关押在禁闭室里这件事总算松了口气。要说从禁闭室通向外部的空间，就只有房门上部的牢窗和下部的小窗，全都很窄小。大家对所有的逃跑方式都做了设想，觉得要从牢房内逃脱是绝对不可能的。

"要派精干的看守进行监管，确保万无一失。"听着任戒护主任的看守长的报告，刑务所所长点头说道。

佐久间被转到禁闭室以后，从来没有违反过监规。即使冷不丁地从牢窗窥探，他也是按监规在昏暗的牢房内端坐着。洗澡和放风时只要招呼他，他也能服从看守的指示立即回到房间里。接受裸体检查时也很顺从。

看守长们对佐久间这样的态度很是满意，在负责监管的看守们之间，也没有发现默认佐久间违反监规的倾向露头。不过尽管监规禁止，但佐久间依然蒙着脑袋睡觉。

当然，看守会从牢窗发出严厉的喊声提醒他注意，但佐久间探出脑袋来说道："这是我从孩子时养成的习惯，想改也改不了了。你就饶了我吧。"

看守对不守监规的佐久间感到很不耐烦，即使深夜也粗暴地把佐久间喊醒。尽管佐久间争辩说"已经习惯了，请原谅我"，看守还是命令他严守监规。

佐久间不高兴了，斜视着眼睛盯着从牢窗外窥视着的看守，充满怨气地说道："你能不这样毫无人性地对待我吗?你会倒霉的!我要是在你值班的时候逃跑，你不是会很难堪吗?"

"你是说能从这碉堡房里逃跑?如果你能逃跑的话，跑一个给我看看!"看守轻蔑地笑了。

"房子是人建造的，人就不可能破不了啊。在你当班的时候，我跑给你看看?"佐久间冷冷地笑着。

就这样你一言我一语地斗着嘴，但佐久间没有改掉钻进被窝里睡觉的习惯。看守中虽然也有人继续执拗地对佐久间骂声不绝，但也有很多人话音里不失耐性，觉得正如佐久间说的，那是无法改变的习惯，见他一个人被关在狭窄的禁闭室里度日怀有些微的怜悯。

夜里，佐久间总是在同一个地方铺上被褥，将头部朝着与房门相反一侧的墙壁睡觉。从牢窗窥探的看守确认盖被随着呼吸在上下微微起伏之后，关上了牢窗。

樱树已经长出嫩叶，远处的山峦也披上了一层浓郁的绿色。飘到刑务所里的空气里也能够感觉到花草的馨香。阳光明媚，刑务所附近广阔的田野里已经开始插秧。壮年男子大多已经出征或入伍或是被军需工厂征用，田里只能看见老人、女人和孩子在劳动的身影。

6月11日，报纸上连篇累牍地报道了中途岛海战的消息。与以前公布战况的大本营发布的内容大相径庭，公布击沉美军航母两艘、击毁飞机一百二十架战果的同时，日本方面也损失了一艘航母，另有航母和巡洋舰各一艘遭到严重破坏、三十五架飞机没有回来。这篇报道暗示日本海军被迫进行了一场恶战。中途岛海战与其说是恶战，不如说是惨败。日本方面的战果是击沉航母、驱逐舰各一艘，重创航母、巡洋舰各一艘，但日本方面的损失包括标志性航母"赤城""加贺"在内的四艘航母、一艘巡洋舰被击沉，战舰、巡洋舰各一艘、驱逐舰三艘遭到重创。

然而，日本国内的气氛却很乐观。战时日本对与美、英这两个大国之间的战争如芒刺在背，但由于偷袭珍珠港战果巨大，又紧接着占领南方诸岛、中国香港、马来半岛、菲律宾、缅甸等，日本国内开始洋溢起胜利的气氛。

秋田县内也摆脱不了这个气氛，种稻地带更是呈现出活力。直到几年前还在害怕米价下跌的农民们，自从三年前由于实行配给统制、米由政府统购以后，再也不用担心米价下跌了。而且从去年秋季收获期起，加上生产奖励金，政府收购价每石①上升六元，达到四十九元。收割也很顺利，虽然人手不足，但收入增加了。地里的稻穗波浪起伏，沐浴着阳光的绿色分外鲜艳。

6月15日，从早晨起就下着雨。人们赶着插秧，蓑笠星星点点地散落在田里移动着，微风在满溢的水面上拂过。

到了下午，从国民学校放学回家的孩子们，撑着粗制的油布伞出现在田间小路上。翌日是男子的节日，孩子们边走边采摘着菖蒲和艾蒿，要带回家插在房檐上。节日里要捣年糕做竹叶包寿司，在孩子们的眼里是传统节日之一，觉得很快乐。

从太阳下山的时候起，风势渐渐加大，雨也下得猛烈起来。随

---

① 石：日制度量衡的容积单位，1石约30千克。

着时间的流逝，渐渐地变得风狂雨骤，不久便成了暴风雨。

在刑务所工厂里劳动的犯人被命令提前完成剩余工作，因灯火管制而灯光稀疏的刑务所，被雨滴敲打得烟雨迷蒙。佩带手枪的看守身穿雨斗篷沿着外墙定时在刑务所里巡查，一路上雨斗篷的下摆被风刮得哗啦啦地响。

从凌晨 3 点起，雨势多少有些减弱，但依旧风声大作。过了 4 点以后，早早出门的看守们冒着风雨打着寒战去上班，4 点 30 分要接受值班看守长的逐一检查。那时雨势已经相当收敛，因此决定按时让犯人们劳动。凌晨 5 点将所有牢房里的犯人全都喊起床，手持点名簿的看守部长对每个牢房的犯人进行对照核查。因为下雨，牢房里很昏暗，灯光微弱。

5 点 30 分，所有牢房的核查结束，负责各监区的看守部长在看守长面前列队报告："没有异常！"

看守部长们要将犯人带去各个工厂，所以领取牢房的钥匙串并向看守长敬礼，正要向牢房散去时，值夜班负责病舍的看守部长和看守跑了进来，站立在看守长面前。雨水从他们的雨斗篷滴落，他们的脸上已经失去了血色。

"禁闭室里的佐久间……逃跑了！"看守部长的声音在颤抖。

包括看守长在内的看守部长们，都露出极其震惊的神情注视着看管病舍的看守部长。

"逃跑了？"看守长嚷道。

"是！"看守部长用嘶哑的声音答道。

看守长命令看守部长们停止行动，重新收回牢房钥匙，接着命令列队中排在第一个的看守部长立即赶去向刑务所所长报告，然后连雨斗篷也没有穿就跑出了监舍。看守部长们也紧追在后，其中一人还被军刀的刀鞘绊着跌倒了。

他们横穿中央广场沿伙房西侧奔跑着，跑向第一号禁闭室。在发现逃跑时要重新锁上门以后再进行报告，按规定门是锁着的。

看守长让专职的看守部长打开房门。他走进房门看见被子被掀起，被褥下面放着房内备用的清扫工具等物。同时还发现雨滴从上方滴落下来，禁闭室内的地板和被褥等都已经湿透。

他将目光移向上方，短促地惊叫了一声便呆若木鸡。顶上的采光窗被卸掉，雨从那里滴落下来。佐久间就是从那个空间里逃跑的，看守长简直不敢相信自己的眼睛。

房间内到设有采光窗的屋顶高度是 3.2 米。要攀爬到那个高度是不可能的。人称稻荷房或碉堡房的禁闭室，它的特点就是绝对不可能逃跑，他感到佐久间实在可怕，竟然从那里逃跑了。

看守长心想佐久间也许还在监区内。外墙有一丈二尺①高，要翻越外墙并不容易。他命令看守部长们在监区内搜索。看守部长们和看守们一起冒着雨四处散去。

看守长走进附近病舍的办公室，向监管禁闭室的看守询问发现佐久间逃跑之前的情况。

看守说，按规定每隔三十分钟从牢窗观察房内情况，没有间断过，但佐久间已经就寝，没有感觉到异常。凌晨 5 点是犯人起床的

---

① 约3.6米。

时间，看守从牢窗招呼佐久间起床，但没有反应。喊了几次，结果都一样。随着早晨天亮，禁闭室内开始明亮起来，他感觉佐久间盖着的被子鼓起得有些低，接着看到雨滴直接滴落到被褥上，才发现他好像是越狱了。

他说，他赶紧向病舍的看守部长报告，两人回到禁闭室，打开门走进房内，扯下被褥，才知道佐久间已经消失得无影无踪。

"发现之前，你们巡查时，佐久间的确还睡着吗？"看守长问监管的看守。

看守浑身颤抖着回答说"是"。

看守长带着负责禁闭室的看守部长和看守回到办公楼，走进刑务所所长办公室。雨水从他们的制服上滴落到地板上。办公楼里一片喧哗，职员的脚步声在走廊里来来往往闹得鸡犬不宁。

所长办公室的门猛地被打开，所长冲了进来。

"越狱是真的？"所长气急败坏地问道。

"是的。已经检查过现场了。"看守长立正着答道。

"那个房间怎么跑得掉？"所长的脸上露出惊骇的表情。

看守长报告了监管看守的发现经过，以及佐久间从天花板采光窗逃脱的实情。所长注视着站着发愣的看守长和看守们的脸。

监区内的搜索进行了一个小时，没有发现佐久间的身影，显然他已经翻越外墙逃之夭夭了。

刑务所所长命令组织搜索队，每两名看守组成一组采取行动，对火车站、公交站、道路进行监控。看守们骑着自行车或步行一走出大门，便匆忙地向各个方向散去。

接着，所长用电话向县警察部报告佐久间越狱，要求协助抓捕。

三十分钟后，县警察部部长带着刑警坐车赶到，进行现场勘查。警察部部长和刑务所所长一起撑着雨伞去禁闭室。刑警们走进房内，将被褥和盖在被褥内的清扫工具等进行记录，仔细检查墙壁。墙壁是厚厚的栗子板，没有能攀上手脚的凹陷，雨水在往下流淌。他们不时地抬头望着屋顶上敞开的采光窗。

应刑警的要求，两组连接式梯子被搬到房内立在墙壁边。两名刑警分别登上梯子，好不容易才爬到顶上。他们冒着雨仔细地查看，从被卸掉的窗口探出身子打量四周。刑务所所长和警察部部长走进牢房内，抬头望着刑警的举动。

不久，刑警们走下梯子，和刑务所所长、警察部部长一起回到办公楼，走进刑务所所长办公室。

刑警们用铅笔在纸上飞快地画出采光窗和窗口周围的简图进行讲解，说窗户的厚玻璃嵌在四方形木框上，但窗框开始腐烂，窗户连同镶在窗户上的铁丝网一起被放在镀锌薄铁皮的房顶上。

窗玻璃用五寸钉镶在木框上，铁钉开始腐烂，毫无疑问，轻易就能够卸下来。

听着刑警的讲解，刑务所所长和看守长、看守们都默默地站立着。怎样才能沿着光滑的墙壁攀爬到屋顶上？要说能立脚的东西，能想到的就是被褥。把被褥卷成长筒状，沿着它能爬上去吗？然而被褥放在地板上，没有被用过的迹象。

佐久间是怎样爬到屋顶上的，所长他们甚至连想象都无法想象出来。可是，佐久间越狱了，这是事实。对此，有必要采取紧急措施。所长立即打电话向司法省行刑局报告，县警察部部长命令秋田县警察部署警戒线，委托东北地区的县警察部也严加警戒并协助抓捕。

所长担心佐久间的逃脱会使县内居民感到恐慌。司法省行刑局再三警告要防止逃跑事件可能导致的战时治安混乱。而且在全国刑务所所长联席会议上，行刑局局长正木关于这一点刚刚特地做了训示，作为所长正处在被追究重大过失的境况里。只要发生逃跑事故，就必须采取适当措施防止出现治安混乱的现象。

县警察部部长接受刑务所所长的意愿商量对策。首先，对佐久间的搜捕仅限于刑务所狱卒和警察署的警察，不向各市、町、镇组织的警防队、青年团、在乡军人会等请求协助。如果动员这些组织，虽然会增加找到佐久间的可能性，但同时越狱事件就会广为人知，恐怕会引发民众的恐慌。顺便还决定了对报纸采取的措施。县内发行报纸的报社原本有十一家，但根据内务省"一县一报"的指令，在上个月底已仅剩《秋田魁新报》一家。当然，《秋田魁新报》的记者也许已经察觉佐久间的越狱并进行采访，要劝告他们将有关事件的报道控制在最小的幅度内。

经过商量决定了这些事项以后，县警察部部长离开刑务所赶回去指挥搜捕行动。

在所长办公室里，大家正在对事故原因重新进行追查。任戒护主任的看守长讯问了负责监管禁闭室的看守。关于巡查时间，不分昼夜每隔三十分钟巡查一次，这一点没有问题。洗澡、放风时的监管状况也严守监规，佐久间也没有抵触的迹象，在牢房内也保持正襟危坐的姿势，这也无可挑剔。

讯问进行到佐久间就寝后的情况，看守从这时起开始出现不安的神情。

那天在发现佐久间逃跑之前的巡查时，当班看守说"没有发现异常"。关于这一点，看守长问："你看见他的睡脸了吗？"

看守一副狼狈的表情低声回答说"没有看见"。

"没有看见，你为什么会觉得没有异常？"看守长尖声问道。

"被褥隆起着像是睡着，而且看上去像是在微微地上下起伏，所以就……"看守吞吞吐吐地答道。

"我不是问你这种事。我是问你为什么没有看见他的睡脸就觉得没有异常！"看守长忍不住大声问道。

看守哑口无言，片刻后说道："佐久间习惯蒙着脑袋睡觉。我严厉地提醒过他，但他说已经习惯，改不了了……"

"你就网开一面了？"

"我这样一训斥，他就说什么'要在你当班的时候逃跑'啊。"

"那是恐吓！你就害怕了？"

"没有。我厉声训斥他说，你逃不出去的！"

"既然那样，为什么不让他遵守监规？"

"我提醒过几次，但他还是蒙着脑袋睡觉，所以就……"

"你在心理上输了！"看守长气得涨红了脸。

接着讯问其他看守，那些看守对佐久间蒙着脑袋睡觉显然也都默认了。

由此推定，佐久间是在前一天夜里 9 点就寝时间后匆匆逃跑的，于是扩大了搜索范围。

风势减弱，雨也变小了。快中午时云开雾散，天朗气清。在插完秧的水田里，栽下的稻苗随风摇曳着。

看守和警察每两人一组在水田的田埂上边走边警惕地扫视着周围。雨蛙向田埂的两边跃去。农民们停下手中的活儿，伸着懒腰从蓑笠下好奇地目送着他们的身影。

检查农户库房、神社、寺院的地板下面，查看房屋后院和因出去插秧而空无一人的房屋。各户人家的房檐下都插着装饰节供的菖蒲和艾蒿。

奥羽本线、羽越本线、船川线各车站，都有看守或警察监控着，列车上也有手持通缉令的警察上车，连厕所也进行了检查。秋田市内的警察也增加了巡查次数。

可是，直到傍晚也没有发现佐久间的踪影，日落后对以车站为主的要地进行通宵监控。佐久间身穿浅黄色囚衣这种长和服的打扮，就是在普通人眼里也会受到怀疑，然而却没有收到那样的报告，可见佐久间已经将囚衣换成了其他衣服。

县警察部判断佐久间必然会偷窃包括逃亡必需的衣服在内的粮食等物品。通常越狱者再怎样销声匿迹也会犯这样的案件，于是就会暴露逃跑方向。也可以说是越狱者留下的形迹。

很多农户的家人都去田里插秧了，佐久间很容易就能潜入农民家掠走财物。警察部对县内的警察署发布命令，当有人报案被盗时，即便是不足挂齿的小事，也要火速报告。

可是，到第二天下午也未见有人报告，无法掌握佐久间逃亡的方向。

　　那天的《秋田魁新报》对佐久间越狱进行了报道，在社会版最下段《抢劫杀人犯从秋田刑务所越狱》的标题下，刊登了只有十五行字的消息。翌日，又以《越狱犯还未逮捕》的标题，只刊登了十一行字的消息。以后，关于佐久间的报道就中断了。

　　佐久间是如何翻越一丈二尺高的围墙的?刑务所对此进行了调查。虽然因为下雨没有发现脚印，但按常识来考虑，肯定是翻越最靠近禁闭室的北侧围墙。

　　看守长沿着那堵围墙进行调查，结果在第六工厂发现了痕迹。那工厂制造门窗隔扇、家具等，也有看守人员不足的缘故而被封闭着。里面整整齐齐地堆放着木材和木板等材料，但堆成山的材料坍塌下来，椽子散乱，显示有人动用过。

　　看守长认为肯定是佐久间搬用过椽子，靠它翻越围墙的，便沿着北侧围墙的区域进行查看。围墙外侧、道路对面的办公楼围着篱笆墙，看守们在篱笆墙附近搜索，发现篱笆墙边丛生的杂草里藏着椽木。一看便知，是佐久间从禁闭室逃走后，翻越四尺①高的板墙进入第六工厂，将椽木扛出来竖在北侧的围墙边逃跑的。

　　佐久间越狱五天后的 6 月 20 日，在东北地区视察的东条英机总理拜访秋田市，翌晨视察秋田市内外。报纸对此进行了冗词赘句的报道，大多数警察被动员起来。从这天起，警察的搜索处于停顿状态。战事开始以后因为警察出征增加，人员严重不足，而且根据《国家总动员法》，经济统制得到加强，违法者会被举报，再加上有指导防空

———————————————

① 约1.2米。

训练的任务，没有多余的警力投入到搜索中去。

　　搜索佐久间只能靠看守了。他们走进山里一直搜索到邻县的交界处，搜寻着佐久间的踪迹。

　　邻县青森县接到佐久间越狱的通报，独自展开搜索行动。那是青森警察署署长樱井均的热忱所致。樱井在当县警察部刑事课课长的时候，就把佐久间作为抢劫致死罪犯逮捕过，佐久间从青森刑务所越狱时，他还负责搜索并将他成功抓获，所以接到佐久间从秋田刑务所的禁闭室里逃脱的报告，他感到十分震惊，同时又觉得若是佐久间，越狱逃跑是完全可能的。

　　樱井接到秋田县警察部的电话，说佐久间去向不明，就判断佐久间已经潜入青森县内。当然，他认为佐久间会避开刑务所看守和警察虎视眈眈监视着的交通工具和道路，从渺无人迹的山里步行进入青森县内。可以说，身为警察署署长，他凭着自己的直觉坚信这一点。

　　樱井猜测佐久间肯定已经潜入了青森县，因为他认定佐久间会顺便去看望妻子。

　　将佐久间作为抢劫致死罪犯查找证据时，听附近的邻居说，他是个溺爱孩子的人，与妻子的关系很和睦。后来又偶尔听说他被判刑后关押在宫城刑务所时，对去会见的妻子说"今后我不想再给你们添麻烦"，当场就办了离婚手续。此后过了两年半，这期间他应该很想见到音信全无的妻子和孩子的。樱井认为这是他越狱的动机之一。

　　樱井也觉得佐久间虽然犯下抢劫致死的罪行，累计两次越狱，却是个朴实的人。伤害致死也是偶然所致，没有杀人动机，因此也被免除了死刑。樱井推测，佐久间就是冒险也一定会来见妻子。

　　樱井挑选七名精干刑警，命令他们监视佐久间妻子居住的房子。

　　"这是一个非同一般的人物。这家伙会细心观察，看家里有没有被监视。你们要从远处包围房子，不要被他发现，瞪大了眼睛，不分昼夜地看守着！"樱井再三叮嘱他们，给全体人员配备了监视用的双筒望远镜。

　　刑警们乘坐警察署的卡车到半路上下车，然后步行走到能观察到房子的位置后散开，远远地将房子包围起来。他们隐蔽在树荫等处，用双筒望远镜监视着房子和它的周围。

　　翌晨一早，佐久间的妻子走出家门往田埂上走去。两名刑警远远地尾随在后，发现她是去给附近的农户帮忙。快到傍晚时，她又沿着田埂回到家里，还看见她在屋后的井里汲水的身影。三个孩子中有两个在国民学校上学，剩下的幼女有时在屋外独自玩耍。

　　太阳一下山，刑警们唯恐会有疏漏，相互打了个暗号向前推进到房子附近，躲在树荫或草丛里，注视着灯光暗淡的房子周围。按樱井的指示，住在邻村的警察妻子悄悄给刑警们分发盒饭和饮用水。

　　每天早晨 8 点过后，安排一名刑警向署长办公室打电话，总是报告说"佐久间没有出现"。

　　"一定会露头的。肯定的！你们要牢牢地看着！"樱井敦促道。

　　刑警们继续坚忍地监视着。在草丛等处轮流睡觉，但一到夜晚便备受蚊群的袭扰。他们的脸上，疲劳的神色也越来越浓。

　　监视六天后，樱井接到刑警们"没有出现"的电话，感到自己的信心将发生动摇。想到离秋田刑务所的距离，佐久间即使徒步翻山越岭也应该早就到家了。他没有显身，也许是逃往了其他方向。如果在靠近家时被逮捕，就会成为村里津津乐道的话题，给妻子增添困扰。他似乎是害怕这一点，才故意不去家里的。

竟然派出七名刑警专门进行监视，从警察署里人员不足的状况来看，这不是一件轻松的事。揭发战时经济统制的违法者、取缔卖淫、指导防空训练等任务极其繁忙，要继续指派他们监视下去是不可能的。

"那么，监视到明天傍晚你们就回警察署。估计今天夜里也许会出现，你们要给我绷紧神经好好地监视着！"樱井向刑警指示道，挂断了电话。

翌晨的电话也是报告"没有发现"。这天下午，樱井坐在卡车的副驾驶上来到村子边，步行走到监视现场。刑警们的脸色都很憔悴，脸上和手上到处都是被蚊子咬的痕迹。将双筒望远镜瞄准房子，能看见两个孩子在房子背后的田里拔草。太阳已经开始西斜。

樱井向刑警们表示慰问，让他同坐卡车回到青森市内。

翌日，樱井让派出所警察去佐久间家里探查。警察例行公事地讯问了佐久间的妻子，证明了一个意外的事实。妻子说，昨天晚上9点过后，佐久间来过家里，天亮前走了。

樱井接到这个报告，才知道佐久间是发现了有刑警在监视，等到他们撤离后才走进家里。他再次对佐久间那不同寻常的谨慎深感叹惜。

佐久间回过妻子身边的事青森警察署向以秋田刑务所为主的东北地区各县警察部通报。各警察部命令县内警察署严加警戒，但没有掌握佐久间的去向。

　　秋田刑务所所长向司法省行刑局局长提交佐久间逃跑的报告。
对此，行刑局局长以"职务懈怠"的名义给予刑务所所长申斥处分。
同时，所长对包括当天的监管看守在内负责禁闭室监视任务的看守
们，处以两个月降薪百分之十的处罚，对值宿看守长、看守部长处以
两个月降薪百分之五的处罚。

　　由于佐久间的逃跑，看守们受到了处分。这在看守们中间产生
了巨大震动。受到处罚会导致生活陷入困境，还会作为职业生涯上的
污点记录在案，成为晋升的重大障碍。佐久间之所以能逃跑的最大原
因，是默许他蒙着脑袋睡觉，也可以说这是恩将仇报。

　　看守们为了不步人后尘，端正了对服刑人员的态度，对稍有违
反监规的犯人也毫不宽恕地给予减食等处罚。犯人们的情绪出现了
波动，但看守们对此毫不畏惧。即使过了些时日，看守们也没有松懈
的迹象，依然严厉地对待犯人们。那年快到年暮时，引发了一起不幸
事件。

　　轻刑犯在看守的监管下去刑务所所属的农场里干活。一名在小
河边洗萝卜的犯人避开监管的监视逃跑了。看守们发现逃跑立即追
赶，很快将他抓获，并押送回刑务所。

　　看守长被激怒了，命令看守们让犯人脱光衣服，用麻绳将他捆
绑结实，浇了几次水后将他扔在一边。麻绳吸足水深深勒进犯人的身
体里，第二天早晨才发现犯人发生心脏停搏死亡。

　　因为这起事件，看守长被追究不当处置犯人的责任而遭到逮捕，
被法院宣判后收监。另外，协助他的看守部长受到免职处分，参与暴

行的看守们也被严惩。

　　梅雨过后，酷热的夏季来临了。

　　战局进入新的阶段。因中途岛海战挽回劣势的美军调整战线，巩固反攻态势。其动向体现为 1942 年 8 月 7 日对瓜达尔卡纳尔岛的登陆作战。对此，日军在 18 日登陆瓜达尔卡纳尔岛塔伊乌岬，开始了激烈的战斗。

　　司法省行刑局将领导的重点放在预防逃跑上，担心夏季事故多发，向全国刑务所所长发出了警告："……由于酷暑的影响，监管人员的注意力会在不知不觉中产生松懈，在生理上出现睡意就极容易造成监管上的疏忽。对服刑人员来说，自然最容易逃跑，且有诸多便利，也因为在炎热下难以忍受狱外劳动的艰辛，企图逃跑的人不会少。总之，近来的季节可说是全年中无论主观还是客观都会极大地增添逃跑的机会和条件，因此在刑罚执行上也是最需要严加戒备的时期。"

　　另外，分配给犯人的粮食问题也成为新的课题显露出来。

　　战事打响以来，军需品生产优先的倾向日益明显，因此日用品的生产量急剧减少，被迫采用配给制度。主食大米也于去年 4 月 1 日在东京和大阪实行成人每天二合三勺 ① 的配给，并渐渐地波及其他城市。当然，缺粮现象在刑务所服刑人员身上也反映出来，从去年 12 月 1 日起实施节减粮食的规定，废止了给从事劳务的犯人加餐。

———————————

① 日本旧制重量单位，1合为75克，1勺为7.5克。

司法省知道以前刑务所内的暴动，很多案例都是与食物有关的不满引起的。关押在监室里的服刑人员不允许抽烟、喝酒，也没有接触娱乐的机会，唯一的乐趣就是谈论食物。因此，食物的量少质次，会强烈地刺激犯人们，导致暴动的发生。

司法省为此深感担忧，认为首要的问题是确保粮食。以米四、麦六的比例给每人每天六合的主食，超过社会上普通人配给量的一倍，但尽管如此，废止了劳务奖励的加餐，很可能会给服刑人员带来很大的影响。因此，行刑局向各刑务所所长指示，要恳切地向犯人解释现在的粮食情况，让他们理解废止加餐是不得已的。

炎热开始缓解，已经能感受到秋天的气息。东京的军需工厂依然要加班到很晚，卡车、牛车、马车堆放着材料和制品在道路上熙来攘往、行色匆匆。

9 月 15 日，举行"满洲国"①建立十周年纪念庆典，高松宫②出席，在日比谷大音乐堂有一万人参加。同时，在开始显现粮食匮乏的东京都内，那天每人特别配给一百文目③甘薯，蔬果店的店铺里贴出了一等品四钱五厘、二等品四钱的告示。

从 17 日起，强烈的低气压沿日本列岛从九州方面北上，但作为防空措施，天气预报已经停止播报，所以东京都的市民都无法预测到天气的恶化。

从 18 日夜里起天气开始变坏，下起瓢泼大雨。天快亮的时候雨

---

① 满洲国：1932年3月1日至1945年8月18日。日本侵占中国东北三省后扶植的傀儡伪政权。
② 高松宫：日本皇族之一。
③ 文目：日本旧制度量衡中的重量单位。1文目为1贯的千分之一，约合3.75克。

势更加猛烈，风声大作。洼地到处闹大水，市营电车停止运行，傍晚时分，世田谷区玉川上野毛町大坝决堤，东急电铁大井町线的上野毛、等等力之间的电气列车不通。

大雨在半夜里终于停了，翌日晴空万里。

以浅草为起点的东武铁道是高架铁路，能一如既往地继续运行。但北千住站周边的街道底下渗着水，荒川浊流横溢，从越过荒川泄水渠铁桥后的第一个车站小菅站附近起，到五反野、梅岛、西新井站附近沿线，浊水漫延、一片汪洋。那附近一带池塘、沼泽、臭水浜星罗棋布，每次下大雨就会涨水，污水就会溢出来，常常会淹没地面。因此，建造在洼地上的人家都在墙壁和房柱上刻着表示浸水水位的线条。

小菅地区有的地方也是污水泛滥，深及腰部。但建造刑务所的地方地势高，面对荒川的泄水渠堤坝，水只是稍稍漫延到大门附近。

任戒护主任的看守长浦田进居住的房子地板下也浸了水，略低一层的厨房地板则泡在水里。太阳下山时，水开始渐渐退去，厨房地板终于露出木纹，于是浦田的妻子不停地冲水擦拭厨房的地板。

夜里 10 点左右，玄关玻璃门传来轻轻的敲击声。

浦田捻亮玄关处的电灯，问"是哪一位"。玻璃门外传来说话声。

"我是佐久间。佐久间清太郎。"

浦田顿时傻眼了，心想"莫非真是……"佐久间 6 月 15 日从秋田刑务所越狱的报告当然也传达到了小菅刑务所。虽然向全国发了通缉令，但佐久间自从到妻子那里去过以后，就销声匿迹了。

　　浦田没有料到四处逃亡的佐久间竟然会跑到自己家里来。浦田认识的人中没有姓佐久间的，只能是他。想到他也许会手持凶器怀着杀意，浦田便拿起平时放在走廊墙边的木刀，走下水还没有干透的土间，打开玄关门的锁。

　　门打开了一条缝隙，在昏暗的灯光下，浮现出一张男子的脸。

　　浦田瞪大了眼睛。那个脸晒得黝黑、头发疯长、满脸胡须的人的确是佐久间。他穿着很脏的开襟衬衫站在水里，黑色长裤的裤腿卷到膝盖以上，手上提着木屐。

　　"佐久间？"浦田问道。

　　佐久间默默地俯首鞠了一躬。

　　"怎么会来这里？"浦田紧握着的木刀藏在身后，问道。

　　"就是为了来见主任。"

　　"是自首吧。"浦田叮问道。

　　佐久间点点头，说"是"。

　　浦田原本就是刑务所狱卒出身，他情急生智，心想佐久间是来自首的，首先是不能让他改变主意。对两次成功越狱的佐久间来说，要逃跑轻而易举。从有关越狱的报告书来推测，佐久间在情绪上是一种反复无常的性格，浦田担心他在某个节骨眼上会情绪陡变。

　　"不要站在那里，到屋里来。"浦田用温和的语气说道。将木刀竖在走廊墙边，从居室里拿来坐垫，放在玄关的台阶板上。

　　佐久间走进土间，绕开坐垫，坐在台阶板上。

　　浦田招呼厨房里的妻子沏杯茶来。妻子一副狐疑的表情端来了茶。佐久间双手捧着茶碗一口气将茶喝完。

　　浦田拿起安装在玄关柱子上的电话听筒，拨打刑务所所长家里的电话。刑务所所长从夫人手里接过听筒，听了浦田的报告说了句"佐久间？"便说不出话来。

　　浦田匆匆挂断电话，让妻子将蒸好的甘薯拿来，说道："只有这样的东西了，你快吃吧。"

　　佐久间深深地鞠了一躬，捧着甘薯狼吞虎咽地吃了起来。

　　浦田若无其事地与佐久间交谈着。说起洪水的情况，谈起越来越糟糕的缺粮情况。回到居室拿着香烟回来，给佐久间一根烟，用火柴给他点上。

　　佐久间鞠躬道谢。

　　过了一会儿，传来在水中急急走来的脚步声，玄关门被打开。是三名刑警。他们让佐久间站起身，给他戴上手铐，腰上绑上法绳。

　　浦田和他们一起走出了家门。

　　"今天是航空日啊。预定东京出生的少年飞行员驾驶飞机来访问故乡，因为下雨要延迟到明天。明天是晴天。"浦田对戴着手铐、提着木屐在水中走着的佐久间说道，抬头望着夜空。

　　天空中满天星斗，星汉灿烂。

　　佐久间被扣留在警察署后，遭东京地方检察厅起诉，被扣押在东京拘留所里。

　　拘留所里的气氛顿时紧张起来。正因为佐久间是从以"无法逃脱"而炫耀的秋田刑务所禁闭室里越狱的，所以完全可以设想他还会第三次逃走。因此，警方进行了认真的讨论。讨论结果，正如转到秋田刑务所之前收监的小菅刑务所采取的措施那样，将佐久间关押在单人牢房里，隔壁房间里放入做杂务的模范犯人，其他邻接房设为空房。佐久间露出哪怕些微的逃跑迹象，杂务犯人就会摇铃通知看守。同时采取面对面监视的措施，由经验丰富的老看守轮流站在牢房外，注视着佐久间在铁栅栏门里的一举一动。

检事需要外出提审时就在拘留所里进行，那时候也有三名看守围着他，门外还有看守担任警戒。

首先讯问有关越狱的方法。根据佐久间的供述，秋田刑务所推断得没错，佐久间从越狱那天的很早以前就开始做准备。他缜密地计算看守从牢窗里窥探的时间，其间将被褥卷起来竖在墙边，得知采光窗的木框开始腐烂，接着看见嵌在窗框上固定玻璃窗的五寸钉也已经生锈，所以他觉得要取下钉子如囊中取物。发现他逃跑的时间是 6 月 16 日凌晨 5 点过后，不料他在 15 日夜里就已经跑出了牢房。

检事讯问他，被视为最大疑问的、从禁闭室里逃脱的方法。

"可以想想壁虎啊！"佐久间浅浅地笑着说道，便噤口不言。

他逃跑后想见妻子，便避开道路，依靠星星的位置在山里摸索着方向走进青森县内。他当然预测到妻子居住的房子会受到监视，便从远处悄悄地观察着。不出所料，他发现隐藏在草丛和树林里用双筒望远镜注视着房子的那些人的身影，并看见向他们分发盒饭和饮用水的女人。他观察着他们的动向，几天后看清他们坐卡车撤离后，才走进了家门。

他已经很久没有和妻子亲热了。他拥抱了妻子后，天亮前离家，沿着铁轨向东京走去。借助交通工具是危险的，所以只能步行，并且只能在夜间行动，白天为了避人耳目则躲在山里或树林的低洼处睡觉。如果偷盗财物，他担心会有人报警，自己的动向因此而被警方发现，所以分别从不同的人家偷出木屐、衬衫、裤子，而且都挑选穿旧的偷走，不至于有人报警。

食物也是潜入家中没人的房子里少量偷取，正是田里农作物生长的时期，所以就吃这些东西，因此食物从来没有缺少过。他说，正因为行动时如此谨慎，所以到东京竟然花了三个月。

检事讯问了有关越狱的动机。

佐久间突然变得能言善辩。他诉说是因为秋田刑务所对自己的管教极其苛刻。夜里指责他蒙着脑袋睡觉，对他恶言相向，睡觉也睡不好。他充满着愤懑控诉说，寒冬时期冷得受不了，恳求发放内衣却没人理睬，并强调说因为这些事而被视为反抗并被关进了禁闭室，那不是关押人的空间，连鸟笼都不如。

他说看守蛮横地不把犯人当人看待，所以越狱上京是为了向司法省呼吁改善待遇。他还说，他想把对他最凶残的看守逼入困境，才选择那名看守值班的夜里越狱的。

关于他越狱后为何到小菅刑务所戒护主任浦田进那里自首，检事一问，佐久间便眼眶湿润了。

"因为主任把我当人看待……"他说道。

佐久间的供述内容也转送到司法省行刑局。

行刑局分析了佐久间的供词，判断内容有矛盾。秋田刑务所同意佐久间与从小菅刑务所转来的重刑犯一起在狱内参加劳动。这可算是优待的措施，尤其对他这样有越狱经历的犯人，这样的处理超出了常规。

　不参加劳动是佐久间求之不得的，推测他单独一人是在策划越狱。蒙着脑袋睡觉，也可以解释为是对越狱有利而做的准备。

　关于秋田刑务所对犯人的待遇，行刑局重新做了调查。在对逃跑犯人施暴致死的事件发生之前，调查结果认定，因为接受了高达两百名的重刑犯，狱卒神经高度紧张，有采用粗暴言行的倾向，但没有越规虐待犯人的事实。最后推定佐久间为了向司法省控告秋田刑务所要改善待遇才越狱的供述不过是借口。

　他们认为，佐久间越狱的动机除了想见妻子之外，不就是出自对看守的反感和对寒冷的恐惧吗?佐久间对检事反复诉说刑务所内难以忍受的寒冷，可以断定不就是害怕又要过冬才计划越狱并付诸行动了吗?可见他到小菅刑务所的狱卒那里自首，就是为了希望在比秋田更容易过冬的东京服刑。作为其证据，就是佐久间屡次向检事提出希望关押在小菅刑务所。

　同时，随着战局的吃紧，健康男子全都从事军需产业等的劳动。在这样的状况中，佐久间预感到自己处在流浪状态中会受到怀疑并遭到逮捕，心想若是如此，获得假释之前的岁月希望能在小菅刑务所里度过。而且不难想象，他敏感地察觉到缺粮状况将会更加严重，想到自己被通缉将会忍饥挨饿，觉得还是进一日三餐有保障的刑务所比较好。

　他到戒护主任浦田那里自首，说明他的性格是想要依赖能温情对待他的人。那是在幼年时与父亲生离死别靠亲戚养大的经历所致，显然对别人的同情有脆弱的一面。

　佐久间被关押在东京拘留所的单人牢房里，同时接受检事的调查。

　　这时，小菅刑务所里出现了新的动向。

　　随着战斗越来越激烈，被击沉的船只增加，各造船所只顾埋头建造、修理船只。但是，由于狱卒的出征、入伍，劳动力的缺口变得很严重。

　　那年 8 月，海军省兵备局第四课课长伴义一大佐拜访司法大臣岩村通世，希望派遣犯人去造船所接任务。岩村决定答应他并召开了部务会议。在局长和课长中反对的声浪很高，造船所到处都是资材，要逃跑很方便，假如发生什么集体逃跑事件，担心会引起社会治安的动乱。也有意见认为，如果实行，就应该在劳务场所架好机关枪，以防事故的发生。

　　部务会议经过反复讨论，由于岩村和行刑局局长正木的强硬坚持，最后决定派遣犯人去造船所接任务。正木向海军大臣岛田繁太郎和海军次官泽本赖雄报告部务会议已获通过。

　　海军舰政本部在东京邀请全国五十多家造船所的首脑，提出使用犯人的方案。可是，很多人对使用犯人感到担忧，只有石川岛重工业株式会社造船部部长穗积律之助响应这个方案。

　　正木决定从东京控诉院管辖内抽调拥有铆接、弯材、捻缝、打桩经验的健康模范犯人，挑选四十六人转到小菅刑务所，给他们以缩短刑期的宽大处理，工资也规定每人每天两元到两元五十钱，称为"第一造船服务队"。

　　11 月 8 日，局长正木、石川岛造船部部长穗积、海军省兵备局堀江隆介中佐到场，举行"第一造船服务队"成立仪式，队员分乘两辆造船所的卡车去造船所。

从那天起，队员们在小菅刑务所和造船所之间往来，从事劳务。因为全都是熟练工，所以工作效率得到惊人的提高。

受到这一优异成绩的刺激，12 月，先是在大阪刑务所成立第二造船服务队，去佐野安船坞株式会社劳动，接着名古屋、横滨、函馆、新潟、神户、冈山、广岛各刑务所先后都派遣犯人去造船所劳动，即使少年刑务所，也组成了少年造船服务队。

过年后，战局开始蒙上了阴影。围绕着瓜达尔卡纳尔岛的战斗，日军因为补给线无法得到保证而转为劣势，自 2 月 1 日起开始从岛上撤退。同时在欧洲战线，德国入侵苏联领地的军队因遭到苏军顽强抵抗而投降了。

加强用电限制、强制交出寺院大钟等金属物品、废除学徒征兵延期制等措施陆续出台，战时态势得到进一步加强。

在这样的情势下，3 月 11 日，佐久间清太郎在东京区法院以逃跑罪受到三年徒刑的宣判，合并计算为无期徒刑。

佐久间渴望在小菅刑务所服刑，但没有人理睬他。重刑犯全都被转移到以秋田刑务所为主的网走、宫城各刑务所。尤其是不可能将有过两次越狱经历的佐久间留在估计会遭到空袭的东京。况且缺粮状况更加严重，大城市的刑务所都希望减少犯人。刑务所在努力保证按规定米麦主食量每人每天平均六合以上，但犯人与普通国民之间的死亡率数字开始出现可怕的变化。1938 年、1939 年的犯人死亡率是14.5‰、14.1‰，低于普通国民的 17.4‰。但是到 1941 年，犯人的死亡率是 20.0‰，国民的死亡率是 15.5‰。接着按 1942 年的统计，犯人的死亡率是 24.4‰，国民的死亡率是 15.5‰，犯人的死亡率急剧上升。原因是犯人的主食虽然能得到保证，但有时候副食也只有腌菜或者盐，营养不良造成的死亡引人注目。

行刑局命令各刑务所粮食自给自足，地方上的刑务所着手扩大或开垦耕地。但像小菅这样大城市里的刑务所，不可能做到这一点，估计粮食会更加难以得到保证，没有精力再接受像佐久间这样令人整天提心吊胆地防备他逃跑的犯人。

之所以将佐久间的移送目的地定为网走刑务所，是因为秋田刑务所是他逃跑的刑务所，所以被排除在外，宫城刑务所设备已经老化，所以选定以"无事故"自豪的网走刑务所。

联合舰队司令长官山本五十六海军大将在 4 月 18 日已经毙命，但这一消息还没有公布。

东京拘留所预计轮船在半途中由于天气变坏而停航在津轻海峡时佐久间会逃跑，对气象情报进行了研究，最后决定 4 月 23 日夜里从东京出发，将佐久间押往网走。

————— 4 —————


　网走町的前面是一望无际的鄂霍次克海。海面自 1 月下旬以来被浮冰封闭，4 月上旬随着气温转暖，浮冰向洋面移动，它的光耀从水平线上淹没了，但一到中旬便再次出现在洋面上，以后便像往年那样忽而出现忽而消失，下旬则完全离去，等着开渔的渔船迫不及待地出海了。

　　町上和周围的积雪还没有融化，但春天的气息已经开始苏醒。侧金盏花的嫩芽和款冬花茎都探出头来，网走湖畔的观音莲也长出了小芽。

　　阴雨连绵，晴天里也浓雾弥漫，遮挡着阳光，但辛夷的白色花瓣在刑务所的后山一旦开始星星点点地露出头来，春色便很快蔓延开来。樱花、梅花、桃花鼓起着花蕾将花瓣竞相展开，杜鹃花紧追着开出朱红色的花朵。积雪融化露出的地表也被绿色覆盖，但气温依然很低，迷雾笼罩着街道。

　　网走町因为网走刑务所关押重刑犯而闻名于世，给人"监狱町"这一不太吉利的印象。1938 年曾向司法省极力要求取附近地名，把刑务所名称改为大曲或者三眺刑务所，但没有被采纳，以后又不断呼吁，众议院于 1941 年 3 月 25 日通过议案，但贵族院不通过。

网走町处于一种没有刑务所就无法想象的境地。

最初是在 1890 年 4 月，有五十名犯人在几名看守的监视下走进网走村，设置网走犯人狱外劳务所。这些犯人是从设在钏路的监狱署送来的。后来又增加五十人建造监舍、办公室、机关宿舍。随着工程的进展，钏路监狱署转来的囚犯人数达到一千二百人。当时网走村包括阿伊努①人家在内是个不过百户的渔村，由于出现了有巨额经费支持的狱外劳务所，很快就呈现出了活力。犯人、看守大量消费的农作物、鱼类要用很高的价格才能买到，工资高涨，其他地方的人得知这一情形都纷纷迁移到此，使得这里兴旺起来。

北海道官署看中网走村附近的肥沃土地，将那里作为国有土地进行征购，并设想靠犯人开垦那块土地，设立粮食能自给自足的刑务所。翌年（1891 年），将狱外劳务所升级为网走分监。录用二十七岁的有马四郎助为第一代分监长，8 月 22 日到网走走马上任。

有马从北海道长官那里接受了一项使命。

政府采取役使囚犯开发北海道的政策，尤其将开通道路作为开发的基础，各地大规模推进筑路工程。划时代的工程就是在札幌②到旭川③（忠别太）之间开通三间④宽的道路。那条道路给原始林、泥炭

---

① 阿伊努：阿伊努人，曾居住在北海道、本州岛北部等地区的原住民。

② 札幌：日本北海道最大的城市，位于北海道中部偏西南的位置。

③ 旭川：日本北海道重要城市之一，位于北海道中部区域。

④ 间：日本旧制长度单位，1间约1.818米。

沼等人迹未至的北海道的纵深打入了楔子。

　　政府继而计划在北海道中部开通东西横跨的道路。那条道路从旭川翻越大雪山系的山岳地带，通往能眺望鄂霍次克海的网走村。这条路如果开通，从札幌去网走村的陆路被打通，大量移民进入沿路两侧的沃野，北海道的开发就会显示出巨大的发展前景。可是途中有着林木蓊郁、无边无际的原始森林，还和险峻的山岳、被峭壁巉岩包围着的万丈崖谷相连。要在那里开通道路几乎是不可能的。可是，北海道官署接到政府的命令，决定强行开通，动员大部分空知监狱署的囚犯，先从旭川方面开始筑路。靠民间公司的帮助用火药炸碎岩石，犯人们在大雪山系边筑路边推进，直到天盐 ①、北见 ② 两町的边界附近。

　　有马四郎助接到的命令是，用网走分监的犯人开通从边界到网走村之间的道路，并附有"年底前开通"的严苛条件。到年底只有四个月，预计 10 月中旬下雪会逼迫筑路工程停顿，所以靠寻常方法不可能完成这个任务。

　　有马想在规定的工期内完成任务。他想到运用在钏路分监和空知分监接触犯人六年的经验，利用犯人的竞争心理。先将网走村到天盐、空知边界的预定路线分成十三个施工段，每三里半为一段，并在一个施工段的两端配置犯人团队推进工程，最先到达中心点的团队增加工资。一个团队由二百二十名犯人组成，指派一名看守长、两名监工助理、二十四名看守负责监管和指导。同时为了防止发生逃跑事件，决定每两人连坐。

工程从 8 月下旬开始。

有马如愿以偿。犯人们发挥超常的竞争心理，用钺斧放倒茂盛的粗树，烧掉树根，又挖出到处裸露的岩石，平整出十五间宽的空地，在这中央开出三间宽的道路。臂力超群的犯人无意中站在疑似指挥员的角度上督促勉励其他的犯人。

看守们想要尽快放倒树木，用绳索将犯人吊在树枝上，利用犯人的重量将树木放倒。也有人被压在树底下非死即伤。

筑路工程不分昼夜地进行着，犯人们分两班轮流干活。一接近中心点，前方就传来看守们的怒吼声，看得见树木倾斜着倒下，犯人们更是加快动作朝着中心点推进。不断出现犯人因繁重的劳动和营养失调而倒下的情况，但尸体只被放置一边，工程继续进行。

下雪了，犯人们冒着雪打碎岩石、放倒巨树继续干活。也发生过逃跑事件，但大地上银霜遍地，没有像样的食物，在山里迷路后气息奄奄地回来是常有的事。有的逃犯被击毙或被残酷地杀死。

12 月 27 日，犯人们到达积雪覆盖的天盐、北见两町的边界，筑路工程结束了。犯人们的牺牲巨大，狱外劳务者一千一百一十五人中有九百一十四人疾病缠身，一百八十六人死亡，几乎是全军覆没。

此后网走分监临时关闭，靠着取消钏路分监、收押从钏路分监转来的犯人才得以重新开张。

1903 年宣布监狱官制，改称网走监狱，接着 1922 年由于官制改革，成为网走刑务所。

网走刑务所依然保留着当初设立分监时靠农耕保证自给自足的

政策，作为刑务所拥有农场而成为一个特例。国有土地不断得到开
发，耕地得到扩大，在专家的指导下收获以大米、小麦为主的谷类、
蔬菜类，甚至还饲养了耕马和乳牛。

随着刑务所越来越盈实，网走村也得到了显著的发展。在创设
分监十一年后的 1902 年，人口很快超过四千人并实行町制 ①。配备了
港口设施，进出定期航线的船只，渔业、工商业也繁荣起来。随着道
路的整修，还推动了铁路建设。1931 年，与钏路之间的钏网线全线
通车，网走町与周边的产业得到飞速发展。在 1941 年 12 月 8 日宣
布向美、英、荷宣战时，已经成为人口三万的大型集居地。

战时，网走刑务所的规模已经很大，在四万坪的用地上设立了
监舍、工厂等，拥有网走湖畔农场、北山农场、二见冈农场、住吉农
场等大型农场，还拥有广阔的牧场、山林。饲养绵羊、乳牛、马匹、
兔子，还加工西服、黄油、靴子等，从山林里砍伐出来的木材除用作
燃料外，还用于制造家具、弹药箱等。

为了弥补战时劳力不足，网走刑务所派遣犯人参加狱外劳务，
去海军的美幌机场备置工地干活，同时也去军事设施工地劳动。

农场里建起称为"投宿点"的监舍，架设了岗楼。犯人们从早
晨干到太阳下山，看守部长骑着马巡视，看守负责监管犯人。看守部
长佩带小手枪，骑马时手持卡宾枪，看守们则佩带大型手枪。

町上的居民都看到犯人们早晨列队离开刑务所去劳动、傍晚回
刑务所。犯人们从刑务所后门一出来，便由看守陪同着朝狱外劳务所

---

① 町制：即从网走村改为网走町。町为日本地方自治的行政单位。

走去。他们既有集体一起去农场的，也有急急赶往面临鄂霍次克海的海军警备道路拓宽工地的。

即使雨雪天也照常干活。傍晚回到刑务所，晚饭后在狱内工厂制造部队委托的产品直到 9 点。同时，在网走站经常有头戴草笠、戴着手铐、腰上绑着法绳的成群犯人下车。他们是去女满别正在建设的海军机场从事劳务的，在看守的陪伴下穿过街道，朝女满别走去。

身穿浅黄色囚衣的犯人群体在居民的眼睛里，成了町上的一道风景。大正时代用刑务所附属的工厂里烧制的砖垒起的大门，高十五尺、四周达六百间长的围墙象征着町的性格，表示町与刑务所同在。

战事打响后，町的气氛很沉闷。以前是把入伍、出征的男人们热热闹闹地送到车站，如今因防谍措施而被禁止，只允许少量的家人送行，冷冷清清地目送着他们坐列车离去。

威胁居民的是粮食，尤其是大米，依靠北海道官署从日本本州、朝鲜或中国台湾运来填补消费量的缺口，但运输很困难，常常会中断。北海道靠推进农业改良政策努力确保主食。但 1940 年农作物发生病害，1941 年因低温灾害和水灾，歉收严重。北海道官署于 1940 年 7 月将大米配给设为赊销制，规定成年人每天的配给量为二合三勺。网走町也实施这个制度，但连配给量都无法得到保证，只能分配四成小麦，其他为土豆、大豆、荞麦、淀粉等。渔获量也因壮年渔民入伍，加上船只的燃料实行配给制导致出渔次数受到限制而锐减，给町民的配给量聊胜于无。

在粮食奇缺的同时，令居民感到不安的是燃料。柴火不够用，开始用煤炭。煤炭在战事打响后优先供应军需工厂，减少对普通家庭的配给量，居民被置于冬天的寒冷中。

北海道没有纺织工厂，对无法自给的布料采用票证制，但网走町实际上是搞不到票证的。况且由于金属物的强制上交命令，町上的商店招牌、桥梁铁栏杆、寺院梵钟等都被拆除、上交。同时由于缺少燃料和资材，公交公司实行企业联合，减少主要线路的运营次数，在网走町的街道上行驶的公交车被迫停止运营。

町上人们的生活随着战争的推进变得很不稳定，高墙内的刑务所里却秩序井然，生活一如既往地继续着。

5 点起床，5 点 30 分点名。盥洗、吃过早饭以后，参加狱外劳务的犯人们手捧木制盒饭箱，在看守的监管下出门，赶往狱外劳务所。根据司法省的命令，他们的主食确保米六麦四的比例每天六合，脸色也很好。只是作业服很多都有补丁，显现出缺乏布料的窘境，看守的制服也是如此。

犯人们在狱内工厂从事军需品的生产，制造弹药箱、战斗帽、大衣、领章、吊床、军靴、军袜、皮带等。他们由刑务所的卡车送出去。服刑成绩不良的犯人不允许参加劳动，在监舍内度日。

五幢呈放射状的监舍坐落在瓦屋顶的办公楼背后。在中间扇轴的位置高高地耸立着六角形的岗楼，能监视到所有的监舍。

从东京拘留所转来的无期徒刑犯人佐久间，囚禁在全是单人牢房相邻的第四监舍，为了能进行有效的监视，特地将他关押在最前端的第 24 号牢房里。

司法省行刑局向刑务所所长送来一大摞与佐久间作为"特殊刺头"有关的文件和告知书。自 1922 年官制改革，日本全国的监狱改称刑务所，监舍设备得到完善以后，从监室里两次越狱逃跑的案例还从未发生过，犯下两次越狱前科的佐久间被当作"难缠的囚犯"对待。

文件里事无巨细地记录着佐久间的性格、嗜好、牢房内的生活状态，以及洗澡、放风时的态度等，还详细地记载着从青森、秋田两家刑务所越狱逃跑的经过。尤其是关于从号称"不可能越狱"的秋田刑务所禁闭室里逃跑，还插入着禁闭室的房屋结构和逃跑路线的简略图，记载着他在小菅刑务所自首后接受检事审讯时招供的越狱方法。最后还写着，将佐久间转到网走刑务所是战争期间的要求，同时是对网走刑务所监管态势的绝对信赖。

在将佐久间关押在单人牢房的第二天，所长山本铨吉召集看守长们，将行刑局送来的文件内容向看守长们传达。

佐久间从东京拘留所被押送来时，虽说他有过两次越狱经历，但看到他戴着手铐、绑着法绳，还有以看守长为主的五名看守押送，也有人觉得太小题大做，但得知他从秋田刑务所禁闭室里逃跑的经历以后，看守长们顿时都紧绷着脸。

"从文件上来看，不像是人力所能做到的。全国有四万五千名犯人，没有人能做到像佐久间那样。把这种闻所未闻的越狱犯转到我们刑务所来，是司法省对我们的信任。为了报答司法省的信任，也有关本刑务所的声誉，绝不能让逃跑事故发生。"所长毅然决然地训诫道。

开始进行讨论，从东京拘留所押送来的看守长要求，在牢房里给佐久间戴上手足铐，这也绝不算过分，并决定就这样保持下去。同时选定两名经常去刑务所联盟武术大会柔道部参加比赛的看守，作为专职看守轮流承担监管的责任。

看守长们对在网走刑务所里工作深感荣耀。看守培训正规而严格，他们能敏锐地洞察犯人的动向，露出逃跑苗头的犯人将会受到严密监控，狱外劳动时基本没有发生过逃跑事故。何况他们怀有绝对不能容忍从牢房里逃走的自以为是的自负情结。

讨论一结束，看守藤原吉太和野本金之助便被召到刑务所所长办公室。他们都是三十五岁上下，体重都在二十五贯左右，体格彪悍，面对所长让他们专职监管佐久间的指令，当即立正回答说"是"。

从这天起，他们就专门负责监管第 24 号牢房。

单人牢房的屋顶、墙壁、地板全都是用厚厚的栎木建造，面对走廊的位置镶着铁框门。门上只有牢窗和下方递送餐具的小窗。

从牢窗观察房内，穿着朱红色囚衣的佐久间戴着镣铐端正地坐着。1936 年为了改善服刑成绩优秀的犯人的境况，制定了累进待遇令，之前让已决犯①穿的朱红色囚衣被废止，改穿浅黄色囚衣。在网走刑务所，朱红色囚衣、短布袜、兜裆布等直接被堆放在被服仓库里，但战事打响以后，由于布料缺乏，搞不到新的浅黄色囚衣，只好把朱红色囚衣从仓库里取出来，让重刑犯穿上。

逼着佐久间穿上朱红色囚衣时，佐久间抗议道："红囚衣是违反规定的。"

"别啰唆！还是这囚衣质地好。"看守极不耐烦地说道。

---

① 已决犯：日本旧时用语，指已经下达判决、正在服刑中的犯人。与之相对的为"未决犯"。

在昏暗的灯光下，佐久间的眼睛里流露出不满的神情。在监室里给犯人戴上镣铐，只限于担心犯人施暴或者有逃跑可能的时候。他没有这些迹象却被束缚住手脚，他对此好像颇感愤懑。

一到放风的时间，专职看守藤原和野本打开牢门，解开脚镣，让佐久间走到走廊里，把他带到监舍外。佐久间抬头望着天空，凝视着监舍背后隐约显露的、披着浓郁绿色的后山。看守分别站在他的前后不时地和他说话，他紧闭着嘴绝不回话。

也会有迷雾氤氲的日子。气温低，雾气寒冷。他身上的囚衣沾着湿气，朱红色显得更加醒目，眼睫毛上挂着细细的水滴。他在雾中站立着，也不走动。

按规定每周洗澡两次，他独自泡在浴池里擦洗着身体。两名看守站在澡堂的水泥地上注视着他。在青森刑务所，他曾有过卸下木桶铁箍、在澡堂里装作在擦洗臀部的模样，把铁箍在地上摩擦制作钥匙的前科，所以看守们不时地冷不防抓住他的手腕，让他把手掌摊开来。

在他放风和洗澡期间，看守部长督促经验丰富的看守对监室内部进行彻底检查。仔细探摸天花板、墙壁、牢门、牢窗、递送餐具的小窗，还检查卧具、便桶。佐久间回来后，还要让他脱得精光，让他张开嘴，甚至探摸他的耳孔、肛门。检查一结束便再戴上脚镣，关上牢门。这期间，佐久间微微睁开眼睛斜视着，紧闭着嘴。

夜里，云雾漫进监舍里，经常是直到早晨还影影绰绰的。

藤原、野本两名看守白天上班，夜间由其他看守每隔二十分钟打开牢窗观察房内动静。牢房内也是雾气朦胧，看不太清楚，但看到佐久间蒙着头睡觉，看守们便粗暴地破口大骂，直到佐久间探出头来才罢休。

5月21日，阴天，从傍晚起就雾雨霏霏。

刑务所所长把办公楼的职员们召集起来，一副沉痛的表情说道："传达一个噩耗，是大本营公布的。"他开始宣读拿在手上的公示文章，"联合舰队司令长官山本五十六海军大将，于今年4月在与美军交战的指挥中，于飞机上毙命。后任海军大将古贺峰一由天皇亲自任命，已经执掌联合舰队的指挥。"

职员们都泥塑木雕一般站立着，沮丧地垂下了脑袋。山本司令长官在上个月的18日战死了，这一消息被严格保密着，直到骨灰被送回本州才于下午3点公布的。

山本的死也由看守向在监区内外劳动的犯人们传达。战争刚开始时的优势渐渐地失去，海军最高指挥官的死，表明日军已陷入困境，刑务所里的气氛变得很沉重。

北海道官署公布灯火管制规定，即使在网走刑务所，监舍内的十六烛光电灯有一半也用黑布蒙着。为了节电，一百伏的电压被降低到五十伏。

5月25日，召开刑务所所长参加的例行会议。佐久间转来已经有一个月。在这个会议上，看守长要汇报有关佐久间的情况。监管有专职看守负责，放风、洗澡时也始终监视着他的动向。监室搜检和裸身检查都没有发现越狱的迹象。只是，最明显的是佐久间采取沉默的态度，这可以解释为对穿红囚衣、戴镣铐表示不满。

"可能是因为本刑务所的监视很严格，加上在偏僻地区的刑务所里服刑，他情绪低落吧？"

看守长这么一说，也有人同意他的说法。

其他看守长各自汇报犯人在狱外劳务所、狱内工厂里的劳动情况、生产量等。这些全都是令人满意的。

"听说町上的人都在传说犯人们吃得好。居民的主食有时会停止配给，还出现了将野草等掺杂在主食里的现象。一想到这些，在粮食方面，犯人这边的确算是走好运了。"看守长说道。

会议室里传出轻轻的笑声。但是，所长依然紧绷着脸训示道："主食始终要绝对保证每天六合。这是刑罚执行的基础。也许有人会觉得配给量远超普通国民很不合理，但绝不是这么回事。犯人的情绪在很大程度上受食物左右。如果食物的质与量降低，囚情必定不稳，会造成事故频发，难以收场。幸好本刑务所从很早以前起就已经作为农场刑务所形成自给自足的态势，不用担心犯人的粮食会断档。看来其他刑务所都过得很艰辛，不过还是维持着六合的主食。不管町上的人说什么，都把它当作耳旁风……"

刑务所里的气氛由于公布了联合舰队司令长官山本的战死而变得沉闷，紧接着5月30日通知阿图岛失陷和全体守备队员全军覆没，据说守备队队长山崎保代陆军大佐以下两千数百人战死，或自杀。

这个报告给全体国民带来了震动，尤其在北海道居民的眼里被视为身边的事而影响甚大。

1940 年 12 月，将桦太 ①、千岛 ②、北海道和青森、秋田、山形、岩手等东北地方四县作为管辖区域的北部军，把司令部设在札幌，根据中央训令努力加强对苏作战的准备。随着太平洋战争的爆发，北部军的目标改变了，将对苏作战的准备变成了对美战斗的防御。因为推测美军的攻击会通过阿留申群岛向千岛、北海道方向推进。北部军坚信阿留申群岛在美军的手里会变成军事基地，便先发制人，于太平洋战争的第二年，即 1942 年 6 月，占领阿图岛和基斯卡岛两座岛屿，然后增强兵力负责防守。此后一年里，美军的飞机对两岛的攻击和潜水艇对补给船的攻击越来越频繁，5 月 2 日美军开始对阿图岛进行登陆作战，这次战斗也以日军守备队全军覆没而结束。

守备队员主要是第七、第八师团在北海道和盛冈组成的官兵，给了北海道居民极大的震惊。同时，完全可以预料美军攻占阿图岛以后，会把从千岛向北海道进攻设为攻击目标。网走町靠近千岛群岛，网走町的危机感很强烈。

在北海道，根据美军飞机第一次空袭东京后发布的"加强防空紧急措施"，为了设置防空壕、防止火灾的扩大，采取了强拆房屋、增强防空火器等措施。室兰市是北海道的重要军需工业地区。为了室兰市的防空，在札幌北民间机场配备飞行战队。即使在网走町，也增设了防空用储水槽，在各町里积极进行防空训练。同时，在网走气象

---

① 桦太：桦太岛为"二战"时期日本的殖民地，今为萨哈林岛南部。

② 千岛：位于俄罗斯远东堪察加半岛与日本北海道之间，将西北太平洋和鄂霍次克海分隔开来。全长1300千米，由56个岛组成。千岛群岛现属俄罗斯萨哈林州管辖。阿伊努族为当地原住民。

台前新设防空监视哨，海岸线的防守也得到加强。

公布阿图岛全灭的那天夜里，町上云雾缭绕。因为灯火管制，路上一片漆黑，罕见通行的人影。

翌晨还是云烟朦胧，参加狱外劳务的犯人离开刑务所，在迷雾中向各劳务所散去。

在单人牢房毗邻的第四监舍，腰上佩着军刀的看守颇有规律地巡查着。监管佐久间的专职看守因为监管区域变小，所以每十分钟就打开佐久间房间的牢窗观察房内动静。佐久间有时戴着脚镣在牢房内来回走动，也许敏锐地察觉到看守在走近，便用与平时一样的姿势端坐着。即使看守蹑手蹑脚地走过去冷不防窥探，他也不为所动。

那天佐久间也是低头坐着。即使看守对他说"动作很标准啊"，他也不理睬，连头也不回。

到了下午迷雾也没有散去，监舍内弥漫着雾气。看守藤原吉太跨着有规律的步伐走来，一路上沿着牢房一扇扇地打开牢窗朝里观察，向佐久间的牢房靠近时，他突然停下了脚步。

他看见房门下方的小窗放着黑乎乎的东西。短促的惊叫声从他嘴里脱口而出。那是手铐，两个铐环整齐地摆放着。他跑到牢房门前打开牢窗。佐久间稍稍低伏着脸端坐在昏暗的房间里，双手放在膝盖上。

藤原关上牢窗，在走廊里一阵狂奔，径直冲进日班看守长所在的办公室。

"佐久间把手铐打开了！"

听到他的喊声，看守长和看守部长猛地站起身，和藤原一起跑出了房间。正在巡查的野本也赶了过来。

他们打开房门，冲进房内，抓住佐久间的手臂让他站起来，剥去他的囚衣，连兜裆布也卸下来，检查衣服，在房内进行了搜查。

"钥匙在哪里？"藤原厉声问道。

佐久间紧闭着嘴，脸上浮出微微的笑意。

在牢房内没有发现可疑的东西，他们还对佐久间进行了裸身检查。探摸他的腋下，让他张开嘴抓住他的舌头往上提，舌头下边插着细细的铁皮。接着检查耳朵、鼻孔，让他四肢着地趴着，戴着手套的手指插进他的肛门。从肛门里发现用石蜡纸包着的东西，一打开，里面是细铁皮。

看守长们的脸色顿时变得苍白。

藤原猛击佐久间的脸部，冲动地大声问他是从哪里搞到铁皮的。但佐久间没有回答，嘴边只是露出冷笑。

重新拿来手铐给他戴上，用法绳将他的身体捆了个结实。看守长们回到走廊里，关上牢房门。野本看守站在走廊里监视着，看守部长急急赶到所长办公室报告这起事件。

所长召集看守长们召开紧急会议。第一发现人藤原看守也受命参加。

所长以及看守长们都脸色铁青，眼睛里露出凶悍的目光。藤原和值日班的看守长分别对这起事件进行了说明。

佐久间的行为是对刑务所肆无忌惮的挑衅。将解开的手铐从小窗里塞出来，并将铐环整齐地摆放着，这表示手铐之类的戒具对他是毫无意义的，暗示自己要越狱。在司法省行刑局送来的文件里记录着他在宫城刑务所期间和从小菅刑务所向秋田刑务所押解途中的列车上，都解开过手铐。看守长们重新认识到，解开手铐对佐久间来说简直易如反掌。

把钥匙分别藏在嘴里和肛门深处，这能看出佐久间行事缜密。他肯定以为嘴里的钥匙被发现的话，搜身就会结束，肛门是不会被检查的。在这一点上，可以说看守的彻底搜身功德无量。可是，将解开的手铐塞到走廊里，这是大胆的示威行为。以前两次越狱，作为准备阶段也经常向看守暗示要逃走，使看守们不知不觉地感到气馁。据判断，打开手铐并把它塞到走廊里，这是给看守们施加心理压力的手段。

网走监狱改称刑务所以后，从单人牢房里逃跑的案例还从来没有发生过，刑务所的狱卒们以此为傲。在他们眼里，佐久间的行为是难以容忍的。

关于对佐久间的处置，有人提出将他关押在禁闭室里，但有过秋田刑务所的例子，很多人表示反对，说这反而会很危险。禁闭室远离监舍，监控密度很稀，逃跑的概率会很高。甚至有人推测，佐久间做出解开手铐这个挑衅行为，就是希望把他关到禁闭室去。于是决定还是把他关押在第四监舍第 24 号牢房里，同时对佐久间打开手铐藏匿钥匙的行为，给予七天里减食二分之一的处分。

牢房里放有便桶。经查明，钥匙是从便桶上卸下一根铁箍制成的。在牢房搜检中疏忽了，负责搜检的看守部长和看守受到申斥处分。为了防止再次发生此类事件，刑务所将便桶的铁箍换成了竹箍。

从这天起，分发给佐久间的食物数量减少一半。他在牢房里连轻微的劳动都不做，他的伙食接近干活犯人的二分之一，减少这些食量是很严酷的处罚。餐具中只是在底部薄薄地摊着一层米麦，他像舔似的吃了饭。

减食二分之一的处罚，虽说五天是极限，但他忍着，丝毫也没有流露出恳求停止处罚的意思。他脸色憔悴，似乎连坐着也很费力。

## 5

进入 6 月，几乎每天都是响晴薄日，但也有一整天都是云烟迷蒙的日子。从大海方向传来在迷雾中进出港口的船只的汽笛声。监舍里也是雾气涌动，衣服和卧具都湿漉漉的。气温低，犯人中也有人耳朵和手脚都出现了冻疮。

佐久间戴上了新的手铐和脚镣，在牢房里端端正正地坐着。他只被允许在傍晚有三十分钟可以盘腿坐或者伸伸腿，但站立还是被禁止的。

他解开手铐塞到走廊里的行为，刑务所以文件的形式向司法省行刑局报告，行刑局对此提出要更加严密地进行监管、防止事故发生的警告。

整个 6 月下旬气候都是清寒，进入 7 月，气温终于上升。

阿图岛全灭以后，决定放弃同在阿留申群岛的基斯卡岛，驻扎在岛上的五千六百多名守备队员，于 7 月 29 日趁天还没亮的时候，根据第五舰队第一水雷舰队周密的撤退计划，在迷雾中用了一个小时全部撤离。

　　大本营判断，美军将阿图岛和基斯卡岛两座岛屿设为军事基地以后，进攻千岛群岛的可能性很大，便积极要求加强这方面的防备。美军也有可能放弃千岛群岛直接进攻北海道，北海道也要努力做好备战准备。在靠近千岛的网走町方面，由陆军少将桂朝彦指挥、两个大队组成的第三十一警备队，在西至常吕、东至斜里的沿岸展开防卫，在网走町再配备一个中队。

　　网走町附近的沿岸一带，从去年起就构筑了步兵炮阵地、散兵壕、坦克壕等工事，从那年春季起由于警备队的请求，也从刑务所派遣犯人外出劳役。构筑工事的地点是从地处网走町尽头的二岩到朝北突出的能取岬，即沿鄂霍次克海的海岸线一带。

　　那段海岸上，在能取岬和网走町之间只有一条羊肠小道处在矮竹丛生的原野之中，在能取岬灯台工作的人往返于这条小道领取粮食及其他日用品。警备队出自在海岸线设置防卫阵地的需要，计划先修筑卡车能自由交叉通行的道路，并把这一工程委托给了刑务所。若是普通道路，可以呈直线直通能取岬，但它是海岸防卫的军用道路，就必须沿着弯弯曲曲的海岸线打通道路。

　　刑务所挑选了六十五名服刑期已过一半、不用担心会逃跑的健康犯人去筑路。他们由看守部长内野敬太郎带领六名看守负责监视。劳动时犯人们都手持丁字镐、铁锹、圆木等能成为凶器的工具，所以内野佩带着卡宾枪和小型手枪，看守们则佩带大型手枪。

　　从筑路开始那天，犯人们凌晨 5 点起床，吃完早饭后带着木制盒饭箱、肩扛土木工事用具列队从后门走出，去筑路工地。内野骑马走在前面，看守们围着犯人的队列行进。

一到工地上，犯人们便在十间宽的幅度内放倒树木，挖出树根，随挖出的岩石一起搬走。开出路旁排水沟，平整路面，开出六间宽的道路。途中有许多沼泽，就在沼泽上架木桥。

筑路工地即使下雨天也不停工。犯人们冒着雨，看守们因为在犯人逃跑时需要做到身手敏捷，所以不允许穿雨斗篷。他们坚守着监视的岗位，往往连内衣都湿透了。

干到傍晚5点结束，犯人们在看守的押送下回到刑务所。但他们没有时间休息，晚饭后直到9点，他们还要在狱内工厂继续完成军需品的生产。

劳动结束后，看守们让犯人们回到监舍，待犯人一走进牢房，便锁上门并检查钥匙，与值夜班的看守们进行工作交接。同时，其他负责工厂的看守们则要在工厂内善后，尤其在被服工厂，要倒掉装在熨斗里的木炭，在锻冶工厂还要确认有无火种。他们结束这些工作之后回到办公楼，往往已经过了10点。

随着筑路工程的推进，工地离刑务所越来越远，犯人们的往返时间增加，劳动时间缩短。

看守部长内野考虑，要加快工程的进度，最有效的是让犯人们寄居在筑路工地附近。他向所长提出申请，要在工地附近设立投宿点，并得到了批准。

海岸线上有两栋军队警备队员使用过的旧三角兵营。内野将其中一栋设为犯人投宿点，另一栋充当看守的临时住宿点，并对兵营进行了检查。兵营西侧连接着树木繁茂的山丘，没有问题，东侧面临海滨沙滩，波浪一直扑打到跟前。若是将那里设为犯人投宿点，企图逃跑的犯人如果从房间内挖通东侧的沙滩，显然能轻易地溜到海滩上，必须设法杜绝这一点。

他让犯人们把数百根直径有八寸粗的圆木运到那里，深深地打进预设为投宿点的兵营东侧沙地。他还担心镀锌薄铁皮葺的屋顶会被海风掀去，让犯人们将蜘蛛网似的纵横交错布满带刺的粗铁丝钉结实，同时在附近设置岗楼监视投宿点。

从将犯人收押在投宿点的翌日起，劳动从早晨5点半一直持续到太阳下山。犯人们对能在筑路劳役结束后的夜间从事狱内劳动并寄居在投宿点里，感到很满意。

筑路工程进行得很顺利，7月下旬，全长七公里的道路工事完工了。

夏日炎炎，刑务所背后的山上蝉声聒噪。农场的作物长势良好，满载蔬菜类的牛车队列每天过桥走进刑务所的大门。

进入8月不久，担任杂务给单人牢房分送食物的模范犯人来到佐久间的专职看守野本那里，吞吞吐吐地报告了一件意想不到的事。他说，他像平时那样将餐具从佐久间房门下部的小窗放进去，随即就被里面接走。这时，他发现了异常。

"那只接餐具的手，好像没有戴手铐。也许是我看错。我是那样感觉到的，为了以防万一，我特地来报告一声。"头发花白的杂务犯人露出一副将信将疑的表情。

野本让杂务犯人回伙房，便将此事告诉正在巡查的同事藤原看守，两人一起向正在办公室里的日班看守长报告。正因为佐久间自从转到网走刑务所以后，已经有过用自制钥匙打开手铐的行为，所以推测杂务说的事肯定不会是子虚乌有。

他们马上跑出办公室。估计佐久间察觉到有脚步声靠近会重新迅速地戴上手铐，要掌控现场，就要有一个人先无声无息地靠上前去，冷不防地打开牢窗。

野本接受了这个任务。他脱下靴子在走廊里轻手轻脚地走上前，一靠近佐久间的牢房便猛地打开牢窗，眼睛一眨不眨地注视着房内，向站在走廊里的看守长们招了招手。

他们奔跑过去，打开铁门的锁冲进牢房内。佐久间面无表情地吃着饭。抓着筷子的右手手腕上不见手铐的铐环，铐环在连接着左手手铐的锁上悬吊着。

野本愤怒地斥骂着击打佐久间的面颊，抓住他的手腕让他站起来。餐具掉落在地上，食物撒了一地。对他粗暴地进行搜身，从他的腋下掉落一根短铁丝，并对他的嘴巴、鼻腔、耳朵、肛门都进行了检查，从这些部位什么也没有发现。

佐久间被迫坐下，重新戴上新拿来的手铐。

紧接着佐久间涨红着脸像是要竭力扭断双手的手腕似的。看守长们不明白他这动作的意思，惊诧地望着他，眼睁睁地看着戴在双手上连接着两个铐环的锁发出声响，然后被拧断。

野本他们看得目瞪口呆，忙不迭地用法绳将佐久间的身体捆个结实，并将重新拿来的手铐将他双手铐在身后。这期间，佐久间的脸上没有任何反应。

野本揍他，追问铁丝的来源，佐久间回答得格外爽快："是放风的时候。"

铁门被关上。看守长急急赶到刑务所所长办公室。

所长听到报告，召集看守长们召开紧急会议。

听了日班看守长的报告，所长以及看守长们的脸上都流露出惊愕的神情。他们都紧绷着脸交换了看法，对事故情况进行了讨论。

首先，再次证实佐久间仅用一根铁丝就能轻易打开手铐上的锁。从牢窗频繁窥探房内情况的藤原、野本两名看守和值夜班的看守们，都没有报告说发现了异常，可以认定在这期间他是经常把手铐解开的。尤其是夜间，他在被窝里睡觉时双手完全有可能是自由的。5月31日发生的事故，他故意把卸下的手铐从小窗塞到走廊里。这次和那时一样，他显然是故意让杂务犯人看到他没戴手铐的右手。据分析，他是在炫耀手铐对他毫无意义。

关于铁丝的来源，据推测，在放风时是禁止蹲下的，所以他肯定是悄悄地将掉在地上的铁丝扎进草履鞋底带到牢房里的。

看守长们望着桌子上放的铐锁被拧断的手铐。铐锁毕竟不是靠人力所能拧断的，佐久间能轻易将它拧断，足见他是个臂力超常的人。

"行刑局送来的文件里写的是'难缠的特殊刺头'。果真如此。本刑务所从1922年改称刑务所以来，还从来没有发生过从监室里逃跑的事故，可以说佐久间是对此进行挑衅。这个刺头真是百闻不如一见。如果我们放任不管，万一他越狱，本刑务所将声誉扫地，会给努力完成圣战的后方造成治安上的混乱。为了防止这种事情发生，我们的处置必须采取一劳永逸的办法。"所长用强悍的语气说道。

关于处置方法，大家的讨论有些热烈。最后决定，用普通镣铐不起作用，要给他戴上结实的特制戒具。有锁眼的戒具容易打开，这样的戒具不能使用，要将两个铐环的连接处用螺帽拧紧并将螺帽头砸扁，使用这样的戒具他绝对无法打开。会议决定要打造一副这样的戒具，并交给锻冶工厂经验最丰富、技术最熟练的犯人去做。

会议结束，任戒护课课长的看守长去锻冶工厂命令犯人打造特制戒具。

所长特地把负责监管佐久间的藤原、野本两名看守喊到所长办公室。

"佐久间从青森、秋田两家刑务所两次越狱，是个前所未闻的刺头。根据司法省送来的文件，说他逃跑的最大原因，在于专职看守的监管态度。"

听着所长的话，立正着一动不动的藤原他们显得更加紧张。

"佐久间在夜间有个蒙着脑袋睡觉的习惯。一提醒他，他就威胁说，在你当班的时候逃走。看守虽然不会相信，但听他屡次这么说时心里也会感到烦乱，不久便终于默许佐久间违反监规了，看守在心理上就输了，佐久间处于优势，它会使越狱变得可能。怎么办？绝不能输给他。要让他严格遵守监规。不过佐久间反抗意识很强，是会记仇的性格，对这样的犯人绝不能松懈，但反过来也需要通情达理地对待他。这么做虽然很困难，但我希望你们把我今天说的话牢牢地记在脑海里，努力工作。"所长用殷切的语气劝慰道。

两名看守恭敬地弯了弯腰行了个礼，便走出房间离去。

佐久间再次被处以七天减食二分之一的处罚，放风也被禁止了。

翌日，特制的手铐、脚镣从锻冶工厂送到所长办公室。这副戒具用厚钢制作，重量有四贯，粗粗的螺帽塞在两个铐环的接口处。看守长们被召集到房间后，将镣铐拿在手里时感到很稀罕。

值日班的看守长立即和看守们一起拿着手铐、脚镣，带着锻冶工厂的犯人去第 24 号牢房。让佐久间脸朝下趴着，给他戴上脚镣。在两环接口处插入螺帽，下面填好衬铁，犯人挥动小型铁锤，把螺帽的头部砸扁、砸平。

接着让佐久间坐好，把双手绕到背后，戴上手铐。

佐久间脸色陡变，惊慌地嚷道："不要反铐！我怎么吃饭啊？"

可是，看守长毫不留情地插入螺帽，并将它砸扁。

"你们做得这么绝情，还是人吗？我要跑。我一定要逃跑。到那个时候，你们不要哭！"佐久间的脸因愤怒而涨得通红，他的嗓音里充满着悲切。

看守长和看守们走出牢房外，关上房门，上了锁。

他们对佐久间的处置被视作是锦囊妙计，接着就是操心灯光的事。因为灯火管制，监舍内的通道上点亮的十六烛光灯泡有近一半用黑布蒙着，所以监舍内很昏暗，担心佐久间会利用这一点越狱。要预防事故的发生，就必须即便只在佐久间的牢房附近也要保持明亮。特事特办，购买、安装了两百烛光灯泡。监舍走廊的窗户用黑布遮挡着，防止灯光泄出窗外。

从那个月的 1 日起，全国的刑务所配发给犯人的主食量出现了变化。

普通国民每天的大米配给量是二合三勺，在军需工厂从事重体力劳动的人是四合。但是，随着战争越来越激烈，从朝鲜、中国台湾、泰国、缅甸、法属印度支那运来的大米，因海上运输航线中断而无法运来，光靠本州米就连配给量都得不到保证。为了填补这个缺口，必须减少大米的配给量，改用甘薯、大豆、杂粮代替。在这样的粮食情势中，各刑务所以米四麦六的比例每天分给六合，但要给全国刑务所将近五万名犯人配给这样的数量是不可能的。农林省向司法省提意见，认为配给犯人的主食超过普通国民一倍以上，这是很不合理的。司法省反驳说，要让犯人的情绪保持稳定，就要保证以往的主食数量，这是绝对必要的。然而，缺粮的情况越来越严重，司法省不得不答应农林省的主张。

重新规定的主食量，将米、麦设为四合五勺，减少的一合五勺用同等数量的大豆来弥补。农林省粮食管理局将十个月的满洲大豆交给司法省，准备实施这个方案。

粮食的质次量少会给犯人造成极大的刺激，因此司法省行刑局在向全国犯人发行的报纸《人》上刊登长篇文章，详细叙述必须节食的情况，希望得到理解。解释说整个粮食状况极其恶化，处于主食量也要靠甘薯、大豆、杂粮来填补的状态，刑务所也必须配合这个局势，在主食量中掺入大豆。最后说，能挺过这一关，是一条将战争引向胜利的道路。

各刑务所竭尽全力以狱内为主将所有的空地设为耕地获得农作物。但是，大城市的刑务所里囚犯人数众多，设为耕地的空地又很少，所以干部们为搞到粮食绞尽脑汁。

在这样的状况下，拥有大型农场的网走刑务所已经达到了自给自足，没有必要将司法省指定的大豆充当主食。主食和以前一样每天以麦六米四的比例配给六合，还用小麦、大豆制作酱油、豆酱。蔬菜类也从未缺少过，只是鱼、贝类难以搞到。

被反铐的佐久间吃饭时不能用手，所以不能把主食盛在碗里而是发给饭团。他将身体向前弯曲着把饭团衔在嘴里，将嘴伸进碗里吃。因为心急，经常咬到碗边。

他对刑务所十分恼火。

他望着从牢窗外窥看房内的看守，眼睛里浮现着狞恶的刺一般的光芒。

他被禁止到监舍外放风，而且每周两次的五分钟洗澡也被减少到一次。这是因为让佐久间洗澡非常烦琐。带他去澡堂时必须解开脚镣，因为是特制的，所以要用锉刀将螺帽头锉掉。预计到他的脚获得自由后会引发意想不到的逃跑事故，为了防止这一点，包括藤原、野本两名看守在内的七名看守把他围在中间，锻冶工厂的犯人用锉刀解开脚镣。光这一过程就需要将近一个小时。

看守们将佐久间前呼后拥地带进澡堂，让他浸泡在浴水里。因为还戴着手铐，所以无法擦洗身体，仅仅只是将脸泡在浴池里。脚腕不知不觉地出现了暗红色的痞子。一带回到监室里，就再戴上脚镣，犯人拧紧螺帽砸扁螺帽头。

每次洗澡都要将这一过程重复一遍，所以看守们嫌麻烦，其中也有人生气地嘀咕说，还不如把洗澡都禁止了。

网走町的夏季大多数的日子里云山雾罩。一起雾就气温下降，甚至感到寒冷。尽管如此，也有正宗像夏天的日子，那年气温比往年热，也有将近三十度的天气。

进入 8 月下旬，从后山传来的蝉叫声也绝迹了，秋风萧瑟。

估计美军会进攻，千岛群岛方面的防备得到了加强，作战能力也得到了显著提高。网走港成了向千岛群岛方面输送军需品的基地之一，组成船队的小型船只进出频繁。根据风向，监舍里有时也能听到船只的发动机声。另外，将美幌机场作为基地的军用飞机，发出轰鸣声频频掠过刑务所的上空。

9 月中旬，据报道，美国军机空袭了千岛群岛最北端的幌筵岛 ①。岛上设有陆军航空基地。12 日早晨，B25、B24 共二十架飞机对基地进行了攻击。日本飞机进行有效迎击，积极应战，击落 B24 五架、B25 一架，再加上地面炮火击落 B25 四架。这次攻守战的结果美军方面也承认，翌日外电报道，美军当局公布有十架飞机没有归队。

击落大半来袭飞机这一战果，增强了网走町居民对军队的信赖，但同时也产生了战斗最前线已经逼近极限的惶恐情绪。海岸线上正在积极构筑战壕，居民也被动员起来从事劳务，但传闻四起，说美军没想要占领千岛群岛，而是企图直接在网走町附近进行登陆作战。

在欧洲战线，日本的军事同盟国德国、意大利两国的军队遭到盟军的总反攻受到压制，9 月 8 日意大利向美国、英国、苏联无条件投降，德国更加陷入困境。日军遭到美军的猛烈攻击，放弃莱城和萨拉毛亚两座岛屿，努力缩短、巩固战线。

国内的战时气氛越来越浓烈，人们被军需工厂征用，连学生也被正式动员参加劳动，理发师、车站检票员等女孩子也能做的十七个

---

① 幌筵岛：千岛群岛第二大岛，仅次于择捉岛。1875—1945 年属日本。1945 年 8 月 "二战" 结束后，按照《雅尔塔协定》成为苏联的一部分。

职业种类，禁止男子就业。同时，不到二十五岁的未婚女性作为女子志愿队在军需工厂劳动，规定这是应尽的义务。

在网走的街道上，秋色迅速弥漫开来。后山的树叶变成红叶，它们颜色变淡，每次清风袭来，枯叶随风起舞。

町上的男人作为征用工在地处海岸边的造船所里工作，建造木制的标准型船舰。女子、学生在机场的配置工地劳动。年轻男人入伍、出征，町上老人、女孩子的身影引人注目。

网走刑务所里除了囚禁在单人牢房里的犯人外，其他犯人都在狱内工厂参加劳动，或者去狱外园艺农场以及美幌机场、女满别机场参加劳役。虽然粮食能得到保证，但布料奇缺，犯人们的衣服即使破了也没有缝补的布料。因此与在园艺农场收获的大豆做交换，或者让北陆地区的刑务所送来犯人纺织的布料。

气温降低，开始出现霜柱。远处的山峦早早地披上了雪，闪耀着白色的光芒。去狱外劳动的犯人们吐出的哈气是白色的。雾气迷蒙的日子减少，碧空如洗。家家户户的火炉烟囱里开始冒烟了。

11 月 1 日，司法省进行机构改革，行刑局和保护局合并组成刑政局①，正木亮被任命为局长。正木亮积极推动提早假释的措施，作为对去军需工厂参加狱外劳务的模范犯人的恩典。目的是增加普通的劳动人口，同时也减少囚犯人数，缓解缺粮的危机。

这天，佐久间的反铐改为前铐。因为看守中出现了"他那向前趴着像狗一样吃饭的身影实在太惨了"的呼声，所长采纳了大家的

---

① 刑政局：刑事政策局的简称。

意见。

　　"你干的事像是在挑衅，所以才让你反铐的。如果你不干蠢事，在牢房内可以不用戴什么镣铐，能够轻松点。你自己好好想一想。"藤原看守教导道，佐久间的眼睛微微地湿润了。

　　这个月的 5 日，下了第一场雪，两天后大雪纷飞，气温降到零下。

　　翌日，刑务所给全体犯人发放细筒裤和短布袜，卧具也增加一条盖被。佐久间也穿上了红色短布袜、红色细筒裤。参加狱外劳务的犯人穿着雪地草鞋从刑务所的大门出去。

　　狂风大作的日子很多，扑打岩边的海浪声一直传到了町上。网走湖和河里开始结冰。

　　11 月下旬，连日来风雪交加，比往年寒冷得多。飞舞的大雪遮挡了视野，町上和刑务所都被冰雪包裹着。

　　12 月 1 日，根据规定，监舍里要搬进火炉，但排列着四十个监室的监舍通道中央只能放一个，而且因煤炭缺乏，只能配给煤粉，火力很弱。靠近火炉的牢房多少能减轻些寒冷，但佐久间的牢房处在监舍的一端，完全感受不到火炉带来的暖意。

　　在网走刑务所，最可怕的就是冬天的寒冷。

　　因为犯人的体温和哈气，监室的墙壁很潮湿，随即就结冰了。加上雾气涌动，冰结得更厚。放在牢房内的卧具也结了冰，夜里睡觉时必须把冰揉碎掸掉。犯人们为了防止冻伤，不断地摩擦着手脚和面颊。

　　佐久间不堪忍受寒冷，睡觉时将被子从头蒙上，但没有受到训斥。按照监规睡觉时脑袋必须伸出被子外，被子边就会因为哈气而结冰，下颌和嘴边都会被冻伤。为了避免冻伤，只在冬季钻进被窝里睡觉会得到默许。

在天寒地冻的日子里，排列着单人牢房的第四监舍里传来看守"盐热水"的喊声，犯人们会发出欢呼声。

看守们推着浴池似的箱车走来，打开牢房门，推进房内。池里盛满着用炭火烧热放入盐的热水，犯人们将双手泡在热水里。据说这有预防冻伤的效果。犯人们闭上眼睛陶醉在渗进手掌里的温暖中。手从热水里抽回后立即用干布擦拭。

盐热水的箱车沿着一间间牢房向前移动，佐久间也将戴着手铐的手掌泡进热水里。

网走川流经刑务所前面，滴水成冰的早晨，水汽从网走川的水面上腾起。它使刑务所的砖墙和河岸边的树木变得潮湿并且结了冰。监舍和工厂的屋檐下也垂吊着粗粗的冰柱。

战局恶化，报道了塔拉瓦岛和马金岛的守备队员全军覆没的消息，宣布学生要出征上战场，紧接着是征兵年龄降低一岁。

12 月底，在全国的刑务所里服刑的囚犯人数是四万五千六百二十七人（女囚七百五十四人），那一年有一千三百零五人病死。这个数字给了司法省极大的震动。1940 年以前，犯人的死亡率比普通国民低。在刑务所内虽然被束缚自由，但起床、就寝的时间固定，饮酒、抽烟都被禁止，生活有规律，因此犯人的健康得以保证。但从太平洋战争爆发那年起，犯人与普通国民的死亡率发生逆转，去年是 1.6 倍，这一年剧增到 2 倍，估计这样的趋势还会更加明显。

　　那些病死者都有在战前从未出现过的症状。患结核病死亡的人最多，这没有变化，但它的比例却大幅下降，维生素缺乏症、肠胃病等急剧增加。再者，战前的死亡者以老龄为主，但现在最多的是三十岁到四十岁这一年龄层，之后依次是四十多岁、五十多岁的人，壮年死者多是不正常的。

　　以米、麦为主食的摄取量是普通国民配给量的两倍以上，然而死亡者反而多，这是令人难以置信的。可是从病名和死亡年龄来看，主食再多，营养缺乏的症状仍然很明显，死亡显然是由此造成的。普通国民因为主食量少，虽然忍饥挨饿，但靠吃野菜、抓河鱼度日。犯人们只给腌菜或咸梅干等副食，患上营养失调症的概率就会很高。

　　在这样的情况下，网走刑务所能收获的蔬菜类、谷物类的种类很多，犯人们吃刑务所农场里收获的食物，死亡的人很少。在全国的刑务所中，网走刑务所在食物方面是最丰富的。

—— 6 ——

到了 1944 年。

从年底起就寒意凛冽、冰霜惨烈，为往年所未见，气温降到零下二十度。

元旦和翌日都是暴风雪，町上的人们身上裹着外套去网走神社，做新年后的首次参拜。海岸边激浪汹涌，浪花击碎的声响震动着町上的空气。刑务所里的犯人也因正月假日而休息，吃着放有小年糕的年糕汤。

1 月 5 日早晨，町上的人们发现不绝于耳的波浪声突然消失，街道上笼罩着深深的静默。他们怀着某种预感赶到能望见大海的地方，看到眼前浮冰连天，从海岸边一直延伸到洋面上。往年浮冰没有来得这么早，一夜之间就涌到海岸边结冰了。休渔期间停止打鱼直到春季开渔。

每天下雪，浮冰上狂风怒号，町上被暴风雪刮得飞沙走石、雪花飞舞。

犯人停止在农场的劳动，走进森林里从事采伐工作。冰雪和寒冷给狱外劳务的犯人们带来难以忍受的痛苦。作业服是絮棉花的筒形窄袖和服，短得只到膝盖处。下半身只穿着两条细筒裤和短布袜，穿着草鞋干活。他们将伐倒的树木运进刑务所内的木材加工厂，或者当柴火。看守把枯枝堆起来烧火，上午9点和下午3点各有三十分钟让犯人们取暖。可是，依然有很多人冻伤，这些人休息不用干活，被允许去病舍里接受治疗。

看守们始终将犯人置于视线之内监视着。他们不允许穿大衣，以免在发生犯人逃跑等事件时会妨碍追踪、格斗，因此在宽大的官服下穿着无袖外褂或者填塞报纸，但他们与参加劳动活动肢体的犯人不同，必须站立着几乎一动不动，所以身体寒冷彻骨，几乎没有不被冻伤的。他们一边接受治疗一边执勤，身体孱弱的忍受不了对狱外劳务犯人的监管，希望在刑务所内执勤，但看守人员奇缺，他们的要求通常不被接受。

在监舍内执勤的看守们也在与寒冷搏斗。白天执勤时条件与牢房内的犯人们一样，夜间看守就置身在严酷的寒冷里。晚上9点犯人在工厂里的夜间劳动结束，各自回到牢房内就寝。牢房内冰冷，身体暖和需要段时间，过了一个小时，所有的牢房内都传出鼻息声。看守们则在寒冷中浑身打颤地在监舍的通道上按一定的步速来回巡查。他们摩擦着手和脸，走过火炉边时伸手烤一下，但严禁停下脚步，必须马上离开。他们心里对钻在被窝里睡觉的犯人们充满了嫉妒。

执勤每隔两小时轮休一次，在休息室里瞌睡两个小时，然后再接班执勤。可是，即使在休息室钻进被窝里，身体也冻得睡不着，两个小时后必须再走出房间。他们的嘴唇周围因为哈气而湿润，有的人被冻伤，甚至伤口化脓。

从去年秋季起，看守们的目光都集中在犯人们的伙食上，常常谈论起这个话题。

看守们和町上的居民一样，每天接受二合三勺的大米配给，但有名无实，杂粮、大豆、甘薯、淀粉等代替大米配给。大米和小麦是难得一见的稀罕物。在刑务所的农场里收获的农作物，规定原则上给犯人们使用，因此犯人们每天都能吃到米麦混合的主食。有时农场里采摘的农作物有多余，看守们能从刑务所购买，但大多只能吃到屈指可数的代用食品，从家里带来的盒饭也都是甘薯和大豆等。

有的看守半开着玩笑说，真想去抓一把犯人的饭来吃，但他们都知道如果犯下这样的错误，后果是无法预测的。看守违反纪律会受到严厉处罚，最重要的是犯人们的反应。犯人们会鄙视看守，这种鄙视会膨胀成巨大的能量，引起无法收场的混乱，甚至犯人们会有无视看守指示并发展为暴动的危险。

看守们只能吃粗劣的食物。看守长为了稳定看守们的情绪，经常开导说："为了战争，我们只能忍受贫困，奋勉执勤……"

从去年年初起，看守不足的现象越来越严重。这是全国刑务所共同的现象，网走刑务所也不例外。

战争开打以来，看守的出征人数快速增加，而且他们都是二三十岁、构成刑务所监控态势的骨干，所以损失颇大。司法省降低看守的招募标准努力补充看守力量，但应招的都是四十岁以上的人，对招募者的培训也是短期的，所以看守人员素质下降得更加明显。况且进入 1943 年后应征者锐减，辞职离去的人却增加了。在薪资方面，若在军需工厂工作，能获得两倍以上的收入，在粮食配给等方面也有特殊待遇。而在看守职业上，狱外劳务的监管和监舍内的夜间执勤都暴露在严寒之中，如果发生事故还有人身危险。执勤时间平均每天十四个小时左右，休息日每月只有一天，但因人员缺乏，这一天的休息日也大多需要出勤顶班。

与待遇如此恶劣的职场相比，人们还是喜欢在所有方面都待遇优厚的军需工厂里工作。辞职人员说起离职理由，也有人直言不讳地说："看着犯人们吃的食物比我们丰富很多，真是受不了……"

看守长内野敬太郎曾经指挥犯人们开通了从网走町附近二岩到能取岬的军用道路，如今他负责监管在美幌的海军机场修整工地劳动的犯人们。工地现场设有监舍，排列着嵌有木栅栏的牢房，犯人们寄宿在那里从事劳务。每六十名犯人设为一个中队，内野作为第一中队长随数名看守一起承担监视任务。

过年后不久，他接到网走刑务所发来的指示，要他回所里。机场的修整工程还没有结束，所以他对这项命令感到很惊异。他把后事托付给部下后赶回久违了的所里。召他回去是受命在狱内执勤。内野问明原因后半天说不出话来。

负责被服和木工制作的第二、第三工厂在拐角的同一幢楼房内，那里有两百名重刑犯在劳动。负责监管的看守在第二、第三工厂的一端各安排一个人，在两家工厂的接壤处中间位置安排两个人，共计有四名看守。但因为看守的出征、辞职而无法定岗定编，说是希望内野一个人进行监管。一名看守能监管狱外劳务犯人的人数是七人左右，在刑务所内的工厂当然要监管更多的犯人。尽管如此，在有两百名犯人劳动的工厂里只有四名看守，压力太大。即便内野是优秀的看守部长，要独自承担监管任务，这也是超出了常规的。

内野对狱内看守人数锐减再次感到惊讶。体力强健的看守极少，大多是五十岁以上的人。犯人们摄取充足的食物，体格健壮，看守这边则相形见绌得多。万一发生骚乱，看守们立即就会受到压制，刑务所也会被占领，这是毋庸置疑的。

他服从命令，从这天起开始承担第二、第三工厂内的监视任务。四十七岁的他虽然身材矮小，但他是柔道、剑道获得段位的人，精力也充沛。可是两百名犯人中只要有一个人不老实，也会给他在精神上带来疲惫和恐慌。

他站在工厂中央挺起胸膛坚守着岗位，有时有犯人将视线转过来时与犯人的目光交织，他会突然产生自己被监视着的错觉。

进入 2 月，网走地方的人们被冻得堕指裂肤，气温每天都是接近零下三十度。

大海成为浮冰的原野，一动也不动，一直延伸到水平线。连日来暴风雪肆虐，积雪成冰，细雪在这上面卷着旋涡漫天飞舞。

狱外劳务除了雪虐风饕的日子外依然在继续。主要工作是采伐、除雪、割冰，犯人们为了防止身体被冻僵，拼命地挥动着斧子和丁字镐，用铁锹铲雪。一割开地表的厚冰，水汽就会从裸露的土中冒出来。看守们不断地原地踏步、摩擦着面孔，眉毛和眼睫毛上都结着冰。

工厂内烧着火炉，因为众人的体温和哈气，寒气多少有些减弱，但关押在第四监舍单人牢房里的犯人，则被难以忍受的冷气包裹着。

天花板和墙壁包括地板都有结冰，他们被冻得浑身发抖。

诉说冻伤而去病舍的人增多，因佐尔格事件① 被判无期徒刑的南斯拉夫犯人因患肠道疾病衰竭死亡，患结核病的老年犯人也紧跟在后死亡了。

佐久间朝打开牢窗的野本看守难得地开口道："这个冷到底是怎么回事啊?说冷都已经不足以形容了。"

佐久间脸色苍白，身体剧烈地颤抖着。

"今年的冬天很特别。1931 年也很寒冷，町上的人都说今年比那时还冷。连酱油和石油都冻住了。"

"这样寒冷，其他单人牢房里的人还活着吧?"

"还活着。人，不会轻易死去的。"野本关上了牢窗。

看守们的姿容变得惨不忍睹。他们长时间执勤，制服破烂不堪，但新制服从很早以前起就发不出来了。服装磨破，破烂处贴上布块进行缝补。也有人铜纽扣坏了，把贝壳的纽扣替代着缝上。制帽的帽檐无一例外都出现了裂缝，有的已经破损。皮靴不知不觉变成了布鞋，布鞋上也能看出修补过的痕迹。

2 月上旬报道了夸贾林岛守备队全军覆没，紧接着下旬美国机动部队袭击了日本海军在太平洋最大的泊位塔希提岛的消息。大本营公布虽然击沉击坏美军军舰四艘、击落飞机超过五十四架，但日本方面也损失军舰五艘、运输船十三艘、飞机一百二十架，暗示蒙受了巨大的损失。

---

① 佐尔格事件：1941年德国驻日本大使顾问佐尔格和南满洲铁道株式会社调查局特派人员尾崎秀实因有向苏联透露日本最高机密的嫌疑，被逮捕并处决。

2 月底，网走刑务所内召开了每月一次的例会。

首先报告因为前所未有的寒冷，狱外劳务犯人中有很多人被冻伤，工程几乎没有进展便草草结束了。而刑务所内的工厂，也因原材料进货减少而生产量降低。

所长提出要全国性地增派犯人去造船所、飞机制造所参加狱外劳务，同时要组建特警队。这是以弥补看守奇缺为目的的，将轻刑犯中服刑成绩好的犯人作为特警队员，让他们协助看守负责监管犯人。

那是去年 4 月率先在东京造船部队里采用派遣犯人去石川岛造船所、东京造船所参加狱外劳务的办法，获得了良好的成绩，才推广到鹿儿岛等其他刑务所的。

"犯人负责监管犯人，这话听起来很荒谬，但要动员全国力量打赢战争也是不得已的。虽然这个办法成绩良好，但本刑务所只有重刑犯，所以要实行是不可能的。"所长喝了口刚斟的白开水。

关于佐久间清太郎的处置，温厚的看守长提出了自己的看法。

他说，观察佐久间的服刑态度，给他戴上脚镣、双手反铐时，他直眉瞪眼、切齿愤盈，同时对刑务所方面的强硬态度感到吃惊和绝望。根据专职看守的报告，说他有时也会流露出哀求的眼神，希望能放宽处理。

据说，11 月 1 日把反铐换成前铐的时候，看得出佐久间的眼睛微微地湿润了。反铐吃饭时不得不采用与兽类同样的姿势，就寝时也不能仰卧，翻身也很不容易。这些自然给他带来了极大的痛苦，后来摆脱反铐的喜悦无疑是相当大的。之后佐久间变得和颜悦色，能温顺地听从看守的指示，完全判若两人。

"本刑务所不允许违反传统的监规。可以说，自去年4月入监以来，佐久间改变了对本刑务所的严格监控态势所持的傲慢态度。"

看守长简要地叙说了佐久间服刑态度的变化，提出了一个建议。

在每周一次的洗澡时，每次都要用锉刀将脚镣锉开卸下。这个过程在寒气逼人的牢房里需要耗时将近一个小时，对锻冶工厂的犯人来说是很难熬的，在佐久间洗澡那天会变得很不高兴。到场的看守们也有讨厌佐久间洗澡日到来的倾向。戴着脚镣的双脚脚腕血液循环受阻而变得乌黑，还担心会造成严重冻伤。看守长提议，暂时可以视作惩戒目的已经达到，所以是不是可以卸去脚镣。

对这位看守长的建议，另一位以严厉对待犯人而闻名的看守长反对，其他看守长们则默不作声。手铐是特制的，佐久间不可能卸下来，而且监室很坚固，也应该无法逃走。手铐还戴着，脚镣从一开始就只是一种惩罚，就算为了免除洗澡前后的烦琐过程，卸掉脚镣也是合适的。

交换意见的结果，所长采纳了看守长的建议，会议就解散了。

翌日下午，锻冶工厂的犯人和看守们一起走进佐久间的监室。犯人用锉刀卸下脚镣，提着工具返回了工厂。

"你老实听话了，所以是同意卸去脚镣的。希望你以后还是要遵守监规啊！"藤原看守对抚摩着脚腕的佐久间说道，然后和其他看守一起走出铁门外。

战局对日军来说更加恶化，美军在马绍尔群岛登陆，夸贾林、罗伊两座岛屿的日军守备队员全军覆没。日本国内加强了决战态势，向重要地区发布了疏散的命令。

即使已经进入 1944 年 3 月，网走町一带还是处在零下二十度的寒冷里。就算哪天天气晴朗，下午也必然会风雪交加，没有风雪的日子很少。单人牢房里的犯人几乎不放风了。监舍外寒风刺骨，还不如待在监室里。而且看守人数少，就算是气温转缓的好天气，也不愿意带犯人去放风。

被禁止放风的佐久间每天一次脱去所有衣服接受裸身检查。在寒冷中他的身体冒起鸡皮疙瘩变成了紫色，但看守们毫不留情地不惜花费时间仔细地进行检查。在这期间，其他看守对他的牢房进行检查。

在 3 月 3 日的搜身检查时，发现佐久间的囚衣袖子里藏着一根铁丝。便桶再次开始使用嵌铁箍的便桶，其中一根铁箍被卸了下来。

看守长严厉追究佐久间。佐久间恭顺地道歉，辩解说："我戴着手铐，手腕化脓，那里奇痒无比，我是含着铁丝搔痒的。"

看守长一查看，佐久间的双手手腕的确在化脓。它刚开始愈合，判断佐久间说的"奇痒无比"是真实的。手铐上没有锁眼，不能认定铁丝会用于开锁逃跑。

看守长向所长报告，解释说这不是以越狱为目的的行为。所长谅解了，但作为藏匿金属类物品的惩罚，给予佐久间三天里减食二分之一的处分，又派人将便桶换成竹箍的便桶。

这件事结果造成了对佐久间的监管放松。佐久间的特制手铐从 11 月 1 日起咬进手腕有四个多月，洗澡时也不解开，化脓是不可避免的。不难设想，如果这伤口被冻伤发展成重疾，两只手腕就必须截肢。为了防止出现这样的后果，每周一次洗澡时给他解开手铐，于是他就能用手自由地擦洗身体。要解开手铐，就必须用锉刀开锁。要省去这份辛劳，就只有拧紧螺帽，不将螺帽的头部砸扁。

有人提出这样的看法，因为佐久间奉命唯谨、百依百顺，所以所长同意了这个建议。

翌日是洗澡日，佐久间被解开手铐，一到浴池里就用手擦洗身体。他高兴地低声唱起了家乡的民谣。

回到牢房后，伤口涂上药，戴上手铐。手铐很结实，锻冶工厂的犯人在手铐的两环连接处插进螺帽，用力拧紧。

"我们也不是什么恶魔。你如果不去想那些蠢事，我们也会很人性地对待你。年轻人都在战场上不知死活地体验着苦难。想想这个，你就要老老实实地过日子。"专职看守野本一边关上牢房门一边说道。

佐久间深深地鞠了一躬。

到了3月中旬，每天气温还维持在零下十度左右，有时也会降低到将近零下二十度，监室里仿若冰窖，连牢窗也被冻住，总是要先打开一条缝，然后猛地把它拉开。往年浮冰在3月中旬就会离去，今年厚厚的浮冰原野一直延伸到洋面上，到了下旬也没有松动的迹象。

按监规规定，监舍和狱内工厂里的暖气只供应到3月底，所以没有了暖气设备，只能处在更严酷的寒冷里了。就连短布袜、兜裆布也要被停止使用，但因为寒冷异常，所以作为特例允许继续穿用。

4月1日，从早晨起就下着雪，下午让单人牢房的第四监舍犯人进行防空训练，假想遭到了美军的空袭。

根据去年 7 月 31 日司法省行刑局局长下达的关于"配备防空避让所"的训令，网走刑务所已经在狱内挖掘了许多分别能供少量人数躲避的防空壕。接着在 1944 年 1 月，因为战局变得严峻，美军对日本本土的空袭也不可避免，所以"刑务所防空纲要"以刑政局局长的名义下达全国刑务所。它内容详细，包括防空组织、防空警报传达、灯火管制、警戒、防火、防毒、躲避及逃难、救护、防空训练等。按照其指示，那天是单人牢房犯人进行"躲避及逃难"的实地演练。

《纲要》里写着：

一、（空袭造成的）爆炸、火灾、中毒及其他危险逼近，认为有必要让服刑人员在监区外避难时，遵照下列方法。

1. 局部开门：从灾害危险最紧迫的监区起依次开门，将服刑人员引导到狱内预定地点避难，严加监管。

2. 全部开门：灾害会涉及整个监区的情势下，难以保证服刑人员的安全时，打开全部监区房门，使之到狱内预定的场所避难，根据事态轻重，施加戒具（手铐、法绳等）。

......

刑务所决定采用"全部开门"时的避难方法，并"根据事态轻重，施加戒具"，给全体参加演练的犯人戴上手铐。

看守长用喇叭筒向犯人们讲解演练的实施过程，将吹响口哨当作空袭警报，开始演练。

铁门从两头的监室开始相继打开，给走到通道上的犯人戴上手铐，他们在看守的注视下整队排成一列。佐久间排在最后，藤原、野本两名看守跟在他身后，两侧各有一名看守跟着。

随着看守长高喊一声"躲避"，犯人们快步走出监舍，冒着雪朝防空壕跑去。有很多人踩在冻雪上滑倒，每次都有看守抓住犯人的手臂帮他站起来。

防空壕里的雪已经除去，犯人们根据看守的指示每几个人一组走进一个壕沟里蹲下。围墙离得很近，佩着荷枪实弹的看守沿着围墙站在哨位上。看守长做训示，犯人们顶着雪在寒冷中冻得瑟瑟发抖。

在看守长的号令下，犯人们走出壕沟整队，踏着雪朝监舍跑去。犯人和看守都身披白雪径直跑进监舍里。

看守长担心犯人会被冻伤，将他们收监后派人推着"盐热水"的箱车送进监舍里。

到 4 月中旬，终于不下雪了，但气温依然很低，浮冰厚厚地覆盖着海面。积雪被冻得非常坚硬，按说此时正是侧金盏花、款冬花茎、观音莲的嫩芽从雪底下露出头来的时候，但此刻却没有出现那种迹象。

町上的人们望眼欲穿地望着大海。若在往年，浮冰至少在一个月前就已经漂向海洋，如今却连龟裂都没有出现。等着开渔的渔民们表情阴沉。

铁路优先运输兵员、军需物资，客车的运行趟数大幅减少，特快、卧车、餐车全部停止。同时禁止私人旅行乘坐列车，如果实在需要的话，要申请提交旅行证明，如果没有出示旅行证明，就不能购买车票。

4 月下旬，浮冰突然离岸，耀眼的光芒从水平线上消失了，可是 5 月 1 日又涌到海岸附近，三天后再次远去，并最终消失。

　　然而，低温却丝毫没有得到缓解，5月9日雨雪交加，翌日变成下雪。町上的人们依然靠火炉取暖。

　　直到进入6月以后，才萌发了春天的气息。因为气候异常，首先是樱树开花，接着是梅花、桃花、杜鹃花都同时将花瓣舒展开来。町上回响着海浪拍打岸边的轰鸣声。

　　单人牢房里的犯人们开始被允许每天放风三十分钟，但洗澡日不能离开监舍。因为看守人员不足，所以不能因放风和洗澡每天两次让犯人走出牢房。

　　6月11日，值班看守长急匆匆地和看守一起走进佐久间的牢房。佐久间遭到藤原看守的殴打，鼻子和嘴里都淌着血。那天在牢房搜查时，老练的看守部长发现厚厚的栎木地板上有宽三寸、长六寸的长方形损伤。凹陷部分填着饭粒，饭粒上盖着灰尘，做得无法用肉眼看出来，但看守长识破了伪装。搜身时从佐久间的兜裆布接缝里发现了两根旧铁钉，查明那是从地板里抽出来的。

　　"怎么样？地板很硬吧。这是用最上等的栎木铺就的。不是那种能用铁钉割断的产品。而且就算把地板割断了，最下边是用混凝土加固的。没有人能从这监舍里逃走。你不要再去想那种蠢事！"藤原怒吼着，再次将拳头砸向佐久间的脸。

　　一丝不挂的佐久间一个踉跄，猛地撞到监室的墙壁上。

　　"再干这种事，就给你戴上脚镣，还给你反铐！你愿意像狗一样吃饭吗？"看守长用暴戾的眼神望着佐久间说道。

　　佐久间因为触犯监规受到七天里减食二分之一的处罚。虽然也考虑再给他戴上脚镣，并将螺帽头砸扁，但洗澡时开锁很费时间，令人头痛，只好像以前那样给他戴个前铐。地板上的损伤不是很大，估计佐久间肯定能切身感受到监舍的坚固。

减食处罚看来给了他极大痛苦，回到平时的食量时，佐久间一副钦佩的表情对藤原说道："我再也不会做那种傻事了！"

"你想明白了就好。白费力气，还要受惩罚遭折磨。这不是聪明人干的事。"藤原责备道。佐久间连连点头。

翌日，佐久间向打开牢窗的野本看守提出意想不到的要求，说每周一次的洗澡不想洗了。问他原因，他说冬季因为严寒，膝盖患有神经痛，洗澡后会痛得难以忍受。

洗澡按规定夏季每周两次，其他季节每周一次，不让犯人洗澡，刑务所方面就会违反监规。野本不知如何是好，便把佐久间的申请转告给看守长。

看守长经过再三思考，最后指示野本接受佐久间的申请。理由是生病，何况又是本人要求，所以不算违反监规。况且要让佐久间洗澡，就要请锻冶工厂的犯人卸掉他手铐上的螺帽，洗澡后不得不再拧紧。入浴时还必须派四名看守跟随左右，每次都为安排看守伤透脑筋，所以佐久间不愿洗澡，正好也是求之不得。按常理来说，新的申请作为越狱的准备动作必须提高警惕，但如果因为不愿意洗澡而离开牢房，光这一点就会减少逃跑的机会。看守长判断这个申请根本没有值得怀疑之处，便决定送他个顺水人情。

野本将得到看守长同意的消息告诉佐久间，佐久间深深地鞠躬道谢。

过了有十天左右，佐久间的牢房里不时地发出声响。

野本打开牢窗观察，佐久间端正地坐着，上半身上下左右剧烈地摆动着。声响是身体向前弯曲时戴着手铐的双手碰到地板发出的声音。

"你在干什么？"野本惊异地问。

"做运动。我受不了冬天的寒冷。光神经痛还算幸运的，我怀疑会被冻死啊！我一想到以后还要在这刑务所里过几个冬季就害怕。我是想锻炼身体准备过冬。"佐久间回答着，依然继续摇晃着上半身。

野本心想，佐久间正因为连放风也不被允许，所以这么做也无可厚非。

日军战况快速恶化，6月中旬美军登陆塞班岛，在马里亚纳海战中给了日本海上兵力以巨大的打击。在欧洲战线上，日本的盟国德国的陆上兵力也连连败退，盟军占领罗马，紧接着大部队登陆诺曼底，开始反攻。

6月下旬，看守长以及部分看守穿上了新服装。以前穿着的立领官服补丁加补丁，制帽也已经惨不忍睹。这是全国各刑务所共同的惨状。司法省刑政局发的是玻璃纽扣，用以替代无法搞到的铜纽扣，又对搞到新的服装和帽子黔驴技穷，急中生智只好发放陆军的战斗帽、防暑衣、绑腿、军靴，并允许犯人们穿用。

那年的反常气候到了夏天也没有改变，每天都是比平均气温低将近十度，只有防暑衣的看守不得不在里面穿内衣。雾气迷漫的日子也很多，农场里的农作物长势不好，估计会歉收。

7月17日公布塞班岛的守备队员全部战死。塞班岛的失陷，对美国的大型轰炸机从这岛上的机场起飞空袭日本本土具有重大意义。

翌日，战事开始以来负责战争进度指挥的东条英机内阁总辞职，小矶国昭内阁成立。统辖刑务所的司法大臣由松阪广政担任。

佐久间每天都要被搜身，看守们看见他戴手铐的手腕上出现了伤痕。伤痕很浅，但日趋加深，一天，看守们发现那地方竟涌出了蛆。

看守长对这伤痕心存疑虑。如果是戴手铐，理应不会出现这么深的伤。他推测佐久间是用尽全力试图卸下手铐，皮肤才被磨破的。

"这手铐你想卸也卸不了，受伤遭罪的是你自己。别干白费力气的事！"看守长责备道。

"我这伤不是干那种事出现的。最近，我端坐着突然站起身就会感到晕眩。这伤是我想要如厕站起身时跌倒，手撞在墙壁上碰出来的，伤势越来越深好像好不了了。我完全知道这手铐不是能轻易打开的。"佐久间一副钦佩不已的表情说道。

看守拿来红药酒灌在佐久间戴手铐的手腕上。佐久间皱紧着眉头。

伤口上的肉隆起，不久便痊愈了，却留下了疤痕。

一到 8 月，好天连连，气温也上升了。夏天特有的阳光倾注在田地上，农作物也恢复了长势。海里开始能采摘海带，但摇橹的全都是老渔民。海岸上摊满了被太阳晒干的海带。

看守的家属们在连栋的机关宿舍的狭窄空地上播种着南瓜、玉米、大豆等种子并施下肥料。她们带着衣物去农户家交换杂粮，途中大多被警察没收。即使被追问丈夫的职业，她们生怕灾祸会降临到公务员丈夫身上，绝不说是在刑务所里工作。家属们成群结队地去海岸边捡贝壳、海草等。

8月22日，为了打开看守招募难的窘境，以刑政局局长的名义传达了训令，将以前规定的二十岁以上录用，改为征兵年龄的十八岁以上录用。可是，从甚至连体格孱弱者也被征兵的状况来看，能胜任看守繁重职务的年轻男子不会来应征。

8月26日，町上也倾注着夏季炽热的阳光，只是微微地传来海浪的声音，弥漫着深深的清幽。

## —— 7 ——

西边的天空染成了暗红色，穿浅黄色囚衣的犯人们排成队从狱外参加劳动回来。他们渡过铁桥，走进刑务所内。

吃完晚饭，他们还要去狱内的各个工厂加班。

太阳下山，天空中满天星斗。监舍和工厂都在窗户上挂着遮掩布，狱内一片漆黑。在哨所上站岗的看守，腰上佩着装满实弹的手枪。

在单人牢房相邻的第四监舍，通道上各处都亮着用黑布蒙着的十六烛光灯泡，只在关押佐久间的牢房门前亮着两百烛光的灯泡，唯独这盏灯泡下面亮得晃眼。

晚饭后，藤原、野本两名佐久间的专职看守，为了去监管在工厂里加班的犯人，晚上 7 点与值夜班的看守交接工作以后，便去了工厂执勤。

7 点半，第四监舍发出就寝的号令，响起犯人们铺被褥的声响。看守们跨着坚定的步伐在通道里巡查，打开牢窗确认犯人们盖着被子已经躺下。尽管是 8 月下旬，但夜里气温降低，没有犯人掀去被子睡觉。佐久间依然保持着将被子蒙着头睡觉的习惯，但进入夏季以后，他也不会盖被子。

工厂里明显缺乏资材，8 点加班结束，犯人们开始回到杂居牢房的监舍里。看守一一点名，待犯人们都进了单房，便锁上门。部分看守则留在工厂内检查火种等安全问题后，关好灯回到办公楼。

在第四监舍，晚上 9 点看守轮班进休息室打瞌睡休息，接班的看守开始在监舍的通道里巡查。听得见监舍外传来的蟋蟀的叫声。五幢监舍以岗楼为中心呈放射状排列，看守一边从牢窗查看着一边走到岗楼附近的牢房再折回来，不停地来回巡视着。很多牢房里都传出了鼻息声。

9 点 17 分，负责第四监舍巡查的看守走到岗楼附近时，突然注意到后边传来异样的声音，便在通道上转过身来。他看见监舍最前端的上方天窗有个人影，那人影瞬间便消失在天窗外。他听到的声响无疑是天窗被破坏的声音。

他顿时傻了眼，脑海里一片空白，失去了思考能力。通道两侧成排的单人牢房非常坚固，犯人要从那里逃脱是不可能的。他无法想象那个人影会是越狱者。他心想是错觉吧？可是，听到异样的声响，看见有人影从天窗消失，这是事实。他终于回过神来，好像被关押的犯人中有一个人逃跑了。

他狼狈地在通道上奔跑着，气急败坏地推开值班看守长关着的房间门。

"逃跑！逃跑！"他嚷道。

看守长和看守部长都脸色陡变，猛地站起身。看守奔跑着，看守长和看守部长紧追在后。看守在通道的一端停下脚步瞪大眼睛指着上方。因为灯火管制灯光被遮掩着，那个部分很昏暗，但一尺见方镶着铁丝网的天窗玻璃被打碎，抬头就能看得见窗外的星光。

看守用失态的语气说，听到天窗破碎的声音后，转过身时看到有人影消失在天窗外。看守部长跑回去按响了设在办公室外的警铃。这是 1922 年改称网走刑务所以来，监舍内第一次响起警铃声。

看守部长按看守长的指示抓起设在办公室柱子上的电话机听筒，向狱内各重要地点通知发生了逃跑事故，命令紧急布防。听到警铃声，看守们从包括办公楼在内的其他监舍跑向第四监舍，按看守长的命令跑出监舍向狱内的各个角落跑去。

这期间，第四监舍的看守们都恼羞成怒，蛮横地一个个打开单人牢房的牢窗，反复察看牢房内的情况。房内有些昏暗，被警铃惊醒的犯人们满脸惊讶地站立着。

看守部长跑向第 24 号牢房。他觉得佐久间戴着特制手铐，不可能从监室里脱身爬到天窗将它破坏的。但是，佐久间过去有过两次天方夜谭般的越狱，不都成功逃脱了吗?这个念头掠过他的脑海。

他在牢房外停下脚步，想要打开牢窗的门时不由得惊叫了一声。牢窗连同窗框一起不见了，窥看房内，被褥叠得整整齐齐，却不见佐久间的身影。

他一边朝着看守长跑去，一边不停地喊道:"佐久间，逃跑了!"

刑务所内一片哗然，看守们提着马灯在狱内奔走着进行搜查。

被拆掉的天窗外是监舍的屋顶，推断佐久间会从那里跳到地面上。天窗被拆后不到一分钟警铃就响起，所以判断佐久间确实还躲藏在狱内。而且刑务所周围有十五尺①高的围墙，要翻越围墙是不可能的。听说他从秋田刑务所的禁闭室逃脱时，曾爬过 3.2 米高的采光窗，但他是不可能越过比那还高一米多的围墙的。

狱内麇沸蚁聚，马灯的灯光熙来攘往。看守长他们对工厂、仓库的内部也进行了搜查。

搜查开始后十分钟时，警笛响起，看得见马灯在摇动。那是在狱内的北侧围墙边。

看守长他们朝那边跑去。马灯聚集，围墙内侧被照得亮堂堂的。那里竖着两根圆木，表示佐久间是爬上圆木翻越围墙的。

看守长命令赶紧查找，看守们跑出大门沿着围墙搜索，从圆木竖着的地方向四处散开。那里面对的是刑务所背后的三眺山，看守们靠着星光跑上山坡。其中也有佐久间的专职看守藤原吉太和野本金之助的身影。

在办公楼里，干部们接到报警电话立即飞奔而来。他们都脸色苍白，一副惊骇的表情。

所长不在家，正在参加札幌举办的北海道刑务所所长协调会。任戒护课课长的看守长代替所长执行职务，给网走警察署打电话，向回到机关宿舍的署长报告无期徒刑犯人佐久间清太郎越狱逃跑的消息。署长对此极为震惊，因为犯人不是在狱外劳动中逃跑，而是从刑务所的单人牢房里越狱，而且那是监控态势以严密著称的日本屈指可数的刑务所。

---

① 约4.5米。

　　戒护课课长请求署长协助抓捕，署长答应努力搜寻，并随即向所有的巡查部长派出所、巡查派出所、巡查驻在所发出紧急指令。刑务所立即由职员骑自行车将印有佐久间照片、记录他身体特征的文件送到警察署。

　　戒护课课长和看守长们一起赶往第四监舍第 24 号牢房。房内格外整洁。垫被、盖被折叠得整整齐齐，枕头放在被子上面，边上叠着暗红色筒形窄袖的囚衣，表示佐久间是只穿着兜裆布逃跑的。

　　特制手铐放在囚衣边的地板上。理应被拧得很紧的手铐螺帽被卸掉，铐环被打开着。原本牢窗的窗框是用粗螺丝上下左右拧在门上的，现在就连窗框都被卸下放在门下边。牢窗是扁长的长方形，宽度能钻入人的头部，一望便知，佐久间就是从这个空间钻出去的。

　　佐久间显然是等巡查的看守在通道上走远，才从牢窗里钻出来，在通道上奔跑，攀爬上墙壁，打破天窗的玻璃板爬到屋顶上的。看守注意到这声响才向看守长报告佐久间逃跑的。

　　必须调查特制手铐是怎么打开的，又是用什么方法拆下牢窗的，但因为灯火管制不能将监舍内搞得灯火通明，只能等天亮后才能进行仔细调查。

　　为了保护现场，将第 24 号牢房关上房门并锁上后，戒护课课长他们回到办公楼。

　　他们的脸上露出沉痛的表情。他们始终不敢相信，已经在尽可能的范围内对佐久间严加监管，却还是让他越狱了。牢房内被褥和囚衣都整齐地叠放着，这个举动可以看作是在嘲弄刑务所的监控态势。看守长他们气得直咬牙，不断地叹着气。他们抱着手臂，缄口不言。

从凌晨 2 点起，爬上山坡的看守们疲惫不堪地开始回来。据说，因为马灯的灯光会暴露自己的位置，所以他们吹灭了灯在山里搜寻。可是树林里一片漆黑，连走路都很困难。尽管如此，他们在山坡上爬了很久，得知无法继续搜索才返回的。他们的脸上和手上都留有许多蚊虫叮咬的肿块和树枝刮伤的痕迹。

天空开始下起小雨，这时只有专职看守藤原吉太和野本金之助两人没有返回。他们在天快亮时回到办公楼，战斗帽和防暑衣上都淌着雨水，靴子和绑腿上沾满了泥土。

天亮后，戒护课课长指示停止犯人们在狱内工厂的所有劳动和狱外劳务，全体狱卒全力以赴搜寻、抓捕佐久间。同时向札幌刑务所打长途电话，委托对方把佐久间逃走的消息转告在札幌出差的网走刑务所所长。

这时，在狱内巡查的看守来报告，说第一工厂用于通暖气的烟囱倒了，黏土制作的瓦管毁坏散了一地。看守长他们赶往那里一看，正如报告所说，烟囱倒塌了。烟囱以两根圆木作为支柱耸立着，显然是佐久间拔掉了两根圆木，将它扛到围墙边竖着。圆木因为要支撑烟囱，所以被深深地插入土中，周围用石块加固，要将它和烟囱一起拔出来，凭人力是不可能做到的。看守长他们再次体会到佐久间的体力强悍得非常人所能想象。

雨势变得越来越猛，穿着雨斗篷的网走警察署署长带着两名搜查课的刑警来到办公楼。

戒护课课长和警察署署长商量着搜索方案。最后商定，佐久间肯定逃进了三眺山里，刑务所方面动员狱卒负责搜捕，同时警察署也派警察协助搜寻，并向附近的美幌、斜里、北见、纹别、远轻等各警察署发送通缉令，组成严密的搜查网。

刑务所里喂养着三十匹马，看守如果骑马搜索，可以扩大搜寻范围。但是，因为担心佐久间听见马蹄声会逃跑，所以决定让看守们骑自行车或步行，两人一组协同行动。为了提高搜寻效果，还决定请处于警察署署长指挥下的警防队协助，组成以三眺山为中心的搜查网。署长立即用电话向警察署发出指令。

看守们冒着雨列队集合在办公楼前。戒护课课长命令，有关战时的治安维持和本刑务所的声誉，务必要找到佐久间并将他逮捕。还给他们全体搜寻人员配备了手枪。穿着雨斗篷不利于行动，所以不准穿雨斗篷。他们排成队列冒着雨快步走出刑务所的大门。

署长和搜查课的刑警在现场进行勘查。

他们走进牢房内的第一个疑问，就是佐久间把囚衣留下了。估计是因为朱红色囚衣很显眼，被发现的概率很高，所以才把它脱了，但夜间是不容易被人撞见的。最后推断，穿着囚衣很难从狭小的牢窗里钻出去，所以才赤身裸体的。

最大的疑问是手铐和牢窗的窗框被卸掉。

署长和刑警对结实得从未见过的手铐大为惊讶。铁制，重量将近有四贯。戒护课课长解释说，特制手铐是因为犯人以前有过两次越狱的经历，所以才让锻冶工厂特地打造的。

拧紧的螺帽是用什么办法卸掉的?刑警仔细查看了螺帽。螺帽被拧得很深，查看掉在地上的螺母，竟然锈迹斑斑。那种腐蚀的程度，不经过漫长的岁月是不可能腐蚀到这种程度的。刑警注视着螺母，用指尖轻轻刮一下，舔了舔表面冒出的铁锈。

刑警在监室里探寻，他的目光停留在碗上。碗底尽管只有些微，却还是残留着茶色的液体。刑警闻了闻，刮在手指上舔了舔，嘀咕道："是酱汤。"

看守长他们注视着刑警的表情，无法理解酱汤与被卸掉的螺母有什么关系。

刑警再次舔了舔螺母上的铁锈，用断然的语气解释腐蚀的原因。说佐久间每天吃饭时将酱汤稍稍喝剩些留在碗里，躲过看守的监视反复将它滴落在手铐的螺母上。酱汤里含有的盐分使螺母得到氧化，不久出现腐蚀松动，于是就能拔出来了。

刑警开始检查牢窗。牢窗上嵌着铁框，上下左右共计有十颗螺丝牢牢地固定在门上。房内放着和螺丝一起卸下的铁框，螺丝也出现了腐蚀。

刑警也舔了舔螺丝上的铁锈，说道："这也是酱汤。"

看守长们瞠目结舌。对刑警敏锐的推理惊惧万分，同时对佐久间锲而不舍地坚持腐蚀螺母和螺丝、打开特制手铐、钻出牢窗，感到莫名的可怕。

"没想到这么狭小的窗口，他竟然能钻出来！"署长吃惊地用手触摸着牢窗嵌入的地方感叹道。

"听说只要头部能钻出来，身体就必然能出去。"一名看守长说道。年长的刑警赞同地点了点头。

刑警对佐久间的逃跑路线进行了勘查。佐久间只穿着内衣从牢窗里钻出来以后，在通道上奔跑着攀上天窗。梯子立即被搬来，刑警爬上梯子检查天窗。天窗的采光玻璃三分①厚，20号铁丝镶嵌成龟甲形。被毁坏的部分达一尺见方。刑警在天窗的破损处发现短头发，断定佐久间是将头部顶上去撞坏的。天窗外是监舍的瓦房顶，刑警爬出天窗沿着房顶走到第四监舍的右端，沿着那里的支柱跳到地面上。

看守长和署长他们披着雨斗篷走到监舍外。看守将油纸伞递给刑警。

佐久间将第一工厂用于通暖气的烟囱支柱拔了出来，但监舍和工厂之间还有一堵高度十一尺②的围墙。刑警沿着围墙走去，仔细地查看着，围墙上没有支柱竖着靠上墙的痕迹，推断是利用弹跳力攀住围墙的上端翻过墙去的。

看守长他们跟随刑警打开锁穿过围墙门，走进第一工厂。用于通暖气的烟囱好像被人用力摇动过，地面上出现很大的凹坑。失去支柱的瓦管塌落，散了一地。

"这力量太可怕了！"刑警发出惊叹声。

一行人一直走到竖立圆木的围墙处才返回到办公楼。看守端上茶来，也有人抽起了烟。

两名刑警不约而同地说，佐久间挑选的逃跑路线是最短的距离。从房顶跳下，翻越监舍和工厂之间的围墙，呈直线朝第一工厂的烟囱跑去，然后扛着圆木走向北侧围墙将圆木架在围墙边翻出狱外，所需要的时间不就是极短的吗？

———————————————

① 分：1分为1寸的十分之一，0.303厘米。
② 约3.3米。

刑警接着说，从北侧的围墙逃跑，证明他制订了周密的计划。刑务所西面是平地，东面是成排的刑务所职员的机关宿舍，无论从哪个方向逃跑，都有被发现的危险。同时，南面网走川沿着围墙流淌，必须要渡过网走川，最后对逃跑最有利的就只有靠近后山的北侧。佐久间对翻越那里的围墙的整个过程是经过精确计算的。

"只能认为他对刑务所狱内工厂的配置、支撑烟囱的圆木位置还有狱外的地势等，都了如指掌。"刑警最后下结论道。

看守长他们都张口结舌、无言以对。

开始时让佐久间到监舍外放风，那个位置处在呈放射状建造的监舍与监舍之间，只能勉强看到后山的一部分，看不见包括工厂在内的狱内建筑。而且，他的放风自从发生打开普通手铐的事故以后就被禁止了。

看守长他们想起了佐久间只有一次能观察到狱内建筑及其他配置的那个机会。那就是4月1日根据《刑务所防空纲要》，假设遭到空袭让收监在单人牢房里的犯人进行防空训练的时候，佐久间也在四名看守的监视下走向防空壕。所以只能猜测是在那个时候，他迅速地将狱内的配置铭记在脑海里，看过一眼支撑烟囱的圆木，便能帮助他翻越北侧的围墙。

看守长他们重新体验到司法省行刑局发来的文件里有关佐久间的表现，写着"难缠的特殊刺头"。

不久，警察署署长为了指挥搜索，和刑警一起回警察署去了。

看守们冒着雨进山，警察署动员警察以网走町为中心设立包围圈。同时，网走警防队也接受警察署署长的要求命令全体队员紧急集合。在警防队的指挥下，有网走町中心区、东藻琴、卯原内、北浜、呼人、大曲、浦士别、藻琴、鳟浦九个分队承担防空、消防的业务。这些队员全都参加到巡逻和警戒中来。

居民从警防队员口中听说，犯下抢劫致死罪的无期徒刑犯人从号称不可能逃跑的网走刑务所逃跑了，这个传闻很快就传遍了附近的乡镇。警察署发出警告，说逃犯可能会闯入民房抢夺衣服、食物，希望严加警惕。因此，居民都把家门关得牢牢的，街道上和田里都不见人影。

这天，搜捕一直进行到傍晚，看守们没能发现佐久间便回到了刑务所。警察署那里也来电话，说没有发现逃犯的线索。

在札幌出差的刑务所所长打电话给戒护课课长，课长汇报了佐久间的逃跑经过和搜捕情况。所长用电报向司法省刑政局报告了佐久间逃跑的消息。

夜里雨停了，翌日是个好天气。所长乘坐夜行列车赶回网走町，从戒护课课长那里接受更详细的汇报。所长那天也让犯人停止劳动，指示看守们要竭尽全力找到并逮捕佐久间。

从这时起，情报开始频繁传来。向警察署和刑务所报告，或而说有人看见只穿着红色兜裆布的男子在刑务所北侧的能取岬附近快步走着，或而有人在地处西南方的网走湖畔草丛里看见农夫打扮的可疑男子……

每次警察和看守都紧急赶往那里，却只是认错了人或者情报不可靠。

傍晚时，看守们满脸疲惫地回来了。他们在茂密的树林或细竹丛中奔走，脸上和手上都有伤痕，有的人上衣或裤子都撕开了口子。所长作为特例煮了米饭做成饭团给他们每人发了两个。他们长期没有吃到过米饭，每个人都十分珍惜地吃得颗粒不剩。

那天夜里，收到了可信的报告，刑务所的办公楼里顿时笼罩着紧张的气氛。

以刑务所为中心的广阔区域里，所有的桥梁上都有看守不分昼夜地监视着。报告来自坚守在网走町北部网走川新桥上的看守。那里有四名看守警戒着，他们注意到从北侧方向有脚步声在悄悄地靠近。因为灯火管制，四周一片漆黑，也看不见人影。

脚步声戛然而止。于是，一名看守大声问道："是谁？"

据说，在这瞬间，看守们听到脚步声奔跑着离去便追了上去，一直追到雪印乳业的工厂附近，脚步声在那一带中断了。工厂背后就是山林，显然是逃进了山林里。刑务所立即跟警察署联络，警察也朝那个方向赶去，但因为是发生在夜里，所以没有找到对方的踪迹。

判断从新桥逃跑的人就是佐久间。从翌晨起，看守、警察、警防队员都被动员去估计是佐久间逃跑方向的山里搜寻。那个山林地带地处通往能取岬的方向，人们在那里撒下了天罗地网，可是没能发现佐久间的踪影。直到傍晚，他们都筋疲力尽地下山了。

搜捕进行了好几天。夏天的暑气减弱，山里胡枝子那红紫色的花瓣开始展开。虽然天气晴朗，但也有雷鸣电闪的时候，骤雨将街道砸出白花花的雨雾。

依然会收到与佐久间有关的情报，但全都是无法确定真伪的情报，他的消息中断了。衣服和粮食理应是从民房里偷盗的，但根本没有人报案，所以无法掌握他的行踪。

9月1日夜里，刑务所的办公楼里召开了以所长和警察署署长为主的搜捕会议。

桌子上展示着以网走刑务所为中心的地图，刑务所方面和警察署方面各自报告搜捕经过。以此为基础，慎重地讨论佐久间的潜伏区域。首先，在网走町的北方，有个被鄂霍次克海和能取湖包围着的小半岛，这个区域由警察署的警察和警防队员进行了彻底的搜查，断定没有佐久间。对佐久间来说，如果逃往那个会成为死路的半岛方向，被发现的可能性很大，觉察到危险就理应会回避。刑务所后山一带主要是看守负责搜索，同时在网走町南侧区域也布下了严密的警戒线，没有发现佐久间去了那个区域的形迹。

剩下的区域就只是从网走町西部夹在能取湖和网走湖之间的狭窄地区，到通往西北部鄂霍次克海沿岸常吕的山里。常吕设有巡查部长派出所，警察一边与警防队保持着联络一边布下警戒线。没有收到常吕方面发来的情报，可以确定佐久间藏匿之地，只能是通往常吕的山林地带。

可是，要搜索那个区域人手不够。警防队员最多能动员三百人，但因入伍、出征，没有强壮男子。佐久间身体特别壮实，所以让看守和警察两人一组行动是很危险的，必须组成至少有数人的团队。仅凭这一点，行动范围就会受到约束。要组成大规模的包围网，需要有高效率的组织协助。

网走町驻扎着一个隶属于北部第5242部队的中队。警察署署长建议请求这个中队的协助。他强调被判无期徒刑的犯人越狱逃跑会给

国内治安带来混乱，要平息混乱局面，请求出动军队合情合理。刑务
所所长赞同，决定由所长通过司法省刑政局、警察署署长通过北海道
官署警察部，分别恳请北部军司令部下达出动命令。

散会后，他们立即用电报办理申请手续。第二天下午，从中队
出动三个小队乘坐卡车到达刑务所门前，和搜索队一起井然有序地采
取行动，到日落时分已经分别到达指定地点。

翌日下雨，搜索行动从早晨开始展开。

他们保持一定的间隔在山坡上搜寻，拨开竹林，在树林中穿行。
连树枝上也不放过，对低洼地也仔细查找。雨下个不停，还起雾了。

军队散开后行动神速，下午 2 点到达预定地点并继续往前推进，
与看守、警察、警防队员会合。那期间，没有人看见佐久间的踪影，
于是冒着雨下山回到道路上。

所长和署长他们正等着捷报传来，不料收到报告说没有找到，
颇感失望。他们以为网走町周边的地势被大海、湖泊阻隔，逃亡范围
有限，要发现并抓捕佐久间比较容易。没想到动员人数众多，甚至还
出动了军队，却连个痕迹都没能找到。这好像表示佐久间已经逃亡到
很远的区域里去了。

从第二天起的六天时间里，雨下个不停，气温也降低了。

刑务所狱卒们的表情都很阴沉。从通往常吕的山里搜寻的第二
天起，搜捕事实上已经停止。警察署也和刑务所一样，警察的入伍、
出征不断，正在为警力不足而苦恼。警察署承担检举统制经济违法
者、取缔卖淫、防空训练、普及防谍思想等过于繁重的工作，对搜索
逃犯这种突发性的事件，已经无法投入更多的警力。

作为刑务所来说，要动员所有的看守，就要停下犯人在狱内的劳动和狱外的劳务，把全体犯人关押在监舍内，这很不合情理。犯人们主动要求劳动的倾向很明显，喜欢放风、洗澡，将这些全都停止的话，就会导致囚情不稳，有发生不幸事故的危险。

所长命令恢复狱内秩序，停止搜捕行动。

警察署署长将佐久间的逃跑经过和简历、照片、身体特征等送往北海道官署警察部。北海道内不用说了，警察部向东北六县的县警察部毫无疏漏地发出通缉令。

刑务所所长为了要写逃跑事件报告书交给司法省刑政局，召集了与监管佐久间有关的看守长、看守部长、专职看守藤原吉太和野本金之助，重新回忆佐久间逃跑之前的情况。

去年4月下旬，佐久间从东京拘留所转来以后，就给他戴上了普通的镣铐，但佐久间早在5月底就发生过打开手铐的事件。此后同样的情况反复发生，而且还拧断手铐锁，所以给他戴上了没有锁眼的特制镣铐，并且还反铐。这个措施给佐久间带来了极大的痛苦，他开始采取顺从的态度，所以11月就取消反铐换成前铐。接着为了省去每周一次洗澡时竟花一个小时打开脚镣的麻烦，今年3月给他除去了脚镣。顺便为了使他在洗澡时能用手自由擦洗身体，只在洗澡时为他解除特制手铐，事后也不把手铐的螺帽砸扁了。就是说，对佐久间的处理阶段性地放宽了。

估计从那个时候起佐久间就在策划逃跑，开始把酱汤滴落在手铐螺母和牢窗铁框的铁钉上，促使它们生锈。

在会议上，看守长他们重新审视6月中旬佐久间以膝盖患有神经痛为由乞求不去洗澡而获得允许一事。洗澡对犯人来说是极大喜悦的事情，即使洗澡后膝盖会痛，此后有两个多月一直不愿意洗澡，这是很反常的。

洗澡时要卸掉手铐的螺帽，如果螺母已经松动，立即就会被看守发现并换上新的螺母，会被拧得很紧。佐久间希望免除洗澡，据推测那个时候螺母就已经生锈并开始松动了。野本看守和值日班的看守长都因为过分相信特制手铐，所以不会想到螺母已经松动，对佐久间说的"神经痛"深信不疑，并同意佐久间不去洗澡。

从那时起，藤原、野本两名看守经常看到佐久间端坐着做伸缩运动，也听到过物体的碰撞声。佐久间说是锻炼身体准备应付冬天的寒冷，包括藤原他们在内接到报告的看守长们，对此也丝毫没有产生过怀疑。

关于这一点，藤原提供了一个证词。说他冷不防打开牢窗时，看见佐久间将戴着手铐的手用力敲打坚硬的牢房地板。藤原以为这也是伸缩运动的动作之一，显然佐久间是为了使手铐的螺母松动而在撞击地板。

佐久间的手腕化脓涌出蛆来，冷静想来也是很反常的。佐久间说是头晕倒下时受的伤，但伤口很深，不像是因为跌倒产生的。可以认定是将手铐撞击地板或者用非同寻常的力量想要解开手铐才受的伤。

"也许……"一名看守长嘀咕道。

他说，6月11日在牢房搜检中发现监室地板上用旧铁钉划出一个长方形的损伤，那会不会就是为越狱做的准备之一?就是说，佐久间完全知道要从地板下逃跑是不可能的，却将地板划伤，估计这就是为了把看守的注意力引向监室下方而做的假动作。他还说，佐久间不正是采用了从牢窗里钻出来这一完全出人意料的办法吗？

没有人反对这个推测。用旧铁钉划穿厚厚的地板，这当然没有可能，而且还有故意让人发现那个损伤的情节，是为了越狱做伪装的可能性很高。

他们再次对佐久间能看透看守们心理的敏捷头脑感到可怕。

会议上还对监控态势进行了反思。藤原、野本两名看守值日班，夜间其他看守每隔两小时轮班负责看管。对那些看守，任戒护课课长的看守长已经进行过讯问。他们全都对佐久间心有余悸。据说，佐久间从春季到夏季一直都蒙着脑袋睡觉，看守喊醒他提出警告时，佐久间探起上半身怒视着从牢窗外窥着的看守的脸，乜斜的目光里像是隐含着残暴的杀气，看守不由得避开了他的目光。

看守长接着对值夜班的看守们进行查问，除了一名看守之外，其他看守显然对佐久间蒙着脑袋睡觉都视而不见。佐久间逃跑，是在不断向他提出警告的看守上班以后，所以怀有对那名看守报复的意图，这也是千真万确的。

由此可见，佐久间已经处于能随意打开手铐、卸下牢窗的状态，等到那名看守值夜班的时候才果断行事的。

关于佐久间逃跑的原因，大家进行了交流。

有人认为，不就是作为特殊刺头受到严厉处罚束手无策而怀恨在心吗？但是，因为脚镣被卸掉、不再砸扁手铐螺帽等处理渐渐放宽，这个意见被否定了。伙食在全国刑务所中也算是最好的，比看守平时的食物好很多，数量也充足，这些佐久间都知道，所以不会对待遇怀有不满。

最后，绝大多数的意见认为，逃跑的原因是因为对冬季监室里的严寒感到恐怖。从秋田刑务所越狱后向小菅刑务所自首，就是因为不愿意在秋田过冬，执拗地向检事诉说要在小菅刑务所服刑。他没有获得允许却被转到网走刑务所，他肯定是害怕历史上未曾有过的寒冷，为了逃避将要到来的冬季才逃跑的。

所长他们追溯佐久间逃跑之前的情况，重新认识到佐久间制订的计划很周密，让大家不知不觉地陷入他的圈套里。

所长将这些事实整理成事故报告寄发给行刑局局长正木亮。行刑局向全国的刑务所所长送达记载着事故内容的文件和尽心竭力防止事故发生的警告书。

网走刑务所所长接受了以司法大臣的名义下发的申斥处分。接着所长给藤原和野本两名看守、发生逃跑事故时执勤的看守、那天夜里当班的看守长、四名看守一个月减薪百分之十、其他夜班看守一个月减薪百分之五的处罚。

9 月下旬，秋色渐浓，刑务所后山的树叶开始变成红色。

—— 8 ——

　　1942 年 11 月，根据战争形式的要求，北海道的报社，以具有最古老历史的北海泰晤士报社为中心，将十一家报社进行了整合，在札幌市创立北海道新闻社。在网走町，整合前的网走新报社直接被设为北海道新闻社分社。分社职员当然知道佐久间清太郎越狱和越狱的经过，但事件的报道被视为有引起北海道人心不稳的担忧，因此禁止见报。报纸只介绍战况和北海道居民努力增加军需品和粮食等产量的状况，有关犯罪的报道只字未提。

　　关于越狱事件，知道的只是网走町和其周边的村镇居民，在满山的红叶不断褪色、落下时，也成为人们茶余饭后的热门话题。若在往年，可以看到女人和孩子们爬上山坡采摘山葡萄和蘑菇的身影，但现在因为害怕会与估计藏在山里的佐久间邂逅，所以没有人敢进山。

　　警察署预测裸体逃跑的佐久间为了搞到衣服，必然会潜入民宅，便通过各村镇的警防队通知家家户户，如果遇到偷盗要立即向最近的警察机关报案。但是根本没有人报案，所以无法掌握有关佐久间的线索。

每天都是碧空如洗，气温开始下降。远处的山峦开始出现积雪的反光。

随着战况的恶化，网走町的气氛日益沉重。

大本营陆军部判断，以阿图岛和基斯卡岛两座岛屿为基地的美军，下一波攻击目标会是千岛群岛，便将设在札幌市的北方军司令部调整为第五方面军司令部，在其统率下组成专门负责千岛方面作战的第二十七军司令部。于是向千岛群岛投放大量兵员、武器、弹药、军需品，作战能力在短期内得到明显提高。为了将美军潜水艇攻击造成的损失控制到最小，兵力输送只好使用小型机帆船、渔船。网走港成为兵力输送的基地之一，船只出入变得很频繁，但是町上在悄悄地流传，说部分船只在出港后遭到潜水艇的鱼雷攻击沉没了。

千岛群岛方面的战备得到加强，接着北海道东部也忙于加强兵力。大本营预测到美军也会向那个方向进行攻击，便将大部分兵力转移到北见、钏路、大乐宅、池田、带广、根室一带。预计美军的登陆地点会是根室附近、十胜海岸、钏路附近、网走海岸，因此急于在海岸线一带构筑防卫阵地以做防备。

网走方面，士兵得到居民的帮助，在海岸线上积极构筑混凝土碉堡和洞穴阵地。网走刑务所也接受军队要求，派出众多犯人去构筑工事，同时大量打造日本刀和长矛作为抵抗美军登陆上岸时使用的武器。

11 月上旬下了第一场雪，刑务所允许犯人穿细筒裤、短布袜，起床时间也推迟了三十分钟，改为上午 6 点。家家户户的烟囱里开始冒出烧暖房的烟，人们呼出的哈气也白花花的。

　　11 月 24 日，町上的人们在收音机和报纸上得知美军七十架轰炸机袭击东京的消息。大本营公布"我方损失轻微"，但随之而来的解释却说，来袭的飞机是 B29 这一能长途飞行的大型轰炸机，同时承认由于塞班岛失陷，那里已经建成跑道很长的机场并配备多架 B29，因此警告说，今后飞机的空袭也许会很频繁。不出所料，11 月 28 日，四十架 B29 轰炸关东、东海、近畿南部地区，12 月 1 日二十架 B29 轰炸东京、静冈，4 日再次轰炸东京，空袭趋于白热化。

　　这时，司法省刑政局接到通知，说冲绳刑务所受到战况恶化的影响，处于重大的危机之中。那是因为缺少主食，临时凑给二百五十名犯人的粮食供给即大米，从日本九州、中国台湾运来的海上运输中断，那年 2 月一颗米、麦也没有了，只能勉强确保政府保管的六十包稻草袋的进口米。

　　大本营从众多情报中经过分析判断，美军要在冲绳进行登陆作战，冲绳必将因此而变成战场，便向冲绳县官署发出老幼妇孺非战斗人员去日本本州或中国台湾疏散的命令。根据这个命令，县官署展开疏散工作，刑务所所长仲里达雄考虑应该将在粮荒中挣扎的犯人们转送到本州，并向司法省申请并获得批准。所长立即向县官署提出要付诸实施，但县官署却担心犯人与普通人同船恐怕会发生不测情况而坚决反对，仲里执着地反复要求，终于成功地让六十名犯人坐上了船。犯人乘坐的船从那霸港出发，9 月 3 日进入鹿儿岛，被收押在鹿儿岛刑务所。

　　10 月 10 日，冲绳遭到从美军机动部队起飞的多架舰载机的猛烈空袭，那霸市百分之九十变成焦土。刑务所的外墙也被爆炸气浪掀倒，关押少年犯的监舍和武术馆全部损毁。

　　仲里所长再次计划将犯人向本州疏散，执意要移送包括十名女犯在内的一百二十名犯人。这次疏散在县官署也被视为危险举动而不容易获得批准，但仲里于 11 月 7 日强行让他们登船。不料得知情况的船长拒绝接收，命令他们下船。仲里与船长经过激烈争辩，才让犯人们留在了船舱里。在这冲突期间，还发生了一名犯人试图逃跑跳进海里溺死的事故。船长在仲里的强硬态度面前败下阵来，船只载着犯人于 11 月 18 日出港，途中还因美军潜水艇靠近而被迫避让等原因，于 24 日进入鹿儿岛港。

　　仲里发电报指示同船护送犯人的十名看守留在九州的刑务所里执勤，但没有人愿意留下来，全体看守回到预计美军会登陆的冲绳岛。

　　那年年底，全国的刑务所向司法省报告的粮食供给情况显示，分配给犯人的粮食奇缺，不仅仅是冲绳刑务所，粮食已经成为全国刑务所共同的最重要的问题。

　　总的来说，粮食状况越来越糟糕，大米每人每天二合三勺的主食配给量有名无实，进入 1944 年后半年，就连作为大米的代用粮食而配给的谷类、薯类也销声匿迹了，将橡果磨成的粉和用于肥料的豆饼等作为主食配给已成为常态。

　　体现这一粮食状况的，是分配给刑务所犯人的食物，质和量都已经降低。司法省就算是掺入杂粮、薯类也始终要保证主食每人每天六合的基本方针，各刑务所也开垦所有的空地作为耕地，再向有关机关反复陈情，努力确保这一标准。在这一点上，只作为主食供应的食物还能保证比普通家庭优越得多。

可是，那年年底统计的全国刑务所里犯人的死亡率惊人。太平洋战争前，犯人死亡率通常比普通国民低，即使被束缚自由，但有规律的生活产生了令人满意的结果。然而从 1941 年太平洋战场爆发 ① 起，犯人与普通国民的死亡率发生了逆转。1944 年全国的犯人五万七千人中实际有三千四百四十八人死亡，那是达到普通国民死亡率 3.4 倍的高比率。死亡人数超过一百人的有大阪、高松、宇都宫、广岛、三重、福冈、东京丰多摩、滋贺等刑务所，尤其大阪死亡人数是三百六十二人，高松是二百四十七人。

死亡人数激增是由于缺少营养，虽然主食勉强得以保证，但能分发给犯人的副食品可怜得简直不能算是什么副食品。说是酱汤也只是几乎没有豆酱的盐汤，名不副实。蔬菜也只是稀稀落落的几片干枯的菜叶或菜茎，大多都只有盐。普通国民的营养不良也很明显，吃南瓜子、甘薯藤、蔬菜等，在海里或河里捞些贝壳、小鱼、海草等补充营养，所以虽然缺少主食忍饥挨饿，但发生营养失调的概率比犯人低。

那年犯人的死亡率每十七人中就有一人，在难以搞到粮食的大城市里，这一倾向更加明显，令司法省震惊不已。

在这样的情况下，网走刑务所关押的八百多名犯人中，死亡的是十七人，死亡率在全国刑务所中最低。冬季处于严酷的寒冷之中，从环境来说最恶劣，但在广阔的农场里收获的丰富农作物，使犯人们

---

① 指 1941 年 12 月 7 日日本偷袭美国海军太平洋舰队在夏威夷的基地珍珠港，以及美国陆军和海军在瓦胡岛上的机场，太平洋战争爆发。

保持着均衡的营养。

网走町一带每天雪花飘扬，一过年洋面上便出现大量浮冰。与去年不同，浮冰没有涌到海岸边，以为会靠近海岸，不料又漂回到洋面上，如此不停地反复。

刑务所也是披着一层银装，狱外劳务的犯人们冒着雪从事采伐作业。

提起佐久间的越狱，看守长们时常一副苦涩的表情。他们更关心的是佐久间逃到哪里去了。

佐久间先后于 1936 年在青森刑务所、1942 年在秋田刑务所越狱，但这次逃跑与以前两次逃跑相比，社会情势截然不同。这一点应该会使他无所适从。北海道的粮食状况极其糟糕，配给量少质次。居民靠这些配给量能勉强忍住饥饿，但连配给证都没有的佐久间连这些都无法保证。虽然能悄悄偷些耕地里的农作物、采些山菜充饥，但随着大雪降临，这些都会从地面上消失。刑务所里至少吃饭不愁，从那里逃跑，就等同于被扔进颗粒全无的不毛之地。

他害怕被抓，很可能躲进了渺无人烟的山里，但在雪窖冰天的山里是活不下去的。他逃跑时只穿着兜裆布，当然会设法搞到衣服，但没有火种马上就会被冻死。

"多半已经不在人世了"这句话，成了看守们的口头禅。

1945 年 1 月下旬，浮冰连接岸边，大海被浮冰覆盖。降雪的日子比往年多，一进入 2 月，便下起了漫天大雪，房屋几乎被雪掩埋。那年也很冷，气温有时降到将近零下三十度。

　　战况更加严峻，大本营紧急制订作战计划以备在本土决战。包括女性在内加紧进行使用木枪等的军事训练，使民众在美军登陆时也能参加战斗。同时，除了国民学校的中小学生，大学生和其他中小学生停止授课一年，北海道多达三万名大、中、小学生不仅要加紧军事训练，还要在军需工厂等处参加劳动。

　　从 3 月 9 日半夜起到 10 日，约一百三十架 B29 袭击了东京都，广阔的市区被全部烧光。由于这次空袭，司法省的建筑全被烧毁，设在东京造船所的监舍也被烧塌。

　　东京造船所是 1943 年 2 月行刑局局长正木亮接受海军省的要求，靠犯人的劳动力以造船为目的设置的造船所。所在地在东京市城东区南砂町四丁目，占地面积五万三千坪。挑选的都是以前桥刑务所的犯人为主、刑期在三年以下的健康犯人，称为东京造船部队，在石川岛造船所设分队。部队长是前桥刑务所所长根田兼治。劳动成果甚佳，从 1943 年 5 月起到遭遇战火的一年九个月间，建造、下水了一百零八艘九百吨左右的运输船。队员达到两千人，法政大学经济学部、法学部的数百名学生和锦城中学的学生也都参与了造船。

　　造船所因空袭全部化为废墟，十五名犯人被烧死。这些死亡者以海军军属的资格给予因公死亡的待遇。东京造船部队的队员被收监在巢鸭的东京拘留所，石川岛分队的队员被收监在丰多摩刑务所里，他们各自排着队在遍地都是烧死体的路上行进，走入监舍内。这期间，一起逃跑事故也没有发生。

　　晚上 7 点，行刑局局长正木亮将东京造船部队的队员们集中在东京拘留所的讲堂里。

"今天的空袭是前所未有的。可是，两千名队员中没有一个人掉队或逃跑，全队得以安全撤退，这是因为大家都识大局，完成了自己的重大使命。这在世界刑政史上是应该大书特书的。在大手町，从汽车中看见大家整齐的行进队伍，我流出了眼泪。大家在造船的同时塑造了自己的人格。今天是造船部队的毕业仪式。我对这次大家的努力表示崇高的敬意，我真心实意地想给你们每一个人授奖，以此来犒劳你们。"正木亮眼眶里溢着泪水训示道。

正木亮在拘留所回司法省的途中，想到让犯人来处理烧死的尸体。他觉得与其让犯人制造船只和兵器，还不如让他们来处理尸体，这更能使犯人们认识到人类生命的尊严，对他们重新做人有好处。

他一回到司法省，便向东京都防卫本部打听有关尸体处理的现状。得到的回答是，防卫本部根据去年5月制定的《受灾尸体处理纲要》，估计由于空袭会有一万人死亡，指定要制造一万个棺材、两个火葬场和十五个临时埋葬点。可是空袭从3月9日半夜起规模加大，统计到10日傍晚，报告死亡的人数达到七万，预计这个数字还会增加，因此决定放弃使用棺材，连身份和随身物品的调查也省去，将尸体集中在公园等处，挖掘能放入两三百具尸体的土坑临时掩埋。在做这项工作的是军队、警察、警防队员，但人手不足，希望无论如何能得到协助。

正木亮指示东京造船部队的根田部队长让犯人参加狱外劳务掩埋尸体。对此，翌日，从根田那里传来报告，说犯人自发提出要参加尸体的清理。

根田挑选一百四十一名犯人，组成刑政激愤志愿队，授予在白布上写着队名的队旗。3 月 13 日早晨，正木亮把将要出去掩埋尸体的犯人们集中在东京拘留所的屋顶上，训诫道："你们大家从现在起就要出发去从事掩埋受灾市民尸体的工作。仅此，我向大家提一个愿望。我希望你们不要冷漠地处理尸体。那些全都是可怜的人。你们务必要在心里觉得是自己的父母、孩子、妻子、兄弟姐妹遭受了灾难，不要面有难色，要慎重处理。这是作为人类最崇高的工作。"

犯人们举着白色队旗在看守们的陪同下走出了拘留所。

他们赶到锦系公园，根据东京都工作人员的指示，挖掘了掩埋尸体的大坑，并将军队用卡车送来的尸体放进土坑里。

他们每天都是早晨从拘留所出发，傍晚回来，在猿江公园、隅田公园从事尸体掩埋的工作。土坑周围香烟缭绕，僧侣不停地诵着经。

夜间空袭越来越猛烈，增加了刑务所和拘留所的损失。3 月 12 日名古屋、翌日大阪，17 日神户的各刑务所和拘留所都遭到了轰炸。

3 月下旬，网走町前封闭着大海的浮冰漂去了洋面上，只能零星地看见水平线上浮冰的反光，不久便消失了。寒气减缓，雪堆变成积雪覆盖着街道。

一到 4 月，东京拘留所、丰多摩、府中各刑务所、分所都全被烧毁或半烧毁，这时冲绳刑务所遭到登陆美军的攻击，看守、职员、家属和犯人们一起在战场上冒着炮火转移。

仲里所长那年 2 月因为宫崎刑务所所长死亡而兼任宫崎刑务所所长，3 月 1 日乘坐驱潜艇离开冲绳，途中遭到美军潜水艇的攻击，勉强于六天后到达鹿儿岛。这是日本本州与冲绳之间最后一趟便船，仲里没有再回冲绳。所长由看守长山内哲夫代理。关押的囚犯加上战时从速判决而被收监的犯人共计约一百人。

空袭越来越激烈，刑务所变得很危险，便将犯人转移到附近的壕沟里。可是3月20日夜里，得到美军舰队正在接近的情报，代理所长山内让犯人们背着粮食等物，在看守的监视下于翌晨进入首里的壕沟。壕沟里检事局和法院的职员们都在避难，山内预计美军会登陆，心想应该把犯人全部释放，便向检事正提出建议，但因为坚信会胜利的干部坚决反对，这个提议没有获得许可，仅释放了十名因轻罪服刑的犯人便停止了。

不久，美军舰队来袭，舰炮射击和空袭开始不分昼夜地进行着。在这样的情况下，山内和看守一起一边监视着犯人一边转移到首里北部地处西森的大壕沟里。看守和犯人早就开始不断地出现伤亡。

4月1日，美军得到舰炮射击和舰载机轰炸的支援，在冲绳本岛中部西海岸登陆，与日本守备队展开激烈的攻守战。守备队的斗志很旺盛，坚决抵抗，两军展开了拉锯战。一个月后，拥有绝对优势火力的美军渐渐推进，守备队后退，民众随之开始向南部逃难。白天舰载机轮番飞来进行轰炸，夜间从包围岛屿的舰艇上舰炮不间断地进行射击。民众连夜马不停蹄地一直向南逃难，出现了很多死伤者。

危险逼近西森，山内他们逃离壕沟，与民众一起在密集的炮火中向南方走去。边让犯人们在自然洞穴或墓地里躲避边转移，伤亡增多，食物也减少了。6月上旬，走到仲座附近的山内决定释放犯人。他把大家集合起来宣布自己的想法。犯人们解散，有几名犯人与山内同行。

6 月下旬，冲绳的战斗结束。与刑务所有关的人确认活着的，是以山内为主的二十一名职员和同行的两三名犯人，其他人都音信全无。

在本州，大城市全都化为焦土，美军飞机的攻击目标转移到地方城市，被烧毁的刑务所不断增加。5 月，宫崎、熊本、名古屋、丰多摩各刑务所、高知刑务所中村分所，进入 6 月，大阪拘留所、高知、大阪、福冈、静冈、神户、三重、冈山各刑务所、四日市、浜松、丰桥、延冈、佐世保各分所遭到轰炸。在这些空袭中有三名犯人死亡，看守、职员和家属七人当场死亡、三人重伤。全部被烧毁的冈山刑务所在让犯人避难途中还发生了三十七人逃跑的事故。此后一名已决犯、六名未决犯回到避难地点，其他三十人不知去向。同时，全部烧毁的佐世保分所因为危险逼近释放了十六名犯人，回来的只有十人。

由于刑务所和拘留所被炸毁，与统辖它们的司法省之间的联络也变得困难。

太平洋战争爆发后，司法省对轻刑犯且服刑成绩良好的犯人积极地采取假释的措施。这是为了增加民间的劳动人口，收到入伍通知书的犯人也优先作为假释的对象。因为不断有人假释，工作量大增，因此设法简化假释程序，刑务所所长或分所长直接向司法大臣呈报假释申请，采取当天获准、当天释放的措施。各刑务所由职员将申报书送到司法省，但随着空袭越来越猛烈，坐列车去已经不可能。因此只能采取电报或电话申报、将犯人当天假释的紧急措施。

不断有刑务所遭到轰炸。7月，熊本、高知、高松、德岛、千叶、甲府、岐阜、大阪、宇都宫、水户、三重、松山、鹿儿岛等刑务所，吴、鹰见町、堺、仙台、沼津、福井、风崎、平、德山、柳町、田边、宇治山田等各分所，姬路、函馆少年刑务所全部遭到烧毁等巨大损失。四十八名犯人、八名看守和职员死亡，八十三名犯人在避难中不知去向。同时，包括鹰见町分所三十六名、福井分所二十名在内的十三家刑务所发生共计八十三人的逃跑事故。

遭到轰炸的刑务所、分所的犯人被转移到狱外劳务所的监舍里，当然无法全部收监，就将烧剩的公共建筑等充当监舍。因机关宿舍被烧毁而无家可归的看守、职员、家属也有人暂住在那些建筑里。

刑务所的功能瘫痪，缺粮状况变得更加严重。犯人的主食已经不能保证每人每天六合的标准，刑务所职员在饥饿中为了保证犯人的口粮不得不四处奔走。犯人们参加狱外劳务去军需工厂等处劳动，在那里获得食物勉强填饱肚子。工厂这地方几乎连监舍也没有，想要逃跑轻而易举，但逃跑事故很少发生，因为他们知道即使逃跑也不可能搞到粮食。

各地刑务所秩序失控，但网走刑务所的生活还是过得颇有规律。除了关押在单人牢房里的犯人以外，犯人们每天起床后走出牢房，盥洗、吃完饭后列队，前往狱内的工厂或狱外劳务所做工。日落时去狱外劳务的犯人随看守一起回到刑务所。主食虽然掺杂着大豆，但能给犯人们的毕竟是定量，副食也很充足。与各地刑务所的窘境相比，网走刑务所称得上是世外桃源。

可是，町上的人们对战况恶化带来的生活困境感到极大的不安。

　　大本营在冲绳失陷后预测美军的登陆地点会是南九州或关东地方，断定完全不会向千岛群岛或北海道进攻，因此抽调千岛群岛方面的兵力向九州、关东地方设防。不过也预计到拒绝延长《日苏中立条约》有效期限的苏联会宣战攻击北海道，便加强了宗谷海峡方面的兵力。网走町上悄悄地流传着苏联军队登陆的风声，笼罩着不安的气氛。美国潜水艇也蠢蠢欲动。6月16日还接到报告说，设置在网走町北部能取岬灯台上的监视哨发现了潜水艇浮现在海面上。

　　北海道推动由民众组成的防卫计划，组织了国民义勇队，规定根据需要招募十五岁到六十岁的男子和十七岁到四十岁的女子作为义勇兵，预计在第一线参加战斗的民众能动员十万到十五万人，作为后勤人员能动员三十万到五十万人。同时还组织由在乡军人组成的特设警备队，在各地配置队员约一万三千人。在网走町也设置这些组织，气氛明显变得更加紧张。

　　令町上的民众担忧的是那年的农作物收成。从4月上旬起，气温急剧下降，5月中旬罕见地下起了雪。尤其在7月气候变冷，浓雾弥漫的日子很多，每天都不得不再找出冬装御寒。明明是抽穗的时期却抽穗延迟，预计会大歉收。在刑务所的农场里，农作物的长势也很差，蔬菜类的收获也减少。可是米、麦的储藏量得到保证，只要与主食有关，可以不用操心。

　　刑务所内部发生了一起事故，即新录用的看守吃了发给犯人的主食。看守随家属一起接受与普通民众同样的粮食配给，对犯人配给的食物比自己优越得多羡慕不已，便下意识地伸了手。

　　刑务所所长担心这件丑事会使犯人产生鄙视看守的倾向，立即将那名看守给予惩戒免职的处分，并严厉警示看守、职员不得再犯这样的错误。

7月14日，网走町接到通知，说舰载机袭击根室，但因雾气腾腾而离去。美军机动部队正在北海道洋面上行动，预计会遭到美军的空袭，所以指示要严密监视。

翌日晴天，上午10点，监视哨警备队员向警备队本部紧急报告，说地狱猫战斗机正从东方的海上向网走町靠近。本部发出空袭警报，警防队紧急到位。刑务所让狱内工厂里的犯人停止劳动，让关押在单人牢房里的犯人离开监舍，并按防空训练的要求让七百名犯人在狱内列队，指挥他们跑向挖在后山的横穴式防空壕，让全体人员躲避。看守携带着装满实弹的手枪、卡宾枪负责监视。

美军战斗机攻击渔船、监视哨，接着进入网走町上空进行扫射，一个小时后向东方海面上飞去。监视哨死伤数名哨员，但建筑物几乎没有受损。

美军战斗机还袭击了北海道其他区域，造成很大损失。首先15日凌晨5点，总计二百五十架舰载机飞到根室，反复扫射到下午4点半。市区百分之七十烧毁或变成废墟，死者三百六十九人。同时钏路市从下午2点40分起遭到空袭，二千一百三十六户人家全部烧毁，五百四十五户人家全部或一半被炸毁，蒙受了极大的损失，死者达到一百六十八人。

美军最大的攻击目标是北海道军需工厂集中的地区室兰市和与本州之间的衔接地区函馆市。室兰市于14日、15日两天遭到由B29轰炸机引导的地狱猫战斗机群的波状攻击，接着还遭到舰炮射击，工厂群全部被炸毁。民房约一千一百四十三户全部或一半被炸毁，死者达四百八十六人。港口内两艘海防舰和十四艘船舶被炸沉、燃烧。空袭函馆市的目的是截断津轻海峡的交通，攻击集中在青函渡轮上。结果，十二艘渡轮中以津轻丸为主的八艘渡轮被炸沉，松前丸、第六青函丸触礁燃烧，另外两艘严重损坏，青函联运航线完全中断。乘坐这些渡轮的船员、乘客等有四百十二人死亡，七十二人受伤，市区烧毁的人家达四百户左右。

对这次空袭，担任北海道防卫指挥一职的第五方面军司令官樋口季一郎中将认为，白天如果向美军机动部队实施反击，自己一方的飞机损失会很大，因此没有向配置在北海道各地的战斗机队发布出击命令，只是让高射炮部队进行反击。地面炮火的命中率很高，击落美军飞机超过八十架。

樋口司令官没有让战斗机起飞迎战，引起大本营陆军部的愤怒，打电话向他发出严重警告。同时，北海道民众完全没能看见飞机迎击，对军队产生了极大的不信任感。

网走町的人们对附近美幌航空部队毫无动静感到失望。他们被动员去努力建设机场，然而遭到空袭时航空队的飞机却全都藏在壕沟里，连一架飞机也没有起飞去迎击，人们对此感到强烈不满。刑务所曾长达八年派遣犯人去建设机场，所以犯人和看守也都愤愤不平。

到了8月，各地刑务所遭到空袭造成的损失在继续，水户、前桥刑务所有三十九名犯人死亡，约一百人受轻、重伤，两人逃跑。

8月7日下午，网走刑务所所长在收音机上得知，广岛市遭到空袭，造成了巨大损失。大本营公布说：

一、昨日 8 月 6 日，广岛市遭到美军 B29 数架飞机的攻击，损失很大。

二、美军在上述攻击中好像使用了新型炸弹，详细情况，目前正在调查中。

"损失很大"这一表现，在大本营是第一次使用，不难想象会是"非常巨大的"。广岛有收监一千一百五十名犯人的刑务所，他们是否安然无恙，令人担忧。

广岛刑务所在原子弹投下的同时全部被毁灭，但一大半犯人都被派遣去远离爆炸中心地带的光海军工厂等地参加劳动，所以在刑务所当场死亡的看守、职员只有五人，犯人十二人。此后犯人们随看守一起从光海军工厂等处撤回时，监舍已经消失，所以集中在狱内的空地上，四周用绳索圈起来过夜。这期间重伤者接二连三地死去，给尸体浇上重油焚烧。

8 月 9 日，长崎市也被投掷了原子弹，处于爆炸中心地带的长崎刑务所浦上分所全部被炸毁，包括在分所的分所长副岛在内，看守、职员十八人，犯人八十一人，职员家属三十五人，全部当场死亡。同时，靠近分所的狱外劳务所也全部被炸毁和烧毁，看守、职员五人和犯人共四十七人死亡，此后重伤者相继死去。在三菱重工业长崎造船所里劳动而幸免于难的犯人约一百人，接受长崎卫生课的要求，从事市民尸体的清理工作长达五天。

8 月 15 日，网走町的天空碧蓝，天很热。中午有天皇宣布接受《波茨坦公告》的广播。这天，继正木亮之后接任刑政局局长的佐藤祥树调任高松控诉院检事长，福冈地区法院检事正清原邦一就任刑政局局长。

　网走刑务所由看守将战败的消息向犯人们做通报。去美幌机场备置工地劳务的犯人们停止了工作，开始专门从事农场里的劳动。看守和犯人们的脸上浮现出呆滞的表情。

　包括刑务所所长在内的干部们，对盟军也许会登陆心事重重。因为刑务所里关押着三名外国人，两名是从坠毁的 B29 上跳伞降落的美国空军飞行员，另一名是有间谍行为而遭逮捕的英国人。

　外国人被关押在刑务所里的待遇，遵循太平洋战争爆发后司法省传达的"关于战时收容的外国人待遇的准则"。其基本原则是"不论外国人是否敌国人，唯待遇之际，刑务官吏务必在大国民之胸襟下以严正且公平为宗旨"，以此训诫绝不能将他们当作敌国人而怀有敌意给予苛刻的对待。与一般犯人不同，要充分考虑外国人的生活习惯。关于衣服，允许犯人穿西服、衬衫、睡衣。由于担心领带、围巾等会被用于自缢，所以禁止使用。食物根据犯人要求给予面包、肉汤等，向体格伟岸的犯人准备特制的被褥、毯子，监室里还配备床、桌子、椅子。关押场所是能使他们安静生活的单人牢房，也允许他们阅读西洋书籍。网走刑务所也遵照那个准则对待外国人，但也有去年冬天因左尔格事件被判无期徒刑收监的南斯拉夫人病死的事故，他们对盟军会以什么样的态度来对待而深感不安。

　全国的刑务所没有出现战败带来的明显混乱，不过桦太刑务所是个例外。

　8 月 9 日，苏联向日本宣战并开始投入战斗，在 15 日日本无条件投降后也没有停止进攻。

设在丰原①的桦太刑务所里关押着六百五十名犯人，所长接到苏军从国境线南下的情报，判断当务之急是在苏军进入之前将思想犯白俄罗斯人、间谍嫌疑人、死刑犯、重刑犯转移到北海道。他得到司法省的同意，第一批挑选了五十名犯人遣送，并由朝仓见介副看守长以下十名看守随行，让他们坐上卡车从刑务所出发，在挤满难民的道路上前行，8月18日下午2点时到达大泊。

港口挤满难民，混乱不堪。朝仓副看守长四处斡旋，最后终于雇到五十顿的机帆船，于19日早晨离港。然而，海上暴风骤雨、海浪滔天，途中将船停靠在海岸边，勉强渡过宗谷海峡，于20日下午2点进入稚内港。然后在当地租到一节列车车厢后再次出发，到旭川后将他们关押在旭川刑务所。接着8月23日，第二批犯人从刑务所出发，并安全渡过宗谷海峡。

第二批犯人出发的第二天，苏军停止了战斗，丰原被占领。

26日，苏军少校等四人出现在刑务所里，在狱内巡察，向所长他们展现出威慑的态度。那天夜里，狱内陷入巨大的恐慌中。因为传言苏军要将男囚全部枪毙，对女囚施暴。事实上，在桦太各地苏军士兵的强奸事故频繁发生，五名女职员和女看守剪去头发女扮男装。

---

① 丰原：原名弗拉季米罗夫卡。1905年8月，在日俄战争中沙俄政府与日本签订割让条约《波尔特斯穆条约》，更名为丰原市。1945年2月11日，罗斯福、丘吉尔、斯大林在雅尔塔会议上签订了有关俄罗斯向日本宣战条件的条约，将千岛转交苏联管辖。1945年8月25日，苏军攻陷大泊（今科尔萨科夫）的日本海军基地并进驻丰原，1946年更名为南萨哈林斯克。1946年冬季，日元停止流通。1946至1948年原居住在南萨哈林和千岛的日本居民被遣送回国。

　　狱内的混乱状态在持续，难以采取控制措施。9月16日，苏军命令释放所有的女囚。接着9月23日，命令留下懂建筑的人等三十名犯人建造苏军将校的宿舍，释放其他所有的犯人。同时命令十二名看守在刑务所执勤监管剩下的犯人，其他所长以下二十四人作为俘虏被扣押在丰原中学。可是，在被扣押的人中，所长和会计课课长谎称要向本土报告情况而逃走，悄悄地到北海道去了。作为惩罚，剩下的被扣押者受到了严厉处罚，后来被送到西伯利亚，很多人都死了。

　　留在刑务所的十二名看守被三十名犯人和苏军拖住，负责监视关押的原宪兵、特务机关人员、法院相关者。

　　其中一名犯人曲意逢迎，巴结苏军获得了权力。这名犯人曾在堪察加生活过，精通俄语，脑子转得也极快。

　　他向苏军将校恶意诬陷不中意的看守，每次看守都受到处罚。看守们怕他，不知不觉地都以他马首是瞻。刑务所处在他的控制之下，他甚至自称是刑务所所长，在犯人获得释放的证明上也作为刑务所所长签名。

　　狱内的秩序完全失控，犯人们开始自由出入监舍，明火执仗、有恃无恐。把刑务所的粮食和工厂里制造的产品等运出去，用马车拉到町上去卖，换酒喝。喝醉酒闹事打架也频繁发生，看守们只能冷眼旁观。

　　这些看守不久就被解职，回到日本是很久以后的事了。

—— **9** ——

　战争结束七个月后的 1946 年 3 月下旬一个早晨，龟冈梅太郎带着排行老三、读中学二年级的儿子离开网走刑务所的机关宿舍，向通往车站的路上走去。

　下着小雪，覆盖着海面的浮冰一直延伸到洋面上，丝毫也没有漂动的迹象。町上是个冰雪世界。

　他于 1940 年 8 月任职，在网走刑务所作为看守长执勤，任庶务课课长，十天前受命任札幌刑务所戒护课课长。

　他是去札幌刑务所上任的。妻子因生病要常去医院，所以和其他孩子一起留在网走刑务所的机关宿舍里。

　他身上的官服是以旧翻新缝制的，褪色，满是补丁。手上提着旧提包和装有随身物品的包袱。

　搭乘列车的乘客挤满了站台，他好不容易才和儿子一起从门脚踏板上挤进了车厢。窗玻璃基本都已破碎，钉着木板代替玻璃，所以车厢内很暗。列车一开动，雪花便从破碎的车窗随寒风一起钻进来，煤烟也随之钻孔而入。

龟冈挤在摩肩接踵的乘客中，回味着战争结束后网走刑务所内瞬息万变的变化。

战争刚结束时，政府部门内部极度混乱，刑务所应该采取什么样的态度面对战败，司法省没有明确的指示。包括所长在内的干部们整天处在焦虑不安中，直到 8 月 31 日才终于下达了第一份通报文件。这份文件是有关空袭造成的全国刑务所的受损情况。通报说，一百一十五家刑务所、分所全部烧毁、倒塌的达二十六家，烧毁或倒塌一半的有十三家。当然，这些受损的刑务所、分所里的犯人都被转到其他刑务所，那些接收转监犯人的刑务所因为犯人远超定员，人满为患，使犯人们心怀不满，趁劳动时逃跑的事故增加。因此，司法省刑政局局长发出电报，指令刑务所要全力以赴防止发生逃跑事件。

占领日本的美军先遣队于 8 月 28 日到达神奈川县厚木机场，接着 30 日盟军最高司令官麦克阿瑟从军机上下来，9 月 8 日和八千名官兵一起进驻东京。

龟冈他们刑务所的干部对今后盟军实行的占领政策深感惶恐。尤其是关押在刑务所里的美国空军飞行员于一个月前病死。关于此事，盟军会采取什么样的措施?这令他们感到后怕。根据"关于战时收容的外国人待遇的准则"，不能将他们作为敌国人对待，根据他们的要求还要给予面包、肉汤等，也能使用床、椅子，生病后还要给他们充分的治疗。但是，盟军会以意想不到的理由傲慢地摆出要处罚刑务所干部的态度，这是预料之中的事。

盟军总司令部的占领政策以快得令人咋舌的速度推进着，指定原总理大臣东条英机等三十九人作为战犯被逮捕，其中包括司法大臣

はごく

163

岩村通世。

与此同时，美军开始追查战争中日本方面是如何对待盟军俘虏的。在正式进驻北海道之前，美国调查官率先坐飞机到了札幌。

他们非常重视关押在网走刑务所里的美国空军飞行员的死亡，认定是虐待致死，并传唤所长进行了严厉的讯问。所长争辩说是根据司法省的命令行事，但他们不认可，拿定主意要将所长以下相关人员作为战犯送往东京。

为了防止与盟军士兵发生摩擦，司法省对全国刑务所发出了指示，命令在刑务所的大门口、汽车、臂章上都标明"PRISON"（监狱）的文字，即使占领军士兵来刑务所，各刑务所里因为擅长英语对话的人很少，所以为了避免产生误解，不要讲太多的话。

10 月 4 日，盟军总司令部向日本政府发出解散战时行政组织的命令，司法省被置于盟军的领导之下，于是规定刑务所的狱卒有义务向占领军的官兵、汽车敬礼。

那天，美军官兵约六千人在军舰的护卫下乘坐运输船队驶入函馆港，开始正式进驻北海道。翌日，驻北海道美军最高指挥官赖德少将率领八千名官兵到达小樽港。这个活动盛况空前，高举着自动步枪的美国士兵以在敌人阵前登陆的架势，随坦克、装甲车、吉普车、卡车一起分别乘坐众多登陆艇上岸。美军将坦克、装甲车排成队列进驻札幌，接管所有主要建筑，在札幌递信局设立了第九军团司令部。

此后，美军源源不断地进驻北海道，近二万二千名官兵驻扎在以札幌为主的函馆、小樽、旭川、室兰、稚内、美幌、带广等地。

面对美军的进驻，北海道陷入恐慌之中。各市、町、村尽力做出对策，网走町也以应对美军的经验提出下列警告，用阅览板巡回展示。

一、对外国军队，避免私人接触。

二、妇女孩子不要对外国人表示好奇。

三、不要穿性感服装。绝对禁止当众裸露手臂。

四、即使外国人用片言只语的日本语打招呼，妇女孩子也不要理睬。

五、不用说夜间，即使大白天，妇女孩子也不要单独一人在行人稀少的地方行走。

有三百名美军驻扎在网走町南部约二十公里的旧美幌航空队兵营里，开始有美军官兵驾驶着吉普车来町里。吉普车大白天也亮着车灯，士兵手持自动步枪。女人们都躲在家里，男人们都害怕地躲闪在路边。

刑务所预料到美军会进入狱内。他们已经心如死灰。无论美军做出何种粗暴行为，他们不要说抵抗，甚至都不能阻止。警察署已经无权过问，即使发生狱卒被枪杀的事故，也只能置若罔闻。

秋意渐浓时，在大门口站岗的看守来报告，说有一辆吉普车过了镜桥停在大门前，所以看守立即立正敬礼。吉普车上坐着将校似的男子和士兵，他们朝大门注视了片刻后就径直离去了。

所长推测美军早晚会到刑务所里来，但吉普车只是在町里兜风，此后再也没有靠近过刑务所的大门。

然而，看守中已经有很多人有过不痛快的经历。某看守部长骑马前行的途中，看见吉普车过来，便将马靠向路边停下。美国士兵故意将吉普车靠近到几乎要擦着马的身体飞驶而去，马受惊一阵狂奔。另外，骑自行车的看守停下自行车敬礼，也有坐在吉普车上的士兵挥拳向看守的脸砸去，然后一阵哄笑扬长而去。

红叶的色彩开始褪去时，在网走湖畔的农场里，发生了正在劳动的犯人被美军子弹击中身负重伤的事件。是网走湖上有鸭子在游弋，美国兵知道后便来打猎，流弹击中了犯人。负责监管的看守们立即让犯人们停止劳动回到了刑务所。受伤的犯人接受治疗，幸好捡回了条命。所长接到报告，向警察署署长通报，但没有任何反馈。警察署署长担心即使向驻扎在美幌的美军抗议，可能也会受到粗鲁的对待，根本就不敢和美军联系。

这起事件发生以后，所长停止了犯人们在湖畔农场的劳动。

10月4日，盟军总司令部命令日本政府废止《治安维持法》，立即释放政治犯。因此，司法省于翌日以大臣的名义用电报通知全国刑务所释放政治犯。

在网走刑务所，除了违反《治安维持法》的宫本显治之外，只有一个人在服刑。宫本于6月18日从东京拘留所被转到网走刑务所，已经关押了将近四个月。他于10月9日傍晚出狱，由保护释放者的网走慈惠院会员领走，另一个人也被释放。

占领政策被神速推进，民主化政策接二连三地出台，还接到指令要废止国家对宗教信仰的保护。因此，刑政局局长清原邦一于12月20日发出通知，将刑务所内遥拜所、教诲堂里的神龛、佛坛全部撤走。网走刑务所立即将神龛、佛坛搬到了空房间里。

12月底统计的全国刑务所犯人死亡率数据出现反常。报告说，在全国性的饥荒中，普通国民因疾病造成的死亡率激增，达到去年的 1.7 倍以上，犯人的死亡率也达到国民死亡率的 4.6 倍。全国的刑务所里关押的囚犯人数到年底是五万三千六百六十六名，过去一年里七千四百八十一人病死。因营养不良致死的有一千九百八十六人，死亡人数最多，之后依次为结核病一千零四十一人，胃肠病八百三十七人，肺炎四百四十八人。全国刑务所出现死者最多的是大阪刑务所，达到八百二十六人。

网走刑务所 12 月底的囚犯人数是六百二十四人，病死者不过二十七人，死亡率全国最低。

龟冈从车窗里眺望着沿线连绵不断的雪原，心想至少网走町的饮食可以说是最优越的。

虽然米、麦只有犯人能吃，但时常还能买到在刑务所的农场里采摘多余的马铃薯、南瓜、玉蜀黍和蔬菜，总之，从来没有为挨饿操心过。另外，还能在凌晨三四点钟上班前扛着鱼竿去海边或河边钓鱼虾，他曾捞到近四十条比目鱼，令妻子喜不自禁。

与网走町那样的生活相比，札幌市的饮食是令人担忧的。那年的稻谷收成由于冷灾遭受大歉收。不仅是稻米，杂粮、马铃薯等收获量也极端减少，加上农户拒绝交售 ① 的倾向很强烈。而且复员和撤回的人增加，缺粮状况比战时更加严重，逼近饥饿状态。大城市札幌的饮食肯定是惨不忍睹的。到那地方赴任令人忧心忡忡。

龟冈碌碌无为地结束了在网走刑务所将近六年的工作，有一种

---

① 日本《食粮管理法》规定，农户有义务按政策规定向政府出售主要农产品。

松了一口气的感觉，但对上个月自己亲手解雇二十多名看守一事感到
内疚。政府按盟军总司令部的命令实施行政改革，司法省也在 2 月 8
日将看守编制七千四百二十九人着手削减了一千人。因为需要接收复
员回来的看守，所以五十岁以上的看守成为缩编对象。

龟冈作为庶务课课长接受了这个任务，将符合条件的看守一个
个召来传达这个消息。战时一起同甘共苦过来的，要告诉他们被解
雇，心中很不忍，可是他们没有一句怨言，所有人都很理解地离开了
刑务所。复员回来的看守再复职，但数量寥寥无几。因为物价快速上
涨，凭看守的工资生活会很艰难，许多人都希望另外谋职。

网走刑务所正在为看守人员不足而焦头烂额，编制缩减使犯人
的监管变得更加困难。为了打开这一僵局，决定采用各地刑务所都已
经在实行的特警队员制度。这个制度于 1944 年 8 月制定，就是为了
弥补看守不足而任命特定的犯人为看守的辅助人员，让他们负责看管
犯人。被选为特警队的犯人原则上限定在初犯且服刑态度良好的犯
人里，主要是指定根据《军刑法》正在服刑的陆海军将校、下士官和
有学识教养的犯人。

他们接受与看守辅助人员有关的培训后再分配到各个岗位上，
取得了显著效果。除了监管之外，他们还协助其他方面的工作，典型
的例子，比如在丰多摩刑务所，曾任陆军工程师的特警队员负责防空
壕及其他策划设计，广岛刑务所检事出身的犯人任指纹检验员，宇都
宫刑务所曾任军医大佐的医学博士犯人负责犯人的诊疗……

各刑务所对这一成果颇感满意，一致认为要使犯人遵守纪律，
就应该将熟知监规，并对犯人具有说服力的长期徒刑犯人也作为特警

队员采用。刑政局准许了这个建议。

网走刑务所从旧陆海军将校、下士官中挑选特警队员，作为看守辅助人员进行分配。他们体格魁伟，喊口令的嗓门也响亮，使犯人们行动时保持井然的秩序，对犯人违反监规也以严厉的态度面对，忠实地执行看守的指示。

龟冈回忆着网走刑务所里的生活，心想佐久间清太郎大概已经死了。

在看守们之间流传着"佐久间会不会被棕熊吃了"的说法。经常听说因为夏季气温极端降低，山里的树木没有结果实，寻找食物的棕熊会出没在村庄附近。完全可以猜想藏匿在山里的佐久间会与棕熊遭遇。即使毫发无损地度过棕熊出没的秋季，冬季在山里也不可能不被冻死而躲过一劫。

龟冈从车窗里眺望着远处白雪皑皑的山峦，在心里描绘出佐久间已经化为一堆白骨的尸体躺在山里的情景。

那天夜里很晚，他和孩子一起到达冰封雪飘的札幌站，走进地处苗穗町隶属于刑务所的机关宿舍。札幌刑务所的前身札幌监狱本署，于1880年建造在苗穗村四十七万三千余坪的国有土地上，1922年因官制改革改称为札幌刑务所。在大通，在五千四百坪的用地上建立了大通刑务分所。

龟冈梅太郎作为戒护课课长就任，是监管犯人的最高负责人。他在狱内巡视，看到办公楼、监舍、仓库等都已经破旧，尤其是屋顶已经腐烂，整修工程也已经开始。

札幌市的粮食不足状况远远超出预想。由于大歉收，北海道的稻米收获量是去年的百分之三十五，大麦为百分之七十五，小麦为百分之八十三，玉葱为百分之三十二，马铃薯为百分之七十七。由于部队复员、撤回等原因造成人口快速增长的札幌市，处在极其严重的粮食危机之中。粮食紧缺全国第一，主食配给连连拖延，说是主食却几乎没有大米、麦子，而是配给杂粮、马铃薯，还以玉米粉、橡子粉、淀粉渣等代替。

刑务所有个角山农场，拥有从泥炭地里开垦出来的七十町步 ① 耕地，种植大豆、南瓜、荞麦等，给犯人分发大米、麦子、大豆掺杂的主食平均每天六合。相比之下，看守们时常只能少量购买农场的农作物，过着与普通市民同样的生活。看守羡慕犯人的伙食，还发生过在伙房里抓起犯人的饭就往嘴里塞的事件。

看守的执勤状态缺少严肃性，这令龟冈深感忧虑。战败造成的失落感阴魂不散，很多人都是一副懒倦的眼神，甚至有人公开说什么已经是民主主义时代了，所以不需要向上司敬礼。他感觉到战败导致权威性消失殆尽，这在刑务所狱卒身上也有所体现，并注意到由于低工资和饮食带来的郁闷，使他们对执勤的热情在消退。

他听说在其他刑务所里出现过看守反抗上司的现象。

去年 11 月中旬，熊本刑务所四十一名看守向所长递交了指责任戒护课课长的看守长的信，并开始罢工，要求将课长和三名技术官、看守长立即撤职，改善待遇。所长派业务员临时顶替看管监室，同时以戒护课课长调任庶务课课长为条件，花了三天时间说服看守们，直

---

① 町步：日本旧制度量衡的面积单位，1町步等于9920平方米。

至第四天才终于平息事态。担心他们会再次闹事，所长没有对所有参加罢工的看守做出处分。今年，宫城刑务所也发生了同样的事情，也是调离了戒护课课长他们的职务才得以解决。

龟冈预测札幌刑务所也有可能会发生和熊本、宫城两家刑务所同样的事情，他叮嘱自己对这样的前车之鉴不能掉以轻心。

由于空袭，全国的刑务所消失了三分之一，加上巢鸭的东京拘留所作为战犯嫌疑人的收容设施而被盟军接收，以前关押在这些地方的犯人被分散转到其他刑务所。札幌刑务所也从本州转来很多犯人，监舍关押着的犯人远超规定的人数。看守编制压缩，特警队员弥补了这个缺口，但依然难以监管不断增加的犯人。

龟冈认为唯独这个时候才更应该设法提高看守的素质，他经常用严厉的语气告诫看守要严正纪律，勤奋执勤。

为了减少不断增加的犯人数量，刑务所将部分犯人分散到狱外劳务所。在千岁有烧制木炭的狱外劳务所供刑务所消费，在那里设置监舍将犯人转过去，角山农场的监舍里也收押犯人。同时在那年3月中旬到5月中旬捕捞鲱鱼的渔期里，向打渔基地增毛町送去了一百二十名犯人。

6月中旬，龟冈得知札幌警察署有警察组织职员工会的动向。战后，北海道内工会如雨后春笋般地组织起来，数量达到成百上千，札幌警察署的警察中多达半数的巡查部长、巡查集中在会议室，宣布成立工会，并向署长提出改善待遇、改革署内机构的要求，还做出决议，向全北海道的警察呼吁成立工会。北海道官署警察部根据去年按盟军总司令部的指示制定的《工会法》，禁止警察组织、加入工会，所以派遣警务课课长进行劝说，才终于阻止了工会组织的建立。

在刑务所干部中，有人担心看守中会出现同样的动向，但由于札幌警察署里那种活动被封杀，所以龟冈觉得看守们不会做出那样的举动。

这时，最让龟冈感到担忧的是美军的动向。

美军第七十七师团司令部统领占领北海道的美军。司令部设在面向札幌市中心区大通的北海道拓殖分行总店大楼里。包括市内最高的大楼札幌豪华旅馆充当将校宿舍在内，主要建筑全部被美军接收，藻岩的滑雪场、圆山公园、赛马场都成为禁止日本人进入的区域。

北海道官署警察部为了防止占领军士兵对民女施暴，设置特殊慰安所，还开设美军专用的饭馆、啤酒店、舞厅。普通的女性害怕占领军官兵，但渐渐习惯了以后便主动接近，暗娼增加。同时，占领军士兵对日本人的不法侵害很引人注目，到那年4月，发生了五起杀人、八十九起抢劫、十六起强奸等事件。但是对这些犯罪事件，日本的警察机关连侦查权都没有，因此事件全都没有受到追查便不了了之。

美军师团司令部的将校经常光顾札幌刑务所，要求提交狱卒名册、显示因犯人数的文件等，视察监舍及其他设施。所长和龟冈他们悄悄听说占领军在各地刑务所采取了高压态度。举一个例子，比如在福冈刑务所，美军中尉带领一队士兵将教诲堂设为宿舍处理刑务所的运筹管理，以持反抗态度为由将所长关进监室里，看守们则胆战心惊地坚持着执勤。龟冈他们深感不安，担心美军在札幌刑务所里也会做出类似的举动。

　　6 月下旬，美军总部有几名士兵驾着吉普车来，译员说出一名看守的名字，命令所长把他喊来。看守一到所长办公室，美国士兵就让他坐上吉普车扬长而去。

　　看守直到第二天才回来，脸部红肿，一只眼睛充血，明显被殴打了。

　　龟冈问他为什么受到这样的对待，看守说："他们说，关于讯问的内容绝对不能泄露，所以我不敢说。"

　　龟冈反复追问，看守只是一副惊恐的眼神不住地摇头。

　　翌日两名看守，接着三天后一人，再第二天两人被带到美军总部。他们无一幸免都遭到了殴打，嘴唇被打裂，或者眼睛被打得睁不开。关于讯问内容，他们都守口如瓶。从他们向同事泄露的只言片语中，显然是有人告密，说被带走的看守在战时虐待过犯人，美军是在追查这些事。据说他们还受到威胁，说要把他们当作战犯进行审判啊！

　　看守被带走遭到毒打，令其他看守魂不守舍。因为看守们都严厉地对待过违反监规的犯人，也殴打过犯人，所以他们都害怕自己也会被带走。

　　所长发现美军总部的举动与 5 月底刑政局局长送达的"关于收监人员待遇的警示事项"有关。警示事项涉及十一个条款，第一条就是"对收监人员犯错的肉体制裁（殴打）"。不是禁止而是警示，毫无疑问，这是根据盟军总司令部的指令制定的。肯定是北海道的美军总部得知这份通令已经发出，寻找从札幌刑务所出狱的人，得知了殴打过犯人的看守名字才带走的。同时，6 月 1 日将刑政局改称为行刑局，这显然也与盟军总司令部对司法省进行机构改革的指令有关。

进入 7 月不久，接到刑务所角山农场的看守打来的电话，说亮着车灯的美军带篷卡车和吉普车来到农场，将任场长的看守长和十名犯人带走了。刑务所办公楼里顿时一片哗然。紧接着吉普车来到刑务所，美国士兵和译员走进办公楼。译员报出龟冈的名字，命令他坐上吉普车。

龟冈顺从地坐上车，吉普车飞驶而去，在军政部所在的大楼前停下。龟冈被美国士兵带进一间房间里，年轻中尉坐在一张硕大的桌子前，译员站在他的边上。

龟冈按照译员的提问说出自己的职务和名字，中尉便露出锐利的目光大声说道："日本是个好战的国家！日本人是残酷的野蛮人！"

龟冈站立着一言不发。

美国中尉向士兵命令什么，士兵出去了。不久房门打开，在角山农场劳动的十名犯人鱼贯走进房间。他们不知道被喊来干什么，惶恐不安，脸色死一样苍白。

译员听了中尉的话以后，对犯人们命令道："把裤子脱了！"

犯人们的眼睛里露出畏惧的眼神。他们犹豫着脱去作业裤。

"看看这条枯瘦的腿，你觉得怎么样？"译员带着奇怪的语音说道。

龟冈想起了"关于收监人员待遇的警示事项"第二条里有"伙食供应数量短缺以及品质粗劣"的警示事项，发现中尉是想要追究没有给犯人足够食物的事，同时也知道站立着的犯人挑选的全都是瘦子。

"的确很瘦。"龟冈望着犯人们的腿说道。

"很瘦，你以为这就完了？"中尉涨红着脸。

龟冈心想该说的话还是要说。

"日本与贵国打仗输了。粮食紧缺，人们处于饥饿状态。可是，刑务所向服刑人员给足了大米、麦子、大豆混合的主食。我们看守无论如何也吃不到大米和麦子，吃的东西都称不上是食物。这事，你们调查一下就明白了。"

"别说谎！几乎不给食物，所以犯人才会如此骨瘦如柴。把场长开除了！"中尉用拳头敲着桌子。

"给服刑人员的伙食远比我们还优越。你也看看我的腿。"龟冈脱去磨破的裤子后再次立正。

中尉的目光朝龟冈的腿望去。龟冈脑海里浮现出妻子的面容，心想这模样不能让妻子看见。中尉点燃了一支烟，继续沉默着。

片刻后，中尉用粗暴的嗓音向美国士兵命令着什么，译员说："把裤子穿上！"龟冈和犯人们穿上裤子，美国士兵便伸出大拇指做了个到屋外去的动作。

龟冈和犯人们一起走到门外，跟随在美国士兵身后沿走廊走去，下了楼梯。美国士兵走到大楼外，命令犯人们坐上卡车，对龟冈摆了摆手说"走回去"。卡车离去，龟冈沿着通往刑务所的道路徒步走去。

一回到刑务所，龟冈便向所长汇报被带走的经过。

"他们满脑子认定日本人很残酷，这很棘手。"龟冈说道。

"反正，没挨打就好。"所长的面容稍稍放松了些。

美军的压力令刑务所的狱卒闻风丧胆，包括所长在内的干部，对刑务所本身的功能减弱感到很不安。从本州转来的囚犯人数在增加，那种倾向与日俱增。加上战时减少的犯罪数量在战争结束后急剧增加，而且大多是团伙抢劫等性质恶劣的犯罪，这些人也要关押到刑务所里。另外，还有经美军审判确定刑期来服刑的人。

美军在军法会议上独自对日本嫌疑人下达判决，其中还对杀害宪兵事件的凶手进行了审判。那起事件是去年 12 月 19 日夜里发生的，三名少年潜入美军高射炮部队仓库实施盗窃，将正在巡逻中的宪兵刺杀后逃跑。凶手五天后被札幌警察署的警察抓获引渡给美军，在军法会议上一人被判绞刑，另两人被判三十年劳役刑。日本人对美军的犯罪主要是盗窃，在军法会议上被判劳役刑的人也关押在札幌刑务所。

刑务所因为犯人增加而失去了收监能力，单人牢房里也关押两个人，定员五人的杂居牢房里关押着十名左右的犯人。因此犯人们都处于被褥叠被褥的状态，他们的脸上挂满着不服的表情。

监管他们的看守素质低下，为了填补缺额想要招募看守，但低廉的薪水也招不到有能力的人才。而且，制服发放也处于停顿状态，他们都穿着部队服装和作业服，头戴战斗帽，很多人服装比犯人还寒碜。因此，为了表示他们是看守，让他们佩戴了臂章。

雇用这样的看守，龟冈对他们能否监管犯人深感忧虑，他在内心里祈祷着，希望能切实守护好刑务所的秩序。

全国刑务所的犯人逃跑事件自太平洋战争爆发后大多发生在狱外劳动的时候，1942 年三十人（抓获十七人）、1943 年六十二人（抓获四十一人）、1944 年一百零四人（抓获四十三人），逐年递增。

1945 年因空袭造成的监舍全部损毁、转移时的混乱、收容设施残缺不全等原因，达到五百四十一人（抓获一百三十一人），数据显示超过了 1923 年关东大地震时的四百二十八人。龟冈感到，对刑务所来说面对的是明治以来最糟糕的时代。

他接到行刑局的电报得知，7 月 7 日神户拘留所四十九名未决犯集体逃跑，二十九人被抓获。据说事故的原因是犯人对拥挤不堪感到愤懑。接着过了两天，长野刑务所也发生了对粮食状况感到不满的七名犯人逃跑、四人被抓获的事故。

龟冈觉得事故相继发生的主要原因在札幌刑务所的内部也存在，札幌刑务所具备发生集体逃亡事故的条件。

7 月 16 日，以行刑局局长的名义下发通知，说随着主食的减少，每人每天至少要保证十克动物性蛋白质。主食减量是因为粮食状况处于危机状态难以维持现状，所以有关蛋白源的措施，是为了防止犯人患营养失调症而导致死亡。可是，动物性蛋白质毕竟无法得到保证，这份通知只能是指示主食减量。

粮食减量极大地刺激了犯人，7 月 25 日，岐阜刑务所就发生了暴动。

从几天前起，岐阜刑务所一到夜里就有人大声叫喊，持续处于不稳定的状态。刑务所所长猝死，还没有指定接任者，加上任戒护课课长的看守长也出差不在家，名古屋刑罚执行管区的三角干事因视察正滞留在岐阜刑务所。

晚上 7 点 40 分，大雨倾盆、电闪雷鸣，落雷打在刑务所附近导致停电，监舍里一片漆黑。紧接着有两三个犯人对刑务所的待遇尤其是主食减量提出抗议，犯人们发出叫喊声响应，骚乱立即扩散到整个监舍。脸盆和茶碗的敲打声和看守制止他们的叫骂声交织在一起，三角干事判断事态严重，命令紧急召集没有值班的看守。

晚上 11 点 40 分左右，电灯一亮，部分犯人用八分厚的木制饭盒砸破监室门的下部，跑到监室外大声叫喊。其他监室的犯人也学样砸破房门，从外部将所有监室的门全都砸坏，一千一百六十三名服刑人员中约有八百人跑到通道上。他们一边砸坏电灯一边跑到监舍外。

三角干事用电话向县警察部请求增援，断断续续地鸣响警报，将发生暴动的事通过警报通知附近的民宅。而且他将看守安排在主要地点，用十支手枪、八支卡宾枪发射了共计四十七发子弹发出警告。凌晨 1 点，约二十名武装警察赶到，接着两名美军宪兵也赶来，才终于平息了骚乱，三角干事将他们押回各自的监室。

这次骚乱有八名犯人将木材竖在外墙边逃跑，一人自首，四人被抓获。

三天后，丰桥刑务分所发生了十三名犯人集体越狱逃走的事件，后来其中两名被抓获。那是因为刑务所遭空袭全部烧毁，把犯人关押在不适合当作监舍的旧军部演习场车库里才发生的。

接着 8 月 11 日，只收押未决犯的大阪拘留所发生了大暴动。

定员六百四十六人，但因为犯罪激增，关押的未决犯人数达到一千五百十七人（其中女犯二十二人），因此单人牢房关押四人，定员五人的杂居牢房关押到十五人，憋屈到连被褥也不能铺，而且湿度高加上连日酷暑，空气浑浊，犯人们都喘不过气来。拘留所不同于刑务所，每日两餐发给大米、麦子、玉蜀黍混合食物，一餐是菜粥。

检察官、法官忙于审理激增的犯罪案件，等待宣判的未决犯们对几个月也没有接到过传唤鸣冤叫屈。看守是九十九人，大半是没有接受过充分培训的新手。

这天下午3点，三名中国台湾人对专职看守说，有日本未决犯向他们口吐侮辱性语言，要求制裁他们，并让看守打开了牢房门。在所长和副所长的劝说下他们才终于回到牢房里。

由此引起其他牢房里的未决犯用脸盆等砸门，对伙食不满发出吼叫。所长向天满警察署请求增援，二十名武装警察赶来，暂时平息了事态。

可是下午4点50分左右，关押在杂居牢房里的犯人们用作业台砸破房门走到通道上。接着一路叫喊着一间间地砸破其他牢房，骚乱扩散到整座监舍，超过一千名的犯人跑到监舍外。所长命令部下开枪，但未决犯们投石块抗议。

二十名天满警察署的警察赶到，下午5点20分，三名美国宪兵举着手枪命令犯人们回到牢房里去。手持机关枪的美国宪兵也赶来了，但随后说与美军无关便扬长而去。此后，两百五十名武装警察进入拘留所内，但与看守一样没有采取积极的行动，因此未决犯们更加肆无忌惮了。

晚上7点时，从未决犯中发出诉说肚子饿的叫声，所长告诉他们送晚饭。可是8点半左右，犯人们又发出吼声说晚饭没有送来，便袭击伙房抢夺粮食。

所长花了三十分钟用喇叭筒通知犯人们马上送饭，说服他们回牢房。未决犯中也有人对此让步，看守们没有放弃这个机会，和警察一起采取行动，晚上 11 点才终于把所有犯人押回房间。

大多数监室已经遭到破坏，12 日下午，参与暴动的大约一千二百人被用卡车转到了大阪刑务所。那次暴动有一百一十六人逃跑，七十人被抓获。同时，九十六名做杂务的模范犯人在三年徒刑的杂务犯人的指挥下，得到所长的许可，从拘留所周围一直追寻到梅田车站附近，抓回的犯人超过四十个。

这些事故由行刑局局长将事故原委向札幌刑务所所长传达并发出警告，要竭力杜绝事故的发生。

那年夏季天气很热。阳光明晃晃地照射在札幌的街道上。

8 月 14 日，像平时那样早起的龟冈给小炭炉生火，用锅烧开水蒸土豆，准备蘸着豆酱吃早餐。

他把报纸摊开在桌子上。第一版是政治、外交栏目，反面整整一版是社会栏目的新闻。他把报纸翻过来，目光停留在标题为"杀人毁坏庄稼被抓"的短新闻上。他的目光追溯着文字不由得瞪大了眼睛。

"昨天报道砂川町北本街大杉幸一先生（22 岁）被杀、庄稼被毁坏，泷川警察署接到报案后立即进行搜索，于 12 日上午 11 点半，将在该街富平栏间沼泽附近徘徊的凶手、居无定所、犯有三次前科的佐久间清太郎抓获。"

龟冈将报道反复读了几遍。

佐久间还活着！他在心中嘀咕道。年龄也一致，肯定是同一个人。他心想，两年前从网走刑务所越狱以后，是藏匿在什么地方才来到了砂川町？他没有被棕熊吃掉，也没有被冻死，活得好好的。龟冈沉浸在深深地感慨中。

他记得自己读到过杀人毁坏庄稼的报道，急忙到壁橱里取出折叠着的前一天的报纸。报道写得很长，事件的内容记载得很详细。

案发是在 9 日晚上 10 点左右，在砂川町北本街女子学校前务农的高木鹤吉，看管着自己的田以防农作物被偷时，发现有个男子悄悄潜入田里。高木走上前严厉地质问，养子大杉幸一听到响声奔跑出来，想要把男子扭送到巡查派出所。男子冷不防用短刀刺中大杉下腹部逃走，大杉和高木追上去将男子按倒在地。男子又刺伤大杉的胸部和脚后径自逃走了。大杉第二天因失血过多死亡。

龟冈将目光从报纸上移开，想起"难缠的特殊刺头"这一表现。他曾在网走刑务所任庶务课课长，虽然没有直接与佐久间打过交道，但从东京拘留所押送来时和由看守们簇拥着去洗澡路过走廊时，他都看到过佐久间。乍见觉得是个很笨拙的人，没想到越狱时却发挥出超常的机敏，令他对佐久间刮目相看。

佐久间在泷川警察署的管辖内被抓获，理应要押送到札幌市来接受审判，关押在收容未决犯的札幌刑务所大通分所里。毫无疑问，刑期确定后会在札幌刑务所里服刑。龟冈为不得不承担看管佐久间的重大责任而感到紧张，札幌刑务所的建筑已显老化，要收押从号称"绝对不可能越狱"的网走刑务所里逃跑的佐久间，真是前所未有地压力山大啊。

他想起刑务所里唯一的特设单人牢房的房屋结构。

—— 10 ——

整个北海道风雨飘摇、人心浮动。

粮食匮乏已经陷入饥饿状态，城市里的民众成群结队地挤上列车去农村采购。可是能购得的粮食微乎其微，而且焦虑的人们组成采购大军拥向农村地区，频频发生强行打开政府控制的粮仓、如同抢夺一般将粮食抢走的事件。他们中间甚至还夹杂着警察。

依照政令，粮食被严格控制，不用说买卖粮食，就是拿着粮食到处乱跑都会成为被处罚的对象。北海道官署警察部对拒绝交售粮食的农户行使强制权，没收持有的粮食，同时从采购来的人手里毫不留情地抢夺粮食并给予处罚。那年4月，美军紧急进口救援粮进行配给，但其数量对解救粮食危机而言简直是杯水车薪。

对北海道的居民来说，燃料不足也是一个很严重的问题。每年冬天每户人家要消耗四五顿煤炭，但能配给的也只有一顿不到，而且几乎都是煤粉或劣质煤炭，甚至还有不能燃烧的煤炭。因此，人们砍倒街树或公园里的树木当作柴火，甚至连墓地里的塔形木牌都拿走，连掩埋在泥炭沼里的植物腐烂后的泥煤也充当燃料使用。

物价飞涨的情况日本全国都一样，从战争结束时起仅一年间，就涨了三倍以上。因此政府将以前流通的纸币，除五元以下的纸币之外，全都停止使用，发行新的纸币努力抑制通货膨胀。世态炎凉，每况愈下，凶杀、抢劫的案件剧增，因为警力不足，有将近百分之五十的案件没有被追查。

在这天下汹汹的气氛中，10 月 10 日，北海道内组织起来的四十个煤矿工会举行总罢工。这些煤矿的采掘者正因为承担着日本一大半的消费量，所以他们的争议在全国范围内产生了重大影响。

被泷川警察署的警察抓获的佐久间清太郎，作为杀人嫌疑人要接受调查和审判，所以被押送到札幌，关押在只收容未决犯的札幌刑务所大通分所里。这时，秋天的气息已经很浓郁了。

札幌刑务所戒护课课长龟冈梅太郎，带着四名执勤成绩特别优异的看守去了大通分所。

他朝监室里坐着的男子看了一眼，就知道果真是佐久间。佐久间在网走刑务所里服刑时因为禁止在监室外放风，所以脸色苍白，现在也许是在山野里风餐露宿的缘故，肤色已经变得黝黑，脸上也没有显出憔悴，可以说是气色很好。

龟冈告诉佐久间自己是在网走刑务所里担任过庶务课课长的看守长，对他说道："你活得很好啊。你逃走后躲在哪里了？"

"在常吕的废坑里呀！"佐久间很冷漠地答道。

原来是躲藏在一个好地方！龟冈心想。地处常吕町山里的矿山是产金、银的小规模矿区，是大正时代在北见地区发现的众多金矿之一，由藤田组负责经营，一时间得到政府的资助呈现出欣欣向荣的盛况。但随着悍然发动太平洋战争，重点被转移到与战斗力直接相关的铜、铁等重要矿物的增产上，1943 年根据"金矿业休整令"，和其他金矿一起成为了废矿。

佐久间逃跑后，网走警察署对包括常吕矿山遗址在内的附近一带也进行了搜索，但在开始下大雪时停止了搜索，普通居民也没人去大雪封山的常吕矿山遗址。佐久间逃走后也许是躲在山岳地带，等到了积雪期才躲进废矿里的。坑道内有地热很暖和，也有清流潺潺的地方，不缺饮用水。粮食肯定是潜入附近农户，偷些少量食物果腹而不至于引起人们的注意。

"听说你不是被棕熊吃掉了吗？"龟冈问。

"连熊影子也没有见到。"佐久间答道。

"听说你杀人了。为什么干那种蠢事？"龟冈责备似的说道。

佐久间不悦地蹙起眉头紧闭着嘴。

斜视的右眼直视着龟冈的脸，但左眼却朝龟冈流露出险恶的目光，露出一股狠毒劲儿。面对他的目光，龟冈感觉到佐久间是个有过三次越狱经历的人，同时知道他对曾在网走刑务所执勤的自己怀有憎恨的情绪。龟冈凝视着佐久间的眼睛。

突然，险恶的目光从佐久间的眼睛里消失，面容开始放松，脸上渐渐变成笑的表情，眼睛向监室的内部微微移动着。

龟冈知道他眼睛里的神情意味着什么。大通分所是直接使用1876 年建造的旧札幌监狱署的建筑，设备老化，也欠坚固。毫无疑问，在从秋田刑务所的禁闭室、接着从号称不可能越狱的网走刑务所逃跑的佐久间眼里，大通分所的监舍根本就算不上是监舍。佐久间的脸上浮现出的冷笑表情，显然是在嘲笑监舍的简陋。

龟冈离开监室门前，命令看守们每两人一组轮流进行面对面的监视。

他一回到刑务所便向所长进言，说把佐久间关押在分所里是很危险的。所长也持同样看法，做出必须转到本所来的结论。

龟冈立即赶到佐久间的主诉检事那里。虽然按规定本所只关押已决犯，未决犯要拘禁在分所里，但他向检事解释佐久间从网走刑务所越狱时的情况，极力劝说把他转到本所。

检事也知道佐久间以前有过三次越狱经历，立即采纳了龟冈的建议。特事特办，所以还帮着办理了获得本省许可的手续。

翌日，佐久间戴上手铐，在数名看守的簇拥下离开大通分所，被转到地处苗穗町的札幌刑务所。

龟冈给关押佐久间的监室挑选了第二监舍最顶端的特设牢房。第二监舍在通道两侧各排列着二十间单人牢房，全都用优质的材料建成。尤其是特设牢房，用于关押凶残暴虐的杀人犯，在单人牢房中也是结构最坚固的房间。地板、天花板、房门都是用厚厚的硬材料制成，小小的窗洞上嵌着粗粗的铁栅栏。佐久间从网走刑务所监室门上的牢窗逃走，是因为那窗洞的空间大得能钻出他的头部，但特设牢房无论是牢窗还是靠近天花板的采光窗，都比头部小得多，龟冈对那间牢房的结构很满意。

龟冈挑选了四名最优秀的看守，让他们两人一组每两小时轮流站在监室外，经常观察房内佐久间的动静。

他将这些看守召集起来。

"你们也知道，佐久间继青森、秋田之后，就连从无逃跑先例的网走刑务所，也都成功越狱了，这是个罕见的犯人。"龟冈说道，并对佐久间在网走刑务所的越狱方法做了讲解。

听着龟冈的讲解，看守们都露出诧异的表情。

检事的调查在刑务所里进行。佐久间戴着手铐、绑着法绳接受讯问，荷枪实弹的当班看守站在他的周围。

龟冈因为要了解佐久间从网走刑务所越狱后的情况以便向司法省汇报，所以检事讯问时在一边旁听。

面对检事的讯问，佐久间回答得很坦率。

他越狱后跑进山里，确认搜索停止后悄悄溜进村庄，潜入家人去田里而空无一人的农户。如果偷盗醒目的物品，自己所在的位置就会被人发现，所以在不同的人家分别偷取裤子、衬衫、上衣、鞋子等物，偷粮食也是采取同样的办法。进入积雪期以后，在常吕的废矿坑道里过冬，积雪融化以后也没有离开那里。

标有太阳旗标志的飞机不时地掠过上空，不知不觉地很少能看见了，取代的是涂着美国空军标志的飞机。越狱后过了两个冬天的 1946 年春季，他从国民学校无人值班的值宿室里偷出报纸来看。这时他才知道日本战败了。

他推测战败后社会秩序会产生混乱，警察的功能瘫痪，对自己的搜索也会放松，便想从北海道渡过津轻海峡，去见见住在青森县的妻子，于是便从废矿里出来。白天躲在隐蔽处睡觉，夜里靠着星星的位置沿着山路或田间小路摸索着方向走去。先到远轻，从那里沿着石北线的轨道向西走。过白泷，翻越北见岭，摸索着走到上川附近。正是农作物成熟的时期，夜里他潜入田里填饱肚子，避免靠近人家。

过了爱别，来到能看见旭川市区灯光的地方。他一鼓作气沿着通往札幌的铁路轨道走着，有时在石独守川洗个澡，绕过深川的乡镇走到泷川，接着到达砂川町附近，在田里的小道上走着时，被农户的家人怀疑他在毁坏地里的庄稼，发生争执时惹出了杀人事件。

关于越狱方法，与网走刑务所和警察署联合进行的现场勘查得到的推断一致。

他将酱汁滴在特制手铐的螺帽和牢窗铁框的螺丝上使它腐烂，并成功地卸下。为了报复对自己看管最严厉的看守，计划在他值夜班的时候逃走。那天夜里，他知道看守从自己的牢房前走过，便打开手铐，卸下牢窗上的铁框。接着赤身裸体只穿着兜裆布，算好看守的脚步声离得最远的时间，便将脑袋钻出牢窗跳到通道上。他蹑手蹑脚地一阵奔跑，攀着墙壁爬到天窗，用脑袋顶破窗户爬到监舍的屋顶上。翻越内墙抽出用于支撑通暖气烟囱的支柱扛着奔跑。将支柱竖在外墙边跳出刑务所外，立即跑进了山里。据说，他正要翻越内墙的时候听到了监舍内响起的警铃声。

佐久间离开监舍后到翻越外墙的时间很短，如果不是熟悉刑务所的内部配置是不可能做到的。关于这一点，按照现场勘查时的推测，他在假设遭遇空袭的防空训练时就迅速地将建筑、围墙等的位置、距离、哨位等铭记在脑海里。

龟冈对佐久间的周密计划和行动能力再次感到惊讶。在网走刑务所的看管渐渐变得宽松，这对佐久间来说是预料之中的事，他假装更加顺从，营造便于逃跑的状态。龟冈心想，佐久间是个能洞察别人心理的天才。

　龟冈听着佐久间的供述，觉得佐久间完全有可能从札幌刑务所逃跑。但他坚信，现在已经完全掌握佐久间从网走刑务所逃跑的方法，如果以此为鉴，就必然能阻止他。

　龟冈还听取了佐久间向检事诉说的从网走刑务所逃跑的动机。佐久间说，他逃跑的全部动机，是因为网走刑务所对他的残酷对待。给他戴上特制的手铐、脚镣，手铐咬进手腕里化脓，甚至涌出了蛆。还给他戴反铐，使他不得不像狗一样将食物衔在嘴里，即使到了冬天也只给一件单衣。想到这样下去会死，才决心越狱的。

　龟冈没有全部相信他的供述。对佐久间的看管的确很苛刻，但反铐不久便停止了，处境渐渐变得宽松。冬天发给他棉囚衣，让他使用与其他犯人一样的衣服、卧具。他心想，佐久间越狱的动机不就是因为害怕网走町历史上从未有过的寒冷吗？

　另外，龟冈还听佐久间说起过在山里根本就没有看见过棕熊的身影，但他对检事却说他与带着小熊的巨熊邂逅。佐久间说，他目光紧紧盯着棕熊往后退着，爬上树，拼命地摇动着树干，将紧接着爬上来的棕熊摇落下去才幸免于难。

　龟冈知道佐久间有说谎的习惯。

　关于在砂川町的杀人，佐久间面对检事的调查坚持认为是正当防卫。据他说，他在田间小道上走着，一名在田里看守的男子突然喊住他。男子挥动着木刀问他到田里来干什么，佐久间回答说我不是可疑人物，我是去札幌才走到这里的，但男子并不相信，一口咬定他在毁坏庄稼。这时一名年轻男子手持木刀奔跑过来，抓住佐久间的手臂说要带他去巡查派出所。如果被带走的话就会发现他是个越狱犯，所以他想逃跑，不料被木刀砸到脑袋上。倒在地上的佐久间被男子们用木刀猛烈殴打，他想到这样下去会被打死的。这时佩戴在他脖子上的短刀绳子断裂，短刀掉在地上，于是他顺手握住短刀刀把从下面往上捅男子，才终于得以逃脱。

札幌地方法院给佐久间指派律师，审判的准备工作正在进行。

气温降低，10 月 26 日札幌市内雨雪交加。第一场雪比往年早两天，据报道，旭川的积雪有 2.5 厘米厚。

以虱子为媒介的伤寒病正在流行。10 月底，北海道的发病者达到二千四百人，很多人死亡。预计到冬天虱子繁殖以后，发病的人会更多。北海道官署在美军军政部的指导下强行播撒 DDT[①]。刑务所也以监室为主，给犯人的卧具和衣服撒 DDT。北海道官署通过报纸、广播，提醒民众在乘坐电车或进电影院、浴室后回家时，一定要仔细检查衣服上是否爬有虱子。因伤寒病死亡的人在全国已经超过三千人，有会进一步增加的征兆。

美军官兵依然事先不打招呼就闯进刑务所里，在监舍的通道上走着。尤其是曾把龟冈也带走讯问的北海道军政部保安科科长奥克斯·福特大尉，经常出现在刑务所里。他的任务是监督刑务所、警察署，因此他常常露出一副凶横的眼神在狱内巡视。根据盟军总司令部的命令，夜间要向犯人播放一两个小时的收音机广播，他得知监舍内的广播发生故障，便大声斥骂。

---

① DDT：有机氯类杀虫剂。曾因对环境污染过重被许多国家禁用。

进入 11 月不久，一名美军士兵闯进刑务所的大门。

狱卒出去应对，对方说出一个日本女人的名字，说想见见她。那个女人是专门为美军士兵服务的暗娼，因为把性病传染给士兵而被判刑，正在服刑。造访的美国士兵知道她被关押在刑务所里，便来见她。

龟冈他们感到十分紧张。士兵肩上吊着自动手枪，也许会用手枪相威胁闯进监舍把女人带走。暗娼大多数被关押在这里，估计士兵会有逼着看守打开女囚牢房把她们带到狱外去的危险，并在今后给男囚的监舍带来骚扰。

龟冈命令会英语对话的狱卒去转告他们，如果得到宪兵的许可，随时都可以让他们见。龟冈在办公楼的窗口看着狱卒诚诚惶惶地走近士兵说着什么。士兵背对着狱卒四处打量着办公楼和监舍，片刻后便朝大门的方向离去。

11 月 12 日早晨，龟冈看见有两辆吉普车从大门鱼贯而入，在办公楼的大门前停下。从车上下来的，是奥克斯·福特大尉和没见过面的将校等人。

龟冈出去迎接、敬礼，把他们带到自己的办公室。

译员说陌生将校是从东京的盟军总司令部来视察的监狱行政官麦克科格大尉。龟冈弯了弯腰行了个礼。

奥克斯·福特大尉通过译员说道："把名叫佐久间清太郎的犯人带过来。"

这个要求出乎龟冈的意外。他感到困惑，但不能不服从大尉的命令，他用内线电话向第二监舍的看守长传达了这个意思。

过了片刻，戴着手铐、绑着法绳的佐久间在数名看守的簇拥下走进房间。

"除了佐久间，你们全部都到外面去！"奥克斯·福特大尉说道。

龟冈终于察觉大尉他们是想要向佐久间讯问什么事，便和看守们一起走到走廊里。他还担心佐久间在和大尉交谈期间会逃走，所以将携带手枪的看守们安排在门外和房间的窗户外警戒。

龟冈站在走廊里。他心想，大尉恐怕会讯问佐久间以前三次越狱的动机，佐久间对此肯定会小题大做地数落刑务所非人道的待遇。他推测大尉会震怒，恐怕会对青森、秋田，尤其是网走刑务所的所长为主的、负责监管佐久间的看守们进行严厉的惩罚。

过了有三十分钟，房门打开，奥克斯·福特大尉随着译员一起走到走廊里。大尉紧绷着脸望着龟冈。

"把佐久间转到大通分所去。"

龟冈对译员的话无所适从。

"这事不好办。"龟冈答道。

"执行命令。"大尉的脸通红，眼睛里露出烦躁的目光。

"转移需要有主诉检事的移监指挥，这要获得所长的批准。我个人没有这样的权力。"龟冈答道，嗓音已经失态。

听了译员的翻译，大尉掏出手枪，将枪口顶着龟冈的脖子，粗暴地说道："带我到所长那里去！"

龟冈在走廊里走着。他心想，我会被打死的。他的脑海里浮现出留在网走町医院里的病妻和孩子们的身影。如果自己死了，妻子也许会流落街头的。可是他又想，如果想到战争令许许多多年轻男子死去，自己尽管只活了四十七年，应该也算是幸运的吧。

龟冈在所长办公室门前停下脚步，敲了敲房门打开门。坐在办公桌前翻阅文件的所长脸色陡变，站起身来。

龟冈走进屋内，转告大尉的要求。所长立即拿起电话听筒。对方是检察厅，所长接听着电话点了点头。

"同意移监。"他说道。

通过译员听到此话，大尉将手枪收进枪套里。

龟冈感到愤懑。大尉他们不知道佐久间这个犯人有多么可怕，想要移监，肯定是以为把未决犯佐久间关押在只收容已决犯的刑务所里是违反规定的。他们会用吉普车押送佐久间，完全可以想象佐久间会在半途中逃走，一旦逃脱，自己作为戒护课课长也难辞其咎。

龟冈和大尉他们一起回到自己的办公室。

"如果发生逃跑事故，我是有责任的。我要派两名部下随行，唯独这件事，希望你能同意。"龟冈用不容争辩的语气说道。

译员翻译了龟冈的话，大尉露出不悦的神情，默默地向办公楼外走去。

龟冈命令两名佐久间的专职看守护送，把佐久间带到走廊里。看守握着法绳坐上吉普车。吉普车以极快的速度向大门外驶去。

雪花飘舞，气温也降到零度以下。

12月1日，监舍的每个通道上都放置了一个火炉，允许服刑人员穿上细筒裤、短布袜。札幌市内银装素裹，在晴朗的夜晚散发着星星点点的寒光。

龟冈知道12月16日佐久间因杀人罪在札幌地方法院被判了死

刑。可是，听说法院指派的律师不服判决，作为正当防卫导致的伤害
致死罪立即上诉。佐久间直接被关押在大通分所里。

　　过年后，龟冈的妻子和孩子一起从网走町来到札幌，住进机关
宿舍里。寒意刺骨，机关宿舍里只焚烧掺杂着少量煤粉的煤炭，所以
夜里他们必须早早地钻进被窝里。

　　妻子因为几乎搞不到粮食总是一副忧郁的表情。配给是甘薯粉、
橡子粉等，而且连这些都经常停止配给。她拿着衣服等物去农村，但
能交换回来的大豆、杂粮为数戋戋。食物优先给正在长身体的孩子们
吃，她吃得很少，所以营养失调，牙齿缺损。

　　这时，佐久间的表现也从大通分所传到了龟冈的耳朵里。据说，
佐久间说要锻炼身体，在牢房内做柔道中的倒地动作和倒立，还极其
敏捷地攀爬牢房墙壁，甚至将手触碰天花板。看守即使制止，他也充
耳不闻。甚至还传说，在那期间，看守们也随佐久间的意了。佐久间
威胁说，看守如果采取严厉的态度，我是不是也可以向进驻军投诉？
奥克斯·福特大尉公开宣称要把对犯人有殴打等行为的看守送上军事
法庭，所以看守对佐久间的威胁很害怕。分所里很多看守都是战争结
束后录用的，根本没有人以强硬的态度对待他。根据佐久间的要求，
好像给他的伙食量也增加了。

　　进入 1947 年 2 月不久，分所长向刑务所所长诉说佐久间有可能
会逃走。据说佐久间把以前三次成功越狱的事告诉看守们，反复说最
近要从这里逃走，看守们对他已经完全唯唯诺诺了。

　　龟冈被所长请去征求意见。

　　"就让他这样下去吧。是听从奥克斯·福特大尉的命令才移监的，

我们没有责任。"龟冈回答。

龟冈心想，奥克斯·福特大尉依然怀有先入为主的观念，认为日本人是凶残野蛮的国民，很敌视刑务所的狱卒。可是，刑务所虽然按规定对犯人采取严厉的态度，但《根据感化教育的基本方针》，从心底里是希望把犯人教育好后送往社会的。尽管正处在粮食危机的时代，但给犯人配给的伙食量令普通人都感到羡慕，还煞费苦心地收集燃料让他们洗澡。战争中即使札幌刑务所也关押战争犯罪的外国人，但战争结束后狱卒没有受到美军的处罚，只能是因为刑务所给予了温情对待的缘故。奥克斯·福特大尉好像认定刑务所对犯人很残忍，这是偏见。

所长哑口无言，一动不动地坐着。

"在分所很难对付佐久间，这事奥克斯·福特大尉应该也有所耳闻。恐怕连奥克斯·福特大尉也感到很棘手，不是吗？甚至拿手枪顶着我逼着移监的，所以就算是为了给奥克斯·福特大尉一个教训，别去理睬他。"龟冈生气地说道。

"给他教训？也许还是这样好。"所长脸上露出了笑容。

龟冈在所长的对面坐下，商量工作上的事情。话题主要还是粮食。

札幌刑务所在战争结束那年年底关押着七百二十九名犯人，但去年年底竟然膨胀到一千一百四十一人。要保证这些犯人的粮食供给不是一件容易的事，庶务课的人四处奔走寻找粮食。去年因营养不良等出现五十五名犯人死亡，今年1月就死了十人。向网走刑务所问询，他们今年的死亡人数是零，由此不得不重新意识到札幌的粮食情势非常严重。

札幌刑务所唯一的依靠是角山农场，能分配给犯人的粮食数量和品质受在农场里栽培的农作物收成所左右。同时对春季冲涌到日本海沿岸的鲱鱼的捕渔量也产生很大影响。在粮荒中挣扎的北海道，捕捞鲱鱼喜获丰收成了人们满怀希望的话题。逐年一路下滑的捕渔量在战争结束那年春季，从积丹半岛一带到增毛、留萌，鲱鱼突然大群涌到，甚至使大海陡然改变了颜色，出现了三十三万二千五百吨这一创纪录的捕渔量。去年春季鲱鱼涌来，获得二十八万吨的捕渔量。北海道官署将它们当作鲱鱼酒糟或肥料分发给农户催促他们交售大米。

刑务所将犯人派到增毛町搬运捕获的鲱鱼，让他们从事加工作业。作为其代价换取鲱鱼干，并把它们运回狱内。因为便于保存，所以成为犯人们一年中重要的蛋白源。

龟冈与所长商量送犯人去鲱鱼渔场的人数和时间。

北海道内罢工频发，2月1日前以政府机关工会为中心的总罢工态势已经得到加强，但根据盟军总司令部的命令被迫停止，札幌市内由此产生的混乱在各刑务所内已经显现。

雪花飞舞，积雪结冰后成了冰雪。

2月26日，北海道军政部保安科向刑务所所长发布出庭命令。龟冈他们担心军政部是想向刑务所提什么要求，或者会对所长个人以意想不到的理由进行申斥处分。

所长也是一副忐忑不安的表情，立即向军政部赶去。

过了两个小时，所长冒着雪回来了。龟冈他们围着所长。

"是说要把佐久间从大通分所转到本所来。奥克斯·福特也知道佐久间在分所的情况，害怕如果逃走的话就是他自己的责任，他没有了平时那种盛气凌人的腔调，一副一筹莫展的表情。"所长说道，脸色舒展开来。

龟冈笑了。大尉对待犯人很外行，强行让佐久间移监，如今却束手无策，这太可笑了。

可是，笑容很快就从他们脸上消失，一想到佐久间回到本所后他们面临的责任，就感到浑身不自在。佐久间不愿意在监室内受到束缚，也许会谋划越狱。何况虽说正是在上诉期间，但本身已经收到死刑判决，所以害怕死亡，理应会渴望从监舍里逃走。看守的素质极其低下，至今还留有战败带来的失落感。要指挥这样的看守对抗佐久间，实在是心中没底。

"什么时候转到本所来？"龟冈问所长。

"明天。"所长回答。

窗外，已经是白雪飘扬。

龟冈揣测着所长的脸色。所长也和龟冈一样，好像想到佐久间关押在本所后的重大责任，脸色绷得紧紧的。

"明天？"龟冈将目光移向窗外，轻轻地嘀咕了一句。

—— 11 ——

翌日上午 10 点过后，带篷的押送车驶入札幌刑务所大门，在通往监舍的铁门前停下。戴着手铐、绑着法绳的佐久间由腰上佩着手枪的六名看守围着，从车上跳到结了冰的雪地上。

门被打开，佐久间随看守一起沿走廊朝里走去，径直走进搜检室。手铐、法绳被解去，衣服、兜裆布也全都脱掉。看守对他进行裸身检查，探摸口、鼻孔、耳孔、肛门，确认没有异常后，让他穿上浅黄色的囚衣、细筒裤、短布袜。

裸身检查时龟冈在场监督，他对佐久间脸上浮现的冷笑感到非常厌恶。对有着从青森、秋田、网走三家刑务所越狱经历的佐久间来说，肯定是觉得要从设备陈旧的札幌刑务所逃走十拿九稳。龟冈切身体会到佐久间是个具备非凡能力的人。他暗暗叮嘱自己绝对不能允许他从札幌刑务所里逃走。在网走刑务所作为庶务课课长执勤中遭遇佐久间越狱的事故，龟冈自信如果利用当时的经验掌控监视的指挥权，就一定能阻止他逃跑。

佐久间体态匀称，气色良好，由此可见，传说在大通刑务分所受到他恐吓的看守们给他的伙食，无论是数量还是质量都超过了规定，看来是事实。看守给佐久间剃了头发，也刮了胡须。

龟冈以长年以来的经验得知，对犯人优待得超过了必要，会导致事故的发生。必须充满温情地接触犯人，但也必须要让犯人遵守监规，尤其像佐久间这样的犯人，具有能洞察和利用看守心理逃走的能力，所以容忍哪怕些微的犯规都是危险的。

裸身检查结束，佐久间在看守们的簇拥下走进监舍。

关押他的是第二监舍的特设牢房。在转到大通刑务分所前负责监视的四名看守，再次被选为专职看守。执勤时间和普通看守一样是十二个小时，日班和夜班每隔一周轮流一次。专职看守站在特设牢房的门前监视佐久间的一举一动，每隔两个小时轮班负责警戒。

佐久间每天接受一次裸身检查，同时还对牢房进行搜检。他每周只有一次走出牢房去洗澡的时间，由装满子弹的看守和另外三名看守跟随到澡堂贴身监管。

龟冈让专职看守每天连佐久间的细小动作都记录下来，做成书面报告向他汇报。

"佐久间既不是鬼魂也不是妖魔，他是个普通人。放任监室内的犯人逃走，是因为监管人员的心理上出现了松懈。这种松懈是从觉得轻微的违规可以视而不见产生的。你们负责监视，始终要坚持让犯人遵守监规，丝毫也不能有半点疏忽，眼睛一刻也不能离开。"他不断地叮嘱他们，用不容违抗的语气再三告诫道。

进入3月，雪还在下，有时候还刮起猛烈的暴风雪。

黎明时气温下降到将近零下十度，但白天阳光明媚，像是在昭示着春天的脚步正在临近。办公楼和监舍的屋檐下垂吊着冰柱，水滴开始从冰柱的前端滴落。积雪表面融出水分变成了粒雪，在阳光下闪着刺眼的光。

龟冈经常会在黎明前穿着便服离家，在雪道上摸索着去部下看守的家里拜访。那位看守的家是附近的农户，会送来马铃薯和杂粮，龟冈会让他们少量地出让一些。病弱的妻子患营养失调的症状很明显，大多数时间都在躺着。龟冈蒸马铃薯或用杂粮做成丸子烧菜粥给妻子和孩子们吃。

他将蒸过的甘薯装在盒饭箱里，上午 6 点去办公楼上班。回到机关宿舍是晚上 10 点以后，没有休息天。

他的心思全都集中在佐久间的身上。专职看守每天提交的书面报告里显示"没有异常"，但他对此并不放心，经常亲自到特设牢房去。看守站在监室外注视着房内，看见他从走廊里走来，便立正敬礼。窥看房内，佐久间按照监规端坐着，有时也在看杂志，表情和缓，就像在证明看守们"没有抵触情绪"的报告似的。

3 月中旬，一名看守吞吞吐吐地做了一个口头报告。事先声明是几天前发现的，说佐久间出现细小的动向，尽管他依然保持着端坐的姿势，但目光却不时地朝天花板或天花板附近嵌着铁栅栏的天窗飞快地瞥一眼。

"这很奇怪！"龟冈当即说道。他觉得佐久间是想对天花板或窗户开始做某种动作，或是已经在开始着手准备越狱，两者必具其一。

他向所长说明情况，那天特地准许佐久间放风三十分钟，让他从房间里出来，带到监舍与监舍之间的空地上。当然戴着手铐、绑着法绳，让带着手枪的看守看管着。

　　龟冈看着佐久间走到监舍外，便派经验丰富的看守部长他们进入特设牢房，架着梯子到牢房上方探查。用棍子敲敲天花板，仔细检查木板的接缝处。虽然窗户小得连头部都钻不出去，但还是要确认嵌着的铁栅栏是不是已经松动。检查持续了将近三十分钟，没有发现异常，便让佐久间回到牢房里。

　　龟冈命令看守们要更加严密地进行监视。

　　此后，根据看守们的报告，说佐久间继续有将目光向上方掠过的动作。在佐久间离开牢房去洗澡时，龟冈不厌其烦地反复检查牢房的上方。

　　鲱鱼的捕渔期临近，刑务所选拔一百二十名犯人，由看守们押送坐列车到日本海沿岸的增毛町。

　　增毛町有渔把头在留萌、别苅之间拥有七十个渔区，一到捕鱼期，渔民们就乘船满载着挂在渔网上的鲱鱼回到基地增毛港。町上为犯人们设有起居投宿点，犯人们在看守的监视下从事搬运鲱鱼、装箱、装上货运列车等作业。渔把头雇用很多男子，他们中间很多人也会将鲱鱼偷偷卖掉趁机捞一把。相比之下，犯人们没有一个人浑水摸鱼，都在井然有序地管理下专心工作，所以口碑极好。

　　总务课的人预计到鲱鱼继去年之后还会大丰收，期待着犯人们的劳动能换回大量装着廉价鲱鱼干的稻草包送到刑务所里。

　　3月下旬，司法省公布改革监狱官吏服制度。原来官服使用的是制帽配铜纽扣的前衿服装，今后新发放的官服改成圆形帽子、开襟上衣。立领官服是明治初期为了显示官吏的权威制定的。自去年8月1

日起，警察制服全部改成开襟制服配领带以后，根据盟军总司令部的指令才决定更改监狱官吏服装的。

随着这次改革服制的公布，旧军队投放的布料和美军转让用于作业服的布匹从司法省送到刑务所，总务课在狱内的工厂里催着犯人赶制新服装。

从屋檐下垂挂着的冰柱掉了下来，积雪也每天都在融化，不久便完全消失了。气温上升，道路因冰雪消融而变得泥泞不堪。河川水量增加，部分农田因河水泛滥被淹。

增毛町投宿点的负责人与刑务所总务课课长联络，说鲱鱼群正在逼近，渔场里群情激奋。放在监舍通道里的收音机从下午 6 点起播放一个小时，新闻里也报道说鲱鱼群接近沿岸一带，预计渔业会获得丰收。

3 月 31 日，寒潮回流，气温降到零下二度。已经赶制了将近一半、从翌日起就要换装的新官服都堆放在办公楼的角落里。官服已经很久没有发放了，狱卒们都喜笑颜开。

4 月 1 日，龟冈在凌晨 5 点前醒来，将妻子在前一天夜里烧好的菜粥加热吃了以后，开始准备去上班。他边穿上衣边朝时钟瞥去，看见长针指向 20 分。

电话铃响起，正因为恰不逢时，龟冈猝然有一种不祥地预感。他急忙拿起听筒。

他的脸色顿时变得苍白，表情极度地扭曲着。

"逃跑了！佐久间逃跑了！"电话是刑务所的当班看守长打来的，用惊慌失措的声音不停地说着。

　　龟冈放下听筒，匆匆穿上鞋走出机关宿舍朝办公楼跑去。冷风砭骨，天空云幕低垂，看不见星光。

　　他刚跑进第二监舍，就看见特设牢房前聚集着很多看守。他拨开看守们走进牢房里，霎时泥塑木雕似的呆呆站立着。他奔跑着赶来时，一路上还在想象着佐久间从大约半个月前起就频繁地抬头看着天花板和天窗，所以逃跑的出口肯定是在房间的上方。可是，当班看守长以及看守们的目光望着的，却是地板。

　　龟冈重新对佐久间那聪慧的头脑感到恐惧。他意识到佐久间不时地将目光掠向天花板和天窗，是为了把龟冈他们的注意力引向房间上方，实际上却是谋划从下边逃走，在地板上做了手脚。

　　他注视着地板。地上铺着长有二间、宽一尺、厚二寸的优质硬栎板，有一张木板的中央部分像是用锯子割开似的横向断开。这是铺被褥的位置，像是将手插进切断处把木板提起来似的，木板倾斜松动着。地板下面有近二尺高的空间，下边是泥土。显示佐久间是将身体挤进那个空间，在泥土中匍匐着爬到狱外逃脱的。

　　"是从地底下哪里逃走的？"龟冈厉声问看守长。

　　"从这边。"看守长用嘶哑的声音答道，从房间里走出去。

　　看守长走到监舍外，沿着楼房奔跑着，停下脚步指着建筑楼的下方。监舍的下方很自然地堆放着石头。其中部分石头被除掉，出现了一个能勉强钻出身体的空间。龟冈看见那部分泥土被冻住并下着霜，推测逃跑的时间至少是两三个小时之前。

　　"你向谁报告过？"他问看守长。

　　"就所长一个人。"看守长答道。

"招呼全体狱卒紧急集合，立即组成搜索队！"龟冈果断地下达命令后，便向办公楼跑去。

他拿起听筒，向北海道官署警察部刑事课课长的家里打电话。向接电话的课长通报佐久间逃跑的消息，请求他协助抓捕。课长答应他会竭尽全力进行了搜捕。龟冈命令狱卒制作表示佐久间相貌、身体、衣着等特征的书面报告送到警察部。

所长一副狼狈不堪的表情跑进了办公楼。

龟冈对在办公楼前列队的看守们命令道："佐久间逃跑后至少已经过了两三个小时。这小子逃跑后必然会逃进山里。这个方面要重点搜索！"

看守每两人一组开始行动。他们从天刚开始亮的刑务所大门跑了出去。

回到办公楼，警察部刑事课课长就打来了电话，说警察部以部长的名义命令札幌、江别两位警察署署长紧急召集警察布下巨大的搜索网。

"按常理佐久间会逃进山里，希望向这一方面赶紧做出安排。"龟冈请求道。

他和所长、当班看守长一起走进第二监舍。在特设牢房前，负责监视佐久间的四名看守脸色煞白地站立着。

火炉从那天起已经停止使用，监舍内寒气逼人。狱内劳动等所有作业全都停止，犯人都在监室内，监舍里万籁俱寂。只是牢房内不时地传出咳嗽声和打喷嚏声。

龟冈和所长他们再次走进特设牢房。掀去被褥上的盖被，垫被上放着房间里配备的便桶、清扫用具、箱形的木制脸盆等。这些物品都被佐久间用来塞在被窝里伪装成在睡觉。

　　龟冈感到强烈的自责。佐久间从青森刑务所第一次越狱时，就是在被窝里塞入清扫工具等物品伪装睡觉成功逃脱的。越狱成功的直接原因是看守默许佐久间用被子蒙着脑袋睡觉，然而这是监规禁止的。他每天都告诫看守必须让佐久间遵守监规，却让佐久间用与青森刑务所时同样的办法逃跑了，这令他悔恨不已。

　　"昨夜的当班看守呢？"龟冈将目光转向牢房外。

　　站在通道上的看守中有两人向前走到牢房门口。

　　"把昨夜的监视情况详细汇报一下！"龟冈对着他们说道。

　　看守们笨嘴笨舌、断断续续地解释着。

　　据说，他们每隔两小时轮流站在牢房外，不时地打开牢窗窥探房内动静。高个子看守因为凌晨 1 点的轮换时间快要到了，所以于五分钟前的凌晨 12 点 55 分打开牢窗，确认佐久间熟睡着，看见从被褥的被头处露出佐久间的脸。

　　凌晨 1 点接班的是个肩膀宽阔的看守，他说他不时地打开牢窗向里面看一眼，看见佐久间睡着。

　　"你看见佐久间的脸了？"

　　"好像看见了。"面对龟冈尖锐的提问，他吞吞吐吐地答道。

　　"不是'好像'。我是问你是不是真的看见了！"龟冈的嗓音变得粗暴。

　　看守闭上了嘴，身体剧烈地颤抖着，眼睛惶恐地眨巴着。

　　龟冈的提问在继续，看守们回答着龟冈的提问。据说，凌晨 3

点，高个子看守来接班，这位接班看守也没有说接班后亲眼看见佐久间那张睡着的脸。接着凌晨5点接班的看守于十五分钟后见被窝的鼓起变低了，便疑窦顿生，于是喊他，但无论他怎么喊都没有应答，这才发现佐久间已经逃跑，便赶紧向当班的看守长报告。

"佐久间把被子蒙着脑袋，你们都默认了吧？"龟冈盯视着看守们。

两名看守表情窘迫，低声说了句"是"。

龟冈紧绷着脸。他挑选的是凝神专注、经验丰富，所谓精锐的看守们，然而他们却不知不觉地容忍了佐久间违反监规的行为。这令他捶胸顿足、仰天长叹。

"真是没法交代了！"所长深深地叹了口气。

龟冈和所长离开监舍走进所长办公室。所长拿起听筒再次向北海道官署警察部部长请求搜索，并向检察厅报告佐久间逃跑的消息。龟冈在屋子里焦急地来回走动着。他向窗外望去，阴沉沉的天空下开始飘着雪花。

有职员通知说警察部刑事课的刑警来访，要进行现场勘查。龟冈随同所长一起走出房间。走廊里站着三个人。他立即带着警察去第二监舍，走进特设牢房。

两间长的地板在中央部分被横向割断，一端镶进墙壁里的地板向上翘起。只割断一个地方就能形成逃脱口，这也能让人体会到佐久间的机敏。切口是一条笔直的直线，如同有绝活的木匠用锯子锯断一样。实在让人费解是用什么工具割断的。仔细检查，发现镶在便桶上的扁平铁箍被卸掉，推断是将铁箍磨成锯齿状来使用的。

同时，检查切口的刑警发现，木板的切口上附有沾着灰尘的饭粒。其他单人牢房的地板上都有接缝，特设牢房是整块板。也许是负责搜检的人尽管注意到沾有饭粒的切口，以为和其他牢房的地板接缝一样就疏忽了。每天都对牢房进行搜检，却没能发现它，这是搜检负责人的过失，何况没能找到当作锯子使用的铁箍，这也是重大失误。在地板被割断的位置，白天铺着席子，夜间铺着被褥，如果搜检能够发现，就理应能将逃跑防患于未然。

小个子刑警钻入地板下，匍匐着从逃脱口钻出来，回到房间里。上衣、裤子、手上、脸上都沾满了泥土，手上拿着钝化铝的容器。这是配备在房间里的餐具，表明佐久间是用它边挖土边爬行，从监舍的地板下逃脱的。

龟冈和刑警们一起走出监舍，查找佐久间逃出牢房到刑务所外的路径。

佐久间从地板下逃脱后首先必须翻越2.5米高的内墙。龟冈随刑警沿着内墙走去，在地处大门方向的内墙内侧发现有明显的痕迹。在内墙边含有水分的泥土上有光着脚的、像是奔跑的脚印，内墙的内壁上有三处沾有估计是攀爬时从脚上留下的泥土。从这些脚印可以断定佐久间是朝内墙斜向奔跑着一跃而起抓住内墙的上端翻越出去的。走到内墙外侧查看，能看到跳下来的脚印凹坑。

刑务所的外围用三米多高的混凝土外墙围着，龟冈他们沿着围墙走，仔细地查看。可是，没有竖在围墙边的木材等物品，也没有发现翻越外墙的痕迹。

大门边有警卫哨舍，哨舍的背后是2米高的铁栅栏，那铁栅栏上沾着泥，显然佐久间是从那里逃出狱外的。向昨夜在哨舍里过夜的警卫询问，回答说夜间允许睡觉，所以熟睡着没有注意到有人的动静。

刑警们回到办公楼，喝着端来的茶，和龟冈一起研究佐久间的逃跑时间。

龟冈快人快语地说，当班看守半夜凌晨 12 点 55 分确认佐久间从被窝的被头里露着脸睡，但不清楚他此后是否还在牢房里。同时又说，发现逃跑以后，从逃脱的地板下泥土的冰冻程度和降霜程度来看，逃跑时间是发现时的两三个小时前。那天夜里很冷，深夜 12 点以后，气温降到零下四度，所以经过反复讨论，最后推断逃跑时间是凌晨 2 点半左右。刑警将这些内容记在本子上后，便冒着纷飞的雪花快步离去了。

办公楼内部一片喧哗。电话铃不断地响着，看守组成的搜索队四处搜寻着，不停地打电话来报告，龟冈忙不迭地下达指示。

从警察部来的联络、询问也很多。警察部动作很敏捷，判断佐久间隐藏在札幌、江别两个警察署的辖区内，命令两位警察署署长紧急召集警察布下警戒线，尤其是刑务所所在的苗穗町一带，投入了很多警力，一家家地走访，调查有没有目击者等，还检查了国铁苗穗机关区的煤炭储存场以及房屋背后的库房、储藏室等。

警察部要求警防队紧急出动，下午刻钢板印刷做传阅板，在札幌市内和近郊的村、町分发，版面上印着佐久间的长相、衣着、身体特征等，作为"请求"指示各家各户务必检查房屋的周围、储藏室、马棚等，对稻草麦秆等物要用标枪那样的竹矛扎到深处。同时上面还写着即使是衣服、粮食等再怎么不起眼的物品被盗，都要马上向附近的巡查派出所等警察机关报案。

警察部动员警察、警防队员开始搜索厚别方向的大山。同时逃犯也有躲藏在月寒方向或翻越圆山向小樽方向逃窜的可能，在那个方向也要设置警戒线。

龟冈随所长一起坐镇在所长办公室里掌控指挥，已经在各地进行监控的人和搜索队都没有发回"发现"的报告，太阳下山后，搜索队员们都一副疲惫不堪的样子回来了。雪已经停了。

警察部通知要在札幌警察署刑事室设立搜查本部，有报告说很快就不断收到看过传阅板的居民发来的通报。据报告说，收到的举报有十几起，什么在雁来、月寒、真驹内等地看见像是佐久间的可疑男子在行走，什么酷似佐久间的男子说希望施舍点粮食，给他后他就离去了……每次警察们赶到那里，全都是些无法辨别真伪的情报。其中有一则通报说，凌晨5点半时在札幌神社附近看见一名赤脚男子，身穿像是囚衣的浅黄色衣服，据说调查的结果，那是唯一可信的情报。

第二天要继续进行搜索，所以龟冈随所长一起在办公楼里过夜。

龟冈为了掌握监管的真实情况，把四名佐久间的专职看守请到所长办公室。

看守们走进房间列队、敬礼。他们都灰头土脸，委顿至极。

龟冈站起身面对着他们。

"你们默许佐久间蒙着脑袋睡觉，是从什么时候开始的？"他注视着看守们。

"记得是从3月10日起。"一名看守露出怯弱的眼神答道。其他人也微微点头表示同意。

"没有向他提出过警告?"

"开始时训斥他了。他探起身子睨视着我们。"

"那是恐吓吗?"龟冈焦虑地问道。

看守们缄口不语,最年轻的看守答道:"他说,如果你们待我很凶,我就告诉进驻军,说你们虐待我。他还说,要不要当作战犯被送去接受军事审判?"

龟冈缄默。军政部保安科去年就接连把看守喊去施以暴力,威胁说要送去接受军事审判。被带走的看守都是以前曾经严厉对待过犯人的人,如果佐久间威胁说要向军政部报告,看守们难免会感到害怕。

"他还说什么你们能这样残酷地对待我吗?你们会倒霉的!我随时都会越狱逃跑。越狱后我会做什么?是因为你的家人不讨人喜欢吗?"中年看守孤立无援地说着,眼睛里渗出了泪水。

"还说了什么?"龟冈感到浑身无力。

"他还说什么,若是两三米高的围墙,我一跃就翻过去了,不信翻越给你看看?"

"说老实话,蒙着头睡觉像是在做什么,但你们不敢向他提出警告,所以就装作没看见。"

"最不愿意的,就是值夜班监视佐久间。"看守们七嘴八舌地说道。

龟冈感到怒火中烧。

"你们全都败给了佐久间。同作为人,你们却向他屈服了。你们报告说什么没有反常，这不是很大的反常吗？"龟冈握紧了拳头。

战败带来的迷惘已经消磨了他们的意志，军政部的横暴态度也使他们感到心寒。他们无法对抗能洞察这一切又能巧妙进行心理战的佐久间。

龟冈觉得自己也是一个失败者。接到报告说佐久间抬头朝天花板和天窗方向望去，就把检查重点放在房间的上方，不料佐久间却反从下方逃走。那个计划是经过充分算计的，自己作为决策者也和专职看守们一样输给了佐久间。

他发现自己的内心里对佐久间萌发着近乎敬畏的情感而感到狼狈。佐久间根本谈不上什么学历，外表看起来像个笨拙的人。与之相反，见多识广、具有丰富经验的刑务所干部和饱经风霜的看守们，绞尽脑汁想尽所有对策试图阻止他越狱，他却出人意料地逃跑了。自从明治以来越狱成功的人不少，但从来没有人像佐久间这样具有周密的计划性和大胆的行动能力。

因抢劫致死罪被判无期徒刑，应该说是个悲剧，他生而为人的能力就全都集中在越狱上了。如果这种无与伦比的能力发挥在其他方面，肯定能做成其他更有意义的事。他也是一个悲剧性的人物。

龟冈打量着看守们，说道："今天夜里在所里待命！事情已经过去了，再后悔也没用。"

看守们的泪水在眼眶里涌动，敬个礼便走出门外。

因纸张缺乏，报纸的晚报停发，第二天的早报上出现"佐久间第四次越狱蔑视监管割断地板"的标题。标题下面用很大的篇幅刊登着佐久间越狱和大规模搜索的报道，还刊登着佐久间的脸部照片和通向狱外的洞穴照片。

　　那天，龟冈还把看守们派出去四处寻找，但一无所获，搜查本部那里也没有收到佐久间被抓获的情况通报。

　　下午接到情报说，有人在前天上午 7 点左右，看见一名身穿带兜帽的黑色旧外套、赤脚穿着旧军鞋的四十岁左右男子，渡过雁木桥向东方走去。这份情报与昨天下午 5 点半左右在札幌神社附近穿着囚衣似的衣服、赤脚走路的男子联系起来，从囚衣、赤脚等特点来看，断定很可能是佐久间，此后偷了外套、军鞋，渡过雁木桥向东方走去。

　　于是，警察部将雁木桥东侧地区分成六个方向，组成不同的搜索队展开搜捕行动。同时，江别警察署也再次在野幌的原始森林里进行搜山。

　　佐久间的越狱令普通民众感到恐慌。佐久间身背抢劫致死罪，去年又在砂川町杀了人，估计他有再次作案杀人的危险。居民等太阳下山后都紧闭家门，没有人外出。但另外，居民中对以前竟然三次越狱、如今又成功逃脱的佐久间，出现了将他视为英雄的倾向。以粮食为主的生活必需品不容易搞到，美军掌握所有的权力，杀人、抢劫、强奸的事件层出不穷，警察却无能为力，只能隔岸观火。在黑暗的世态中，人们对佐久间以超越人类智慧的方法冲破牢笼的行为，怀有一种快感。

　　有关佐久间的传闻，成为人们茶余饭后的话题。这表示他们对一此事颇为关心。佐久间在岩见泽被抓获的传闻流传得像真事一样，甚至还传说佐久间在夕张街道被警察搜索队包围并击毙了。

到第二天也没有佐久间的消息，龟冈减少搜索的看守人数，恢复狱内执勤。担心让犯人们停止狱内劳动会引起犯人们的不满，从而导致不测事故的发生。

龟冈等待着警察部发来的发现报告，但始终没有音信，一星期后才知道搜查本部不得已已经对以前的搜索计划重新规划，进入打持久战的状态。

搜查本部布下大规模的警戒线进行彻底搜查，对无法抓获佐久间深感焦虑。在搜查本部内部，甚至对看守"1日凌晨12点55分确认佐久间正在睡觉"的陈述，有着极度怀疑的情绪。他们有人推测，佐久间会不会早在这之前就已经从监舍里逃脱，融入夜晚的黑暗里，从苗穗町跳上货运列车逃远了？

关于越狱时间的推算，龟冈也受到搜查本部的询问，他回答说看守没有撒谎。四名专职看守全都承认遭到佐久间的威胁，在他们的陈述中没有出现疑点。他相信佐久间的确是在凌晨2点半越狱逃走的。

他再次惊叹佐久间越狱后逃之夭夭的机警。从网走刑务所逃走时，发现他逃跑立即进行搜捕，但他已经销声匿迹。紧接着看守以及警察、警防队员布下天罗地网，甚至出动了军队，却连他个鬼影都没有找到。龟冈感到佐久间如同越狱一样对躲避搜捕也具备超凡的能力，估计恐怕已经无法找到并逮捕他了。不知不觉地，就连报纸的报道篇幅也一天天变小了。

这时，面向日本海的海岸上，大群鲱鱼蜂拥而至。鲱鱼为了产卵前呼后拥地挤向海岸，挤进固定网、刺网里。渔网很快就鼓起来，满载着鲱鱼的渔船驶向岸边卸货。鲱鱼被装箱运往车站堆到货运列车上。海岸边粗野的号子声此起彼伏，人们手脚麻利地忙碌着，增毛投宿点的犯人们也混在他们中间埋头苦干。

大海因不断涌来的鲱鱼改变了颜色，水面上泡沫喧腾。

—— 12 ——

6 月 27 日，司法省根据官吏惩戒令，对发生佐久间越狱事件的札幌刑务所相关者下达了处分决定。

刑务所所长因监督不力受到申斥处分，监管负责人戒护课课长龟冈梅太郎、两名事发当夜执勤的看守各自接受一个月减薪百分之十的处分。同时，那天夜里虽然不值班但默许佐久间违反监规的两名看守部长给予一个月减薪百分之五的处分。

此后，关于佐久间的消息音信全无，估计他是逃进了深山里。

缺粮的状况变得更加严重，主食配给全国平均延期二十天，北海道竟达到九十天，全国最差。

北海道官署害怕居民陷入饥饿状态，极力要求农户交售粮食，一直分摊到町、村一级，有农户答应交售，但相反也有人无视官署的要求，将粮食流向黑市赚了很多钱。北海道知事担忧那种倾向泛滥，不辞辛劳地在农村地带奔走，恳请各町、村的代表按分摊的数量完成交售任务，可是这样的督励几乎毫无效果。官署为了缓和粮食困境申请紧急进口，但美军军政部始终坚持农户的交售不达到百分之百就不准进口的原则。北海道各地不断发生闹米风潮的游行，知事甚至向农业大臣发出极秘电报，暗示"如果进口粮食还不到货，看情形恐怕会发生暴动"。

札幌刑务所里的犯人粮食也难以保证了。幸好鲱鱼丰收向刑务所送来了鲱鱼干，作为经常中断的蛋白源而储藏起来，但搞到的主食的数量很少，不得已增加了分发菜粥的次数。

接着，因为收监犯人员快速增加，使粮食困境雪上加霜。全国刑务所的犯人平均收监率甚至达到定员的百分之一百六十，这个比例还在继续增长。札幌刑务所的情况也一样，单人牢房关押三名犯人，关押佐久间的特设牢房也已经像杂居牢房一样。冬季如果牢房内关押人数多，靠体温也容易熬过寒冷，但随着气温上升，牢房超员，会使犯人倍感痛苦。狭窄的牢房内闷热难熬，臭气熏蒸。夜里被褥叠被褥，处于如过江之鲫甚至无法翻身的状态。犯人们的眼睛里凝聚着越来越浓的焦虑。

所长在定山溪和手稻分别建造临时监舍，作为减少收监人员的措施把犯人转送过去。让他们采伐国有林的树木分别做成木材和柴火。角山农场的监舍里当然也收押了很多犯人，让他们从事农耕作业。

龟冈得知 7 月上旬岩国少年刑务所发生了集体逃跑事件。该刑务所建筑陈旧、设备简陋，何况收押着接近定员两倍的少年，随着夏天越来越闷热，不满情绪郁积，终于引发集体暴动，十二名少年破坏监舍逃跑。看守们虽然用装满子弹的手枪进行威吓，在刑务所内外将逃跑的少年全部抓获，但发射子弹十七发，一名少年被击毙，两名重伤。

因为去年夏天也发生过暴动和集体逃跑的事件，所以司法省向全国刑务所所长发出指令，要严加警惕，以防发生事故。

札幌刑务所因为地域关系，夏天凉快，监舍里很少溽暑难熬，但所长为了不让超员关押的犯人们感到压抑，让重刑犯也在狱内参加劳动，努力让他们接触到户外的空气。

岩国少年刑务所的逃跑事件发生以后，全国的刑务所再也没有发生过不幸事故，8 月也算是平稳度过了。札幌刑务所的犯人们很顺从地参加了狱内劳动。

随着服刑人员的快速增长，看守的工作量也大幅增加。1946 年 2 月由于行政改革，将七千四百二十九人的编制削减到一千人的编制，但当时四万人的囚犯人数已经达到将近八万人，所以凭定编人数已经不可能掌控监控的态势。因此，四个月前的 1947 年 4 月，司法省下达命令，宣布将定编人数增加到九千一百四十一人。但看守凭低廉的薪水无法支撑生活，所以愿意当看守的人很少，招募的新人大多是体格孱羸、意志薄弱的不合格者，仍不能补足定编的人数。

看守人员不足，稍能弥补的就是根据 1944 年发布的通知，从犯人中挑选特警队员。特警队员的挑选标准，作为原则规定为"初犯者，年龄二十三岁至五十岁，军队出身或有教养、有见识的人，品行端正、健康者，尤其是没有逃跑倾向的，残刑八个月以上三年以下"。正在为看守人员不足的状态焦头烂额的各刑务所，都积极采用这个办法。但是，犯人之间对长期刑犯人和累犯有趋炎附势的倾向，他们看不起初犯且短期刑犯人的特警队员，会尝试做无言的抵抗，其他犯人也会出现投其所好的现象。因此，刑务所方面向司法省提出，也应该从长期刑犯人或者累犯中选拔特警队员。司法省经过讨论，最后同意了这个建议。

随着战局的恶化，已经没有时间对作为特警队员选拔的犯人进行实习培训，队员的素质低下变得很明显。他们中也有人滥用作为看守辅助人员的权力对犯人施暴，或者闯进伙房贪吃超过定量的食物。有犯人稍有反感，他们便向看守汇报说对方违反监规并加以处罚，所以犯人们害怕他们远胜于看守。这种倾向日趋明显，还发生了有犯人从劳动场所逃走时、追捕他们的特警队员主动隐瞒去向的事故，甚至有人离开刑务所到狱外去找农户，搞到食物换成金钱。

担忧这种倾向的刑政局局长正木亮，于 1945 年 2 月 28 日向各刑务所所长发出书面警告，要求严格控制特警队员的人选，加强任命后的领导监督，如果队员出现不端行为，立即取消队员资格。

战争结束后，特警队员制度的弊端更加突出。

由于战败，看守们处于迷茫状态，特警队员的日子反而过得有滋有味。看守们只能吃粗劣的伙食，在繁忙的工作期间还要去努力寻找粮食，但获得的食物少得可怜，身体也很瘦弱。相比之下，特警队员除了比看守优越的犯人伙食之外，还会在伙房里偷吃，体格远胜于看守。特警队员挑选的都是能压服普通犯人的人物，在犯人中自然有很多团伙关系，旧军人的数量减少了。他们虽然是看守辅助人员的角色，在犯人们面前却更像是君临天下，只优待臭气相投的犯人，对其他犯人却以苛刻的态度对待。

面对这样的倾向，行刑局局长冈田善一向各刑务所所长指示，重新讨论特警队员的选拔方法，并严格加以培训。

札幌刑务所在所长的正确领导下，没有出现特警队制度的弊害。特警队员中也有团伙关系的犯人，但所里规定要将汇报监视结果作为义务，严格服从看守的命令。职员出差去远地领取犯人的食物时，特警队员也跟着同去，扛着货物回到刑务所。他们忠实地遵循看守的辅助角色。可是，他们中也有人收受犯人送的食物等，作为其回报为犯人谋取好处。犯人去参加国铁苗穗机关区的煤炭装卸劳动，有嫡亲者将寿司悄悄地塞给犯人，也有特警队员视而不见。发现这些情况后，刑务所立即罢免这些队员，由其他服刑成绩好的犯人代替。

特警队制度是在战时设置的怪胎，战争结束后，司法省内部对它的批评声日益高涨。

札幌市内秋风乍起时，龟冈从所长那里得知静冈刑务所发生了罕见的大暴动。那是特警队制度本身具有的矛盾爆发了。

静冈刑务所于 1945 年 6 月 19 日遭到空袭，东海地区遭受了大约一百一十架 B29 的夜间攻击，结果大半办公室和工厂、四栋机关宿舍被烧毁，静冈市区也化为焦土，职员几乎都遭受了损失。烧剩的监舍定员是三百一十人，但这些建筑中关押着超过两倍的犯人六百三十七人。与此相反，看守却只有七十三人，其中三十六人是录用不到一年的新手，监管能力很差。加上他们房屋被烧，有的人以临时居住的身份处于缺粮少食、精神迷茫之中。因此犯人的监管大多由特警队承担，刑务所方面从队员中选出班长、副班长，以他们为主采取自治态势。

班长、副班长大多是有团伙关系的累犯，所以他们渐渐地炫耀自己的权力。他们崇尚武力，也有胆识，对看守无意中流露出妄自尊大的态度，看守因惧怕他们甚至处于向他们献媚的失常状态。

1947年9月6日下午1点左右，文书课收发室职员在办公室走廊里被判刑五年、累犯七次的 I 喊住。

"我的假释许可证出来了吗？"I 问。他是特警队员中最有权力的第一工厂的班长。

职员看见过 I 的假释许可证从司法省送到了文书课，但不知道上面的指定日期是10月17日。

职员回答说"已经送到了"，I 欢天喜地地回到第一工厂，召集在工厂里劳动的所有犯人和其他工厂的班长们进行道别，还把随身物品集中整理好等候传唤。可是，接到传唤的是决定那天假释的其他犯人。

他已经向犯人们道过别，因此下不了台。他火冒三丈，于下午4点左右带着八名班长率先冲进戒护办公室，接着又闯进刑务所所长办公室，强行要求所长立即假释。

所长说假释日期是司法省行刑局局长定的，自己没有这个权力并拒绝了他的要求。以 I 为首的班长们不理会所长的说法破口大骂，在走廊里的数名犯人也闯进房间举起椅子开始胡闹。正好结束工厂里的劳动回监舍的数十名犯人听到所长办公室里的喧闹声，便与 I 他们相呼应，抄起堆放在狱内的方木料、圆木等建筑材料就开始砸办公楼的窗玻璃，破坏走廊、板壁等。接着他们闯进所长办公室殴打所长，把他踢翻在地，扯掉他的衬衫让他赤裸着上半身。文书课收发室的职员也遭到暴打，头部受了重伤。

任保安负责人的戒护课课长平时就常常默许特警队员自由行动，所以仰仗着他们的好像被他们保护着似的从办公楼躲到了工厂里。其他看守和职员害怕犯人们的举动只是袖手旁观。只有总务课课长挺身而出保护所长。

所长随总务课课长一起逃到大门附近，但手持菜刀从伙房里出来的犯人们堵在大门口，无法逃到狱外。一名暴烈的犯人用菜刀想要刺所长，因此所长不得已只好说道："假释 I。"

这时，一名逃到狱外的职员跑进所长的机关宿舍，用电话向静冈警察署报告发生了暴动。警察署署长接到报告，紧急召集三十名警察赶来。

犯人们听到所长说"假释"，发出了欢呼声，开始撤回监舍，但见到警察赶到狱内，便再次出现要闹事的迹象。所长担心犯人们做出过激行为，认为最理想的还是刑务所方面自己解决，对署长赶来增援表示感谢，恳求他们退回去。于是，署长他们撤到了狱外。

晚上 7 点左右，在所长办公室，以 I 为首的班长们和所长及其他刑务所干部进行了交涉。

"在指定日期之前假释是违法的。我批准你。我来承担责任。"所长说道，并填写假释许可证，签名盖章后交给 I。

"这次事件就当没有发生过。我假释后，你不能处置别人。你要写下保证书。"I 提出要求。

"这不能写。我口头保证。"所长答道。

"如果你不写，我就把许可证还给你。"I 把许可证摔在桌子上。

所长怕会再次引起骚乱，便按 I 所说写了保证书。

晚上 9 点，I 要出狱了，但班长等十五名特警队员提出新的要求，说 I 出狱后要到四公里外的熟人家里去，他们要送他到那里。这当然是不允许的，所长感到很为难。戒护课课长介入调解，劝说如果人数减少的话可以批准。但是他们坚持要全体同行，所长无奈，只好同意，并指定两名看守长、一名副看守长、一名看守随行，用卡车接送。

临到出发前，I 又提出要求，说要更改去向，想去八十公里外住在町上的姐姐家，所以要送到那里去。所长也答应了他的要求。晚上 10 点左右，载着由十五名特警队员簇拥着的 I 和看守们的卡车从刑务所大门驶出。他们到达 I 的姐姐家里后大摆宴席，过一夜后，翌日留下 I，于上午 7 点回到了刑务所。

静冈地方检察厅得知这起事件以后，立即向司法省行刑局通报协商，决定彻查这起事件，并同时拘捕所有参与暴动的人。

行刑局向东京拘留所以及府中、横浜两家刑务所的所长发出指示，挑选十五名尤其擅长武术的精锐看守，坐列车派往静冈市。他们于 10 日凌晨 1 点半进入静冈刑务所所长的机关宿舍待命。

刑务所接到通知说检察厅、行刑局有行动，有看守把这一消息悄悄泄露给特警队员。班长们对已经取得所长的保证书却还要受到追究感到很意外，夜班班长从戒护办公室偷出西侧便门的钥匙，于 10 日凌晨 3 点，九个人打开便门集体逃跑了。

天亮以后，增援的看守进入狱内开始搜查。犯人们在工厂里的劳动全部停止，特警队员们被关在监室里。在检察厅的指挥下，搜查进行得非常神速，参与暴动的人不断地被逮捕，同时胁迫所长出狱的、以 I 为首的逃跑人员悉数被抓获。此后，他们遭到起诉，被判徒刑十三年的一人、十二年一人、十年和七年各一人、五年一人、三年和二年各一人、一年六个月四人、一年六人、十个月九人共计二十六人，并且被分散关押到全国各地的刑务所。

对所长以下有关职员的调查也在进行，并给予严厉的处分。对所长而言，无视司法大臣指定的假释许可证而释放 I，又犯下诸多违反纪律的事，这是非常严重的，宣布作为所长来说是史无前例的免职处分，同时保安负责人戒护课课长也被追究不使用存放在狱内的枪却只顾躲避的责任，同样受到免职处分。

调查还涉及刑务所的内情，出人意料的极度腐败状况得以拨云见日。特警队员的班长、副班长经常带着按监规不允许的现金，让外面送香烟来抽烟，同时还在工厂里私自酿酒。看守们对此心知肚明，但对班长他们经常带着短刀等凶器心有余悸便默认了。不用说看守，班长们甚至还威胁刑务所的干部，成了刑务所事实上的控制者。

另外，还查清了看守和职员的腐败。他们中也有人因为生活艰难而从刑务所内盗取粮食等物转卖，或从服刑人员家人及其他人那里收取财物投机取巧占便宜。这样的生活态度受到犯人们的嘲笑，也成为进一步助长特警队员嚣张气焰的根源。

行刑局对这些狱卒进行了处罚，有二十人给予了辞职处分。

司法省因这起明治以来空前绝后、性质最恶劣的事件受到了巨大冲击。事故的原因是战后生活不稳定，看守素质低下所致。弊病百出的特警队制度完全扰乱了静冈刑务所的秩序，这是不容置疑的。战时采用特警队制度，也显示战时这个时期有着特殊的性质。它在战后依然被延续下来，却没有人发现犯人管理犯人的矛盾，反而觉得这样做很方便，很少感到疑惑。由于战争结束两年后静冈刑务所发生的暴动，司法当局才终于意识到这个制度是特殊时代的产物，它根本就是错误的。

正因为冲击巨大，所以司法省的反应也很迅速。9月26日，以行刑局局长冈田的名义向全国刑务所所长下达通知，说静冈刑务所暴动事件非常遗憾，以此机会废止特警队制度。但指示对缺少看守不能立即废止的刑务所给予照顾，今后不再补充特警队员，让它自然消亡。接着命令10月12日没有废止的刑务所，要在12月底全部废止。

札幌刑务所的干部们对静冈刑务所的暴动惊愕不已。随着实情的水落石出，他们觉得此事的性质已经远远超出了想象，心想难道就没有干部强有力管制，眼看着秩序如此失控?他们感到恐怖。

接到废止特警队制度的命令后，戒护课课长龟冈召集了八名特警队员。特警队员有缩短刑期的奖励。特警队的废止也意味着将要取消这个奖励，所以必须郑重地告诉他们。

龟冈对他们作为看守的辅助人员忠实地完成了任务表示感谢，开导说虽然废止特警队制度意味着取消奖励，但因为这是要从战争的废墟上重振复兴之路的时代要求所致，所以希望你们能欣然接受。特警队们都爽快地答应了，承诺坚守职责直到12月底。

那个月12日，据说秋田刑务所发生了大火。凌晨5点55分时，狱内第二工厂的屋顶冒烟，火焰被风速二十米的暴风雪刮得翻腾了四个小时。第一、第二、第三、第四工厂、五栋监舍、教习所等约一千坪面积被烧毁，值夜班的副看守长指挥服刑人员疏散时被烟雾卷入殉职，同时，一名服刑人员趁乱逃走，但第二天被抓获。

龟冈想到札幌刑务所工厂的屋顶都是木板屋顶，但准备过冬又必须使用火炉，估计会有发生火灾的危险，便采取了派遣专职防火监督员昼夜巡察的防范措施。

初雪飞舞，气温降到零下，连日来每天下雪。犯人们的起床时间延迟三十分钟到 6 点，龟冈冒着雪于 5 点半走进办公楼。

到 11 月，札幌市丰平川堤坝连续发生杀人事件。先是 3 日早晨四十二岁的男子被惨杀，6 日早晨又有四十五岁和四十七岁的男子尸体被人发现。作案手段一致，都是用铁器连续猛击受害人的脸部。5 日夜里发生一起在现场附近巡逻的警察遭到美军士兵用棍棒相威胁、被手枪顶着逃跑的事件。从连续杀人事件现场的雪地上留有硕大的鞋印，推定凶手就是那个美军士兵。可是警察没有侦查权，只能向美军军政部提交事件报告书。同时报纸也要接受军政部的审查，不能写明是疑似美军士兵作案，只能注明现场留有与日本人情况不符的十三文 ① 半的鞋印。

札幌的街道被冰雪覆盖，刑务所的犯人们去外面铲雪。农活已经不干了，主要是采伐。

那年年底，司法省公布犯人的收押人数为七万九千九百一十六人。定员是四万九千七百六十二人，超员三万人以上，显示各刑务所都处于过分密集的不正常状态中。

---

① 文：日本鞋、布袜的尺寸单位，意为将1文的钱排列起来的长度。1文约2.4厘米。

不过，也有可喜的报告。战争结束那年死亡人数七千四百八十一人，1946 年是四千零七十五人，这一可怕的数字主要是营养失调所致，随着服刑人员的增加，那年一年里的死亡人数却锐减为一千二百三十九人。那是因为司法省的指导，以米、麦为主的食物替代了以摄取蛋白源为主的副食品起了作用。再加上经常分发掺进杂粮、甘薯等的菜粥，这也能有效地改善营养失衡。

司法省担心废止特警队制度会削弱监管态势，决定年底将看守人员增加至二千五百零五人，定编为一万一千六百四十五人，宣布立即采用新人。

临近新年，犯人们停止劳动，看守们也轮流休息。1 月 1 日，龟冈只在早晨与家人一起吃了早餐，之后便守候在戒护课办公室里。

他望着窗外的飞雪想起了佐久间清太郎。那以后北海道官署警察部没有发来过任何与佐久间有关的消息，估计佐久间和从网走刑务所越狱后一样躲进山里，藏在洞穴等处。他会下山到村里盗取粮食等物品，分别从各户人家偷取少量食物、掠走衣服等其他旧物，所以不会引起被盗人家的注意，即使注意到了，兴许也不会向警察报案。

他想象着佐久间在冰天雪地中躲在山洞里的情形。1935 年因抢劫致死被逮捕以来，在刑务所生活长达十二年多，越狱后成了丧家之犬，年龄也已经过了四十岁，就这样送走了作为人生最充实的岁月。龟冈觉得他很可怜。他因抢劫致死罪被判无期徒刑，服刑时如果是模范犯人的话，再过两三年就应该能够获得假释。可是他屡次越狱，甚至去年还杀了人，最终导致他在札幌地方法院被判了死刑。

龟冈反复思考着佐久间不断越狱的动机。原因也许就在他的成长经历中。家庭的不幸在他幼年时造成了伤害，成人后奢望获得他人过多的同情。这在他从秋田刑务所越狱后去小菅刑务所看守长浦田家自首的举动中可以看出来，因为浦田对他饱含温情。相反，为防备佐久间越狱而采取严厉的监管态势，他便对此怀恨在心，发挥出超常的能力破狱而出。

龟冈觉得故技重演的佐久间是个背负着不幸宿命的人。

龟冈看见新年的报纸上刊登着令人不快的报道，便蹙起了眉。

在"初梦无悔"的标题下，是意想不到的人物担任某个要职时该如何做新年贺词这种带讽刺意味的文章。其中刊登着佐久间身穿警察署署长制服的合成照片。作为"佐久间署长"的新年贺词，写着"本官绝对履行诺言"。当初越狱时，报纸上就刊登了佐久间暗示看守要越狱的报道。所谓诺言，显然意味着越狱。

这玩笑开得太过分了！龟冈心想。看守们对佐久间不分昼夜地严密监视，在他逃跑后也四处奔跑追寻他的去向。警察署还动员警察，连警防队员也参与搜寻。佐久间是无期徒刑犯人，犯下杀人的罪行等待接受死刑判决，估计在逃亡中还会惹事。让这样的佐久间身穿警察署署长的制服做新年贺词，刊登这种文章的记者只能是无视我们的努力，具有嘲笑我们的意图。

他心想，不管情况如何，佐久间毕竟是杀过两次人的凶犯，将这样的人模拟成警察署署长，作为社会公器的报纸是极不慎重的。

佐久间虽然杳无音信，但能感觉到佐久间在那份报纸上出现后，仍然会引起读者的极大兴趣，并被视为英雄。越狱犯虽然让人们感到害怕，但反复逃跑四次的佐久间作为超凡的人物反而会赢得喝彩。龟冈还在想，这篇报道虽然令人很不痛快，却也是在代替普通读者的情绪在说话。

过了新年，犯人们也开始劳动了。

连日来寒冷的空气难得地得到缓解，白天气温上升到五六度，报纸报道说是自 1920 年以来的暖冬，但早晚非常寒冷。煤炭的增产计划获得超出预期的成果，也有各户人家的煤炭配给量增加的缘故，家家户户的烟囱里都冒出了淡淡的烟雾。

1 月 19 日夜里，龟冈睡下后过了有一个小时的时候，电话铃响了。

妻子起来接电话后，说道："说是刑务所有紧急情况要报告。"

他从被窝里钻出来，接过听筒。

"听说越狱犯佐久间清太郎被抓了! 刚刚接到通知。"夜班看守长的嗓音激动得走了调。

"在哪里抓住的?"

"在琴似町警察署的辖区内。已经押送到札幌警察署，正在审讯。"

龟冈放下听筒，匆忙穿上官服、披上外套。琴似町是札幌市的郊外，佐久间在附近的地方被抓，这是很意外的。想象中他或许会躲在山里，没想到却在琴似町被抓，也许又是犯下了什么案件。

龟冈心想，只要没有犯下伤害之类的案件就好。若佐久间的罪行加重，上诉中的审判肯定会判他死刑吧。龟冈的内心里萌发了想帮佐久间摆脱死亡的情愫。他走出机关宿舍，在雪地上一溜小跑着向刑务所的大门跑去。

—— 13 ——

　从那年 1 月 1 日起,《警察法》根据盟军总司令部的命令面临着修订, 推动警察组织大规模改革。

　北海道有二十九家警察署, 要改编组织结构, 在主要地区设置三十四家国家地方警察署, 然后在人口五千人以上的町、村设置七十八家自治体警察署, 进行人员的调配。将警察的组织进行细分。

　由于这次《警察法》的修订, 地处札幌警察署辖区内的琴似町, 也作为自治体警察署新设琴似町警察署。但警察署没有办公楼, 借农协的二楼作为临时警察署, 虽说是办公用具, 但也只有长椅和火炉。署长是警部补奈良喜八郎, 配备巡查部长一名、巡查十五名, 共计十七人。

　1 月 19 日下午过了 4 点半, 巡查岩崎荣作要和同事松尾喜代次一起回家, 换上便服走下临时警察署的楼梯, 走到楼外。虽然没有下雪但依旧寒气逼人。岩崎的家在离临时警察署四公里外的偏僻处, 那里还没有通公交车, 上下班需要步行。松尾的家也在同一方向。

　冰冻三尺, 目光所及之处全都是积雪。他在冻硬了的雪道上和松尾一起徒步走着。

　　走了有十分钟时，后边传来马爬犁的铃声。回头一看，爬犁上坐着居住在家附近的农户男子，很面熟。等爬犁靠近后拦下，说让他们搭乘在载货台上。两人在载货台上坐下。马再次响着铃声拉着爬犁向前跑去。

　　道路的前方出现一个戴着黑头巾、穿着外套的男子迎面走来，擦身而过。肩上扛着用蓝色橡胶斗篷包裹着的大行李。

　　岩崎凭借职业习惯觉得男子在搬运经济统制外的黑市物资，松尾似乎也有同样的怀疑，两人便从载货台上跳下来。

　　"喂！喂！"岩崎将正在往前走的男子喊住。

　　男子停下脚步转过身来。岩崎他们走上前，和男子面对面。

　　"我们是警察。你现在要到哪里去？"岩崎问。

　　"从石狩到夕张去上班。"男子镇定地答道。

　　"你叫什么名字？"

　　"叫木村。"

　　"在石狩，住在哪户人家？"

　　"没有人家。我被允许睡在神社的祠堂里。"

　　岩崎感觉男子是个没有固定住处的劳务者。

　　"坐汽车去夕张的话，车站的方向不对啊！"松尾注视着男子。

　　"我不坐车。我没钱，所以走着去。"

　　"走着去？那不是太费劲了吗？"

　　松尾这么一说，男子回答道："走路我已经习惯了。"

　　岩崎觉得这人有些古怪。扛着的行李作为随身携带物品体积也太大了，估计是个黑市商人。

松尾似乎也是同感，便道："打开行李让我们看看。"

男子顺从地将扛在肩上的包裹放在雪地上，解开绳子打开橡胶斗篷，露出一个大睡袋，里面放着米、锅、茶壶、碗、放在药瓶里的火柴、铅笔、针、线、放大镜，还有像是挂在肩上似的带绳的日本刀用布包着。在男子穿着的西服里面，煮熟的糙米饭用报纸包着、捆绑着。

岩崎看着这些物品知道他不是黑市商人，但他心想，从携带着日本刀来看，形迹十分可疑，不能掉以轻心。

有一份通缉令突然在他的脑海里浮现。去年3月底发生犯人越狱事件时，岩崎也作为札幌警察署的警察每天四处搜寻。他想起通缉令上的犯人相貌特征写着是斜视眼。岩崎悄悄观察从头巾里窥露的男子的眼睛，和通缉令上的一样。他接着追溯着记忆，将目光若无其事地掠过对方的左手腕。据说犯人在战争结束的前一年被关押在网走刑务所，虽然越狱了，但那期间为了防止他越狱给他戴上了特制手铐，手铐深深地咬进他的手腕里。通缉令上作为身体特征还记着那个旧伤。男子的手腕上有伤疤。

岩崎心想不能把他激怒了，便说道："怎么样啊?抽支烟?"

男子点点头，从岩崎递上来的烟盒里抽了一支。岩崎擦火柴给他点上火。松尾似乎也已经察觉到男子是越狱犯。

"急着赶路太累了，那里有个官署，要不要去休息一下?"岩崎用和缓的语气提议道。

男子点点头，重新将行李包好后扛在肩上。

松尾对停下马爬犁等候着的农户男子说"回署里",便和岩崎围着男子在雪道上返回。

男子边走边贪婪地抽着烟,冷不防说道:"老爷,其实我是去年春天从札幌的刑务所里逃跑的佐久间。"

岩崎顿感背脊掠过一阵凉飕飕的感觉。心想,果真是的?一想到竟然和被通缉的重要越狱犯走在一起,便心惊肉跳起来。他的职业意识告诫他绝不能让佐久间逃走。他将目光飞快地向周围的地形扫视了一眼,四周是一望无际的雪原,没有任何遮蔽物。他心想,假如佐久间要逃跑,也许会扔下行李逃跑,自己和松尾从两侧把佐久间夹在中间走着,所以立即就能追上。据说佐久间的体力极好,但和松尾两人应该能够控制住他。他盘算着犯人有过四次越狱这一无与伦比的经历,所以尽量不要激怒他,要把他带走并引渡给札幌市警察署的警察。

他们走到农协的楼房前,岩崎和松尾一前一后地把佐久间夹在中间走上楼梯,打开玻璃门。值班的年轻巡查正坐在火炉前的椅子上。

"到火炉前烤烤火。"岩崎对佐久间说道。

佐久间点点头,放下行李,在火炉边的长椅上坐下。

岩崎命令当班的巡查沏来一杯茶,把盛满茶水的茶碗递给佐久间请他喝水。这期间,松尾向警察署署长奈良喜八郎的家里打电话,低声告诉他把佐久间带到了署里的消息。奈良署长万分惊讶,回答说赶紧向札幌市警察署通报。

佐久间正在喝茶。岩崎一边揣摩着佐久间的情绪,一边祈祷着札幌市警察署的警察能尽快赶来。听说佐久间是个超凡的犯人，连手铐都能打开，所以他如果想那么做的话，也许轻易就能逃走。他心想，署内包括当班巡查在内有三个人，佐久间也许会做出意料之外的举动，到那时光靠我们三人也许无法阻止他逃跑。

佐久间开始时自称名叫木村，后来又自己主动说是越狱犯，并顺从地跟随到警察署里。作为越狱逃跑的人来说，这态度温顺得令人难以置信。如果被抓，在札幌高等法院的法庭上很有可能会再次被判死刑，但他喝着茶没有表现出要逃跑的迹象，这是不可思议的。

"脱下鞋暖暖脚吧。"岩崎为了拖延时间说道。

佐久间点点头，脱下破旧的长靴。靴底好像有个洞，缠在脚上代替靴底的布完全湿透，一靠近火炉就冒出了水汽。

岩崎再次递上烟盒。佐久间抽出一支，恭恭敬敬地俯首鞠躬，向岩崎凑近的火柴点上火。

"老爷，我越狱后必须活下去，所以我偷过食物。酒、烟、女人，我都喜欢，但那些东西我没有偷，对不起女人的那种事，我全都没干过。"佐久间的眼睛里溢着泪水微微闪光。

"是吗?那就好。"岩崎小心翼翼地寻找着措辞答道。他如坐针毡，担心佐久间会冷不防地做出粗暴的举动。

过了约十分钟，奈良署长心急火燎地跑上楼梯，走进房内。

"是佐久间清太郎吧?"

奈良一问，佐久间便说："是的。给你们添麻烦了。对不起。"

佐久间嘴里衔着烟，穿上靴子，岩崎他们围着佐久间站立着。

过了有二十分钟，听到雪道上有停车的声音。

传来跑上楼梯的脚步声，札幌市警察署的三名刑警打开玻璃门走进来。他们脸上浮现出紧张的神情，眼睛里闪着异样的光。一名刑警出示逮捕令，其他刑警给站起身来的佐久间戴上手铐。

岩崎要和奈良、松尾一起去札幌市警察署，便扛起佐久间的行李走下楼梯。路上，停靠着警察署的押送车。

汽车在雪道上驶出。家家户户都已经亮起了灯。

佐久间被押送到札幌市警察署后，立即送进刑事室。房间里还有接到通知后等待着的国家地方警察北海道本部刑事部搜查课课长荒谷小市的身影。

确认身份简单审讯结束后，让佐久间吃饭。

佐久间吃得很香。他一边接过荒谷递过来的香烟，一边说道："我受到怀疑接受盘问时，给了我一支烟，我才情不自禁说出自己是佐久间。我带着日本刀，警察先生们又都穿着便服手无寸铁，所以我挥舞日本刀吓唬一下就能逃走了呀！真是因一支烟斗志全无。"

他从刑事室被带进警察署的第十留置室，两名巡查彻夜负责监视。佐久间被捕的消息也通知了札幌刑务所，回到机关宿舍的戒护课课长龟冈梅太郎接到了电话。

龟冈走进办公楼，马上向札幌市警察署打电话，打听逮捕时的情况，还听说佐久间是因为给他抽了一支烟他才自报姓名的。龟冈觉得这的确像是佐久间的做派。佐久间说是因为巡查见他形迹可疑进行盘问时那温和的态度，才使他失去了逃跑的念头。佐久间自报姓名、老老实实地被带走的举动，和自首没有区别。佐久间的上诉审判重新开庭，也许会再次受到死刑的判决。假如确定是死刑，就是一支烟把自己送上了刑场，佐久间还是很悲哀的。

佐久间的被捕令记者们欢欣雀跃。记者们涌向札幌市警察署，获得警方的同意后对佐久间进行了简短的采访，照相机对着他咔嚓咔嚓响个不停。

翌日，晨报的社会版将近一半都是有关佐久间的报道。在"佐久间·琴似町被捕""越狱后第二百九十五天""无法掩饰的证据·手腕处的伤痕""橡胶斗篷包裹着的野宿用品"这些粗大的文字标题下面，在"桀骜不驯的越狱魔鬼佐久间"的解说文下面，刊登着佐久间走进留置室的大幅照片，同时还刊登着建立奇功的两名巡查岩崎和松尾的对话。

正式对佐久间进行审讯是从这天上午 10 点开始的。

首先讯问与越狱有关的情况。关于动机，佐久间回答说在砂川町犯下的杀人罪是正当防卫，却被判死刑，觉得不公平才逃走的。越狱是从逃跑的几天前开始准备的，卸下便桶的铁箍，用铁钉刻出齿轮做成锯子，用铁箍做成的锯子花两天时间锯断了地板。3 月 31 日晚上 9 点过后，掀开木板从隙缝里钻到地板下，用餐具一边挖土一边向前爬行逃到狱外。当时札幌刑务所证明当班看守于 4 月 1 日半夜 12 点 55 分看见佐久间睡着，所以推算逃跑时间是凌晨 2 点半左右。关于这个时间差，一追问，佐久间笑了。

"那时候我已经从丰平川穿过札幌的街道朝着三角山的山顶跑去了！"

审讯的刑警没有全盘相信佐久间说的话，看守的证词和佐久间的回答哪一个准确，眼下还不能下结论。

讯问越狱后的逃跑路线，佐久间说想看看被捕后没收的破旧的笔记本。刑警把笔记本递给他，他翻阅着笔记本。笔记本上排列着数字，却是将数字组合起来的密码，他一边看着一边如数家珍地回答日期、时间、地点等。

据他说，他从三角山的山顶上仔细观察搜索队的动向，感觉他们正朝着他的方向搜索，第二天他便离开了三角山，去大仓滑雪跳台附近，躲在隐蔽处过了一个多月。随后他去上手稻矿山的勘探坑，在坑内过了三个月后，从钱函一带向余市岳、朝里岳转移，因为冬季临近，所以去从网走刑务所越狱后藏身的常吕废矿。途中看见沿石北线的奥白泷附近山里有刚开始倒塌的烧煤小屋，便走进那小屋里。那时是 10 月 1 日。

他在那小屋里迎接新年，1 月 10 日去上手稻。在上手稻将四斗白米装进以前放在河里的两个牛奶罐里埋在土里。

沿着函馆本线的铁轨向手稻方向走去，在琴拟附近有个男子从远处喊他，他以为是被人起了疑心，便装作没有听到急急地离开那里，但围在脖子上的狐狸皮围巾不见了，才发现男子是看见它掉下来在喊他"掉了呀"。可是，沿着铁道走总觉得心里不踏实，他便从道口岔到道路上，途中遭到了岩崎和松尾两名巡查的盘查。

关于逃亡中的偷盗，佐久间也是一边看着密码一边详细地叙说着。最显眼的偷盗是因为冬季在即需要御寒衣服，于是 10 月 7 日夜里在去常吕废矿的途中，在爱别村挂着"玉置"姓氏牌的人家偷出外套、西服、日本刀等。其他都是从不同的人家偷了锅、茶壶、粮食等，在手稻附近从窗口伸手拿取放在农户桌子上的放大镜。用放大镜靠太阳光点火，此后煮饭就方便了。关于粮食储藏，除了埋在手稻的白米以外，他还在余市岳地区埋着瓦罐，里面放着用豆酱腌制的鲱鱼干。

佐久间被捕的消息成了人们茶余饭后津津乐道的谈资。四次巧妙地成功越狱，音信全无，却因为盘查而自报姓名被捕，佐久间的行为令人们觉得很爽快且深感叹惜。在法院指定为他辩护的律师送去慰问品后，很多市民也带着食物等慰问品拥向警察署，令警察们始料不及。警察署门前不知不觉地聚集起很多人。

这天，北海道知事田中敏文向创造抓捕机会的岩崎荣作和松尾喜代次两名巡查赠送了奖状。

此两人于 1948 年 1 月 19 日在琴似町的路上经过仔细盘查，最后逮捕了令世人极度恐惧的凶恶犯人、越狱犯佐久间清太郎，功劳显著，为大家之模范。

故而予以表彰，并馈赠奖金。

北海道警察部部长中野敏夫也送来了表扬信。

警方对佐久间的审讯于第二天上午结束，随后，佐久间被押往札幌地方警察厅。

戴着手铐、绑着法绳的佐久间，在刑警的看押下一走出札幌市警察署，聚集在警察署前的近两千人便一起发出欢呼声，甚至还有鼓励佐久间的呼声，报社摄影记者不停地按着快门。佐久间表情自然，举起双手回应欢呼声，坐上了警察署的押送车。汽车在人群中徐徐而行，不久便加快速度驶上雪道。

佐久间到检察厅后接受主诉检事的审讯，傍晚时被关押在大通刑务分所。

翌日，戒护课课长龟冈接到军政部保安科科长奥克斯·福特大尉的电话，要他马上去保安科。到科长办公室时，大尉坐在桌子前，译员站在他的身边。事情是关于佐久间的安置。

"把佐久间关押在大通刑务分所，担心他会再次逃跑，所以转到札幌刑务所的特设牢房去。对检察厅也要下命令。"大尉说道。他的脸上浮现出不悦的表情。

龟冈觉得好笑，心想分所的监室的确简陋，看守也大多都是些梧鼠技穷、才疏学浅的人，是应该转到本所。

"可是，关在特设牢房里也不能让人放心。材料由我们提供，把牢房用钢筋水泥加固！"

面对大尉的指示，龟冈连连点头。接着，大尉用昂奋的语气说道："如果佐久间再出现逃跑的迹象，就毫不留情地把他毙了。"

龟冈生气了。大尉把严厉对待犯人的看守一个个带走施以暴行，威胁说要在军事法庭上进行审判。辱骂日本人是残忍的野蛮人，却说佐久间只要流露出逃跑的迹象就击毙他，这是自相矛盾的。他们的民主主义，与人道是同义词，但大尉的命令却是非人道的。

龟冈默默地走出了科长办公室。

军政部保安科的动作很敏捷，龟冈刚回刑务所不久，载着水泥袋、钢材的美军卡车就赶到了，将材料卸下后离去。

　龟冈让刑务所里的技术官打开设计图，派熟悉建筑相关知识的犯人开始改造特设牢房。先揭起地板，灌入沙石和水泥，无缝隙加固，上面再铺上厚地板。这样就不可能从地底下逃跑了。接着在天花板和墙壁上纵横交错围上钢筋，再厚厚地垒上混凝土，填平小窗。在面对通道的墙壁上部设牢窗，能从上方窥看房间内部。当然，牢窗小到人的头部无法穿越。

　改造结束后，龟冈派看守腰上佩着手枪去大通分所，用押送车将佐久间转到札幌刑务所。关进特设牢房的佐久间冷笑着将房间内部打量了一番，用拳头敲了敲墙壁。

　一到 2 月，寒潮重返，每天暴风雪肆虐。房檐下变细的冰柱又变粗了。

　去年农作物的收获与往年持平。在北海道官署的强有力领导下，农户的交售达到百分之百。不过，交售的只是按地区差别分摊的量，还有很多农户不理睬官署的要求将农作物流向黑市。对此感到焦虑的美军军政部命令，对农户启动司法权，地方检察厅对拒绝交售的农户制定黑名单，以 2 月 2 日为期，指示北海道所有警察机关入室搜查。这次搜查从各地的农户家中发现了大量藏匿的大米，农户户主遭到拘捕被留置在警察署里。由于这个措施，全国大米交售成绩最差的北海道，交售量急剧上升，给普通家庭也增加了配给量。

　春意萌发，冰雪消融。不久，残雪间露出黑色的地表，款冬花茎昂起了球状花芽。

　佐久间的官派律师提着黑色提包开始频繁出现在刑务所的接见室里。每次由数名携带手枪的看守把佐久间从牢房带到接见室。佐久间与律师面对面地坐在椅子上。看守们远远地围成一圈监视着。

马粪风 ① 开始肆虐，狂风大作，气温上升。一到 5 月，以樱花、梅花为主的花朵同时绽放。天空碧空如洗，阳光明媚。

札幌高等法院两次开庭审理上诉案，5 月 17 日进行宣判。法庭上配备了多名携带手枪的警卫。关于砂川町的杀人案，在律师主张的被告佐久间属正当防卫和没有杀人动机的伤害致死两点中，法院只采纳了后者，结合逃跑罪，宣判有期徒刑十年。

佐久间立即被押回札幌刑务所的特设牢房。他摆脱了死刑好像松了口气，罕见地面带喜色。夜里躺在被褥上甚至吟唱起故乡的民谣。

可是，过了大约十天，佐久间的态度变得恶劣了。他故意再次用被子蒙着脑袋睡觉。看守喊他，让他把脑袋伸出来，他探起上半身，用凶恶的目光望着看守。看守再次提醒他，他说道："你是想让我再次逃跑吗？你尽管用钢筋水泥加固，我要越狱易如反掌。我逃跑了以后就杀了你全家，你愿意吗？"

龟冈严厉地命令专职看守哪怕是锱铢小事也一定要汇报，从看守那里听到佐久间这些言行，他估计佐久间想要逃跑的念头很强烈。

"绝不能输给佐久间。哪怕有丝毫的畏怯，就正中了那小子的下怀。绝对不能容忍他违反监规。"他用强悍的语气激励看守。

看守们不时地爬上梯子，从上方的牢窗朝房内窥探着。佐久间用充满敌意的目光抬头望着看守。

———————————————

① 马粪风：在日本北方农村，初春至积雪刚开始融化时，风中往往会带有一股马粪的气味。

　容许犯人在同一家刑务所里两次越狱，这是极其严重的失误。龟冈不时地与所长商议，讨论佐久间的动向，对每天的裸身检查和牢房搜检也尽量到场监督。佐久间对裸身检查似乎很不高兴，即使跟他说话他也不理睬。

　在对佐久间进行裸身检查时，龟冈对他进行了劝导。

　"提醒你不要把被子蒙着头，你好像很不愿意啊。可是，这是必须要遵守的监规。用被子蒙着脑袋，如果服刑人员企图自杀就发现不了。从某种意义上来说，这条监规是为了防止服刑人员自杀的。这种事，你应该知道得很清楚。你不要再做让看守们为难的事了。"他大声地说道。

　佐久间沉默了片刻，冷笑着说："我就是越狱也不会做自杀之类的蠢事。"

　龟冈再次感觉到佐久间的精神状况很不稳定。

　这年春天，自战争结束那年以来成群涌到海岸线一带的鲱鱼没有出现，不知道它们去了哪里。去增毛投宿点的一百二十名犯人没事可干，不久便徒劳地回到刑务所。眼巴巴地盼着的鲱鱼干没有进货，总务课的人周章失措，在海岸线上徘徊，寻找廉价的杂鱼作为替代鲱鱼的蛋白源。

　美军投放的物资进入配给渠道，粮食状况开始出现好转的征兆。尽管如此，配给量寥寥无几，人们成群结队地涌向黑市寻找食物。

　进入 7 月不久，军政部保安科科长奥克斯·福特大尉事先没打招呼就突然和译员一起坐吉普车来到刑务所。他命令龟冈带他去特设牢房，便走进了第二监舍。他站在牢房前，从牢窗窥看着房内，离开监舍后便去了所长办公室。

　　"监室坚固得出乎我意外，我很满意。佐久间平时状态什么样？"
大尉看来好像以为监室改造令佐久间死了越狱的心，多少带着些炫耀
的表情问道。

　　"态度不太好。"龟冈蹙着眉。

　　"你是说，他还有逃跑的念头？"

　　"没错。"

　　"可是，从那监室里没法逃走吧？"大尉试探似的审视着龟冈的
表情。

　　"以前比这更坚固的监室，佐久间也逃走了。"

　　听到龟冈的话，大尉的脸色变得很尴尬。他疑惑地望着龟冈的
脸，露出沉思的眼神缄默无言了。

　　"假如他露出哪怕些微的逃跑苗头，就立即击毙他！"大尉露出
凶残的眼神说道，然后粗野地站起身走出了所长办公室。

　　吉普车一驶出大门口，龟冈便和所长谈论起大尉的态度。大尉
是担心自己管辖下的刑务所发生越狱事件。有过三次越狱经历的佐久
间，去年春天在札幌刑务所里，在受到严密监视的情况下逃走了。大
尉对此理应会受到极大的触动。大尉原本对佐久间表现出近乎好感的
态度，却因那起事故而对佐久间耿耿于怀，于 1 月将他抓获后便命令
改造牢房，说若有不稳定的苗头便立即击毙。大尉视察牢房，大概是
以为不用担心他会从那间房间里逃跑，听龟冈说有逃走的可能性后，
他肯定感到十分狼狈。如果再次出现佐久间从札幌刑务所越狱的事，
大尉就会被追究责任，作为军人的晋升机会也会受到影响。从"击

毙"这个词里，可以感受到大尉内心的纠结。

"也许他会想出什么歪招来。"龟冈说道。

所长默默地点了点头。

不出所料，几天后的一个下午，大尉打电话给所长，通知说有关佐久间的事有指示，马上过来。

"不知道他会说出什么话来……"所长一脸不安地离开了办公楼。

那天天气很热，龟冈在狱内巡查后回到办公楼，摇着团扇等着所长回来。

所长回来时已经是傍晚。他坐在椅子上，一副疲惫的表情说道："看来要把佐久间送到府中刑务所去。"

龟冈望着所长，感到这命令完全出乎意料。佐久间正在札幌刑务所服刑，没有理由转到远在东京郊外的府中刑务所去。

"奥克斯·福特还是害怕佐久间越狱的话会被追究责任。"所长说道。

所长一到军政部保安科，大尉便询问日本哪家刑务所是最坚固的钢筋水泥建筑。所长回答说有好几家，府中刑务所也是其中之一，大尉便立即打电话给东京的盟军总司令部，进行了长时间的协商，最后总司令部同意把佐久间转到府中刑务所去，据说好像由总司令部向法务厅矫正总务局局长下达了指令。

龟冈终于理解了大尉的意图。札幌刑务所是木造建筑，设备老化，有发生逃跑事件的危险。大尉向总司令部极力诉说这些情况，想把佐久间转到府中刑务所去，将此事撇到自己的责任范围之外。

府中刑务所的确是一所设备完善的监所，与札幌刑务所截然不同。札幌刑务所建于明治时代，与此相比，府中刑务所是1935年3月底在东京府内北多摩郡府中町八万五千余坪的建筑用地上建成的近代化刑务所。办公楼、监舍和附带建筑的延伸面积也达到一万六千四百坪，即使在太平洋战争时遭到空袭，也只烧毁了部分办公楼，监舍等完全没有受到损毁。建筑用地四周延伸着长达一千六百米的五米高围墙，要进入狱内就必须通过用沉重的双重门加固的中门。监舍内部将宽阔的中央通道隔成两层，排列着装有铁门的牢房。监舍呈放射状，从中央的岗楼可以监视到监舍的每个角落。1947年年底服刑人员超过四千四百人，是日本首屈一指的大型刑务所。

显然，让佐久间在府中刑务所服刑比在札幌刑务所更理想。龟冈也觉得按常理来说这是个好主意。

可是，问题是佐久间的移监方式。佐久间于1941年11月从东京的小菅刑务所转到秋田刑务所，又在1943年4月从东京拘留所用列车押送到遥远的网走刑务所。虽然担心在押解途中会发生逃跑事故，但在押往秋田刑务所的途中，佐久间只是解开过手铐，好歹算是一路平安地押解成功了。不过，当时的运输状况和现在已经全然不同。战后列车严重超载，乘客爆满，外出采购等乘客甚至悬吊在门脚踏板上。而且乘客不像战争结束前那样听从官吏的指挥，可以说还有抵触情绪。不可能让佐久间乘坐那样的列车渡过津轻海峡押往东京的。

"真是痴人说梦话。如果让他坐美军飞机的话，是有可能的吧。"

龟冈笑了。

所长也有同感，决定静观一段时间。

然而，不久本省就送来了将佐久间转到府中刑务所的命令书，奥克斯·福特大尉那里也来联络，说要做好押解准备。

所长和龟冈都觉得很为难。只要本省送来命令书，美军军政部保安科也发出移监命令，就必须服从，但要实行是不可能的。押送去府中刑务所，当然必须由札幌刑务所的看守来执行，如果押解途中发生事故，看守们会受到处罚，所长和龟冈也会被追究责任。

从列车运行的状况来看，不可能平平安安地完成押送任务。尤其是押解途中会经过佐久间的出生地青森县，佐久间对妻子非常想念，担心他会试图逃跑。即使给他戴上手铐、脚镣，让众多看守监视着，从佐久间以前屡次越狱来看，要从严重超载的列车上逃跑，对他来说不费吹灰之力。

龟冈和所长经过商量，一致认为应该向奥克斯·福特大尉坦言相告，要做到安全押解是不可能的。

龟冈与保安科联系，约好和大尉面谈后便赶往军政部。房间的窗户打开着，两台电扇旋转着不停地发出声响。

龟冈强调列车押解的确会给佐久间创造逃跑的机会，作为札幌刑务所来说，没有信心接受这个任务。大尉缄默不语，将手肘支在桌子上，用指尖绕着铅笔。

"那么，当作货物押送怎么样?放在货运车厢里押解就应该能送过去。"大尉的眼睛里露出笑意。

用货运车厢来押送，如果有看守围着，的确会降低逃走的概率。

但是，大多数货车都因为空袭被炸毁或烧毁，只有少量的车厢满载着物资行驶，根本调动不出一节车厢来专门供押解一名犯人使用。龟冈心想，大尉不熟悉交通状况，不过是他自己一厢情愿而已。

"用货车也能押送吧，但国铁没有多余的车厢供我们调配。"龟冈答道。

大尉脸上的笑意更浓了，说道："借用美军专用的货运车厢。"

龟冈发现大尉说的使用货运车厢的话不是毫无根据的。没有多余的车厢供日本人使用，但美军有能够随意调配的货运车厢。

美军占领日本后开通了很多专用列车。在北海道也不例外，涂着白色带状条纹的专用列车拉着头等车厢快速超越窗玻璃毁坏、超载着日本人的列车，在北海道内到处奔驶。列车也行驶在北海道和本州之间。在札幌、横浜之间行驶的专用列车是豪华型列车，连接着将头等车厢改造的卧座车厢和餐车、会客车厢等十二节车厢，晚上 8 点 25 分从横浜发车，所需时间二十五个小时三十分钟，于翌日晚上 10 点到达札幌。归途需要三十二个小时四十五分到达横浜。这趟列车被称为"北方佬①特快"。

货车也一样，在躲过轰炸的货运车厢中挑选结构结实的车厢，涂上红色涂料当作美军专用车厢。将这些车厢连接起来的货运列车，按规定比载着日本物资的列车优先行驶。

"你能借到一节货运车厢吧?"龟冈叮嘱着问道。

听到译员的翻译，大尉说道："是的。如果委托铁道运输司令

---

① 北方佬: Yankee，旧时对美国北部人的称呼。

部，很容易就能借到。将它接在日本的货运列车上，就能押送。"

龟冈点点头。若是美军专用的车厢，关上车门就等于一间监室。他心想，这是押解最妥当的办法。

他以借用专用货车为条件，答应与所长商量有关押送的办法，一旦定下来就用书面向大尉做汇报。大尉同意了。

龟冈走出保安科科长办公室，急匆匆赶回刑务所。他走进所长办公室，将有关美军专用货运车厢一事做了汇报。所长也认为如果使用美军专用车厢就不用担心佐久间会逃跑，便和龟冈对押送方案谨慎地进行了推敲。

最后商定了押送方案。车厢使用封闭式车厢，车门只能从外面打开，所以处于封闭状态能适用于押解犯人。给佐久间戴上没有锁眼的特制手铐，再戴上脚镣，将它们锁在一起。押解由看守长任指挥，指派成绩优秀的看守部长两名、看守六名，看守部长携带手枪装满实弹。伙食和饮用水在途中的车站由离车站最近的刑务所准备并送到货车上。预定让佐久间在东京都市中心的终点站下车，但应府中刑务所所长的要求，将下车的车站改为大宫站，由府中刑务所的看守在那里接站，再用押送车送到府中刑务所。

对以上事项做出了决定后，龟冈将它整理成书面文件提交到军政部保安科。

几天后，奥克斯·福特大尉表示同意了这个押解方案，因为要把专用车厢连接到 7 月 30 日晚上 6 点札幌站发车到东京秋叶原站的货运列车上，所以命令让佐久间乘上那趟货车。

龟冈点名看守长青柳任指挥，挑选了看守部长、看守。全都是武艺高强的优秀人员。他命令青柳在锻冶工厂打造一副给佐久间戴的特制手铐。

连日来每天烈日炎炎，天空亮得晃眼。

——— **14** ———

　四天后，等着将佐久间押往府中刑务所的 7 月 26 日晚上 7 点过后，一辆押送车从札幌刑务所大通分所的大门驶出。车里坐着两名双手戴着手铐腰上绑着法绳的犯人，由看守长、看守部长、三名看守坐在车上监视着。

　一名犯人二十一岁，在网走刑务所服刑，野外劳动时逃跑，因抢劫被捕，被关押在大通分所里。在札幌地方法院公开宣判，因逃跑、偷盗、抢劫等加重处罚，被判八年徒刑。他要回到网走刑务所服刑，那天和另一名犯人一起离开大通分所。

　押送车到达札幌站的站舍背后，他们走进建筑楼内。

　晚上 7 点 52 分发车的列车驶进站台，两名犯人在看守长他们的押送下上车，坐在事先由刑务所职员包下的客车座位上。他们靠着窗边坐下，看守和看守部长分别坐在他们的旁边，看守长坐在通道的另一侧座位上。车厢内满员。

　列车准时发车，经岩见泽北上。犯人们将脑袋靠着窗边打着瞌睡，看守们注视着他们的侧脸。因为二十一岁的犯人有在网走刑务所的狱外劳务所逃跑的经历，所以看守们都把目光集中在这个犯人身上。煤烟从玻璃破碎的车窗外钻进来，在灯光昏暗的车厢内弥漫着。

过泷川、深川，快到 12 点时到达旭川站。去网走方向的客车要在那里断开，连接到其他的机车上。不久列车在旭川站发车，沿石北线的铁轨向东行驶。过上川、经过中越，凌晨 4 点 05 分到达白泷站。下车乘客只有几个人，站台里迷雾笼罩，一片岑寂。

列车驶离车站不久，有逃跑经历的犯人睁开眼睛，说想要上厕所。上车后已经过了八个小时，看守长觉得他的要求无可厚非，便命令看守陪同。

犯人被看守牵着法绳去客车后部的厕所。

他双手戴着手铐无法排便，请求看守将手铐解开。看守允诺，打开了右手铐。

犯人走进厕所里，看守握着法绳将厕所门打开五寸左右监视着。犯人蹲下低着头像是在排便，却突然间伸出左手关上门并将门锁上了。

看守直觉他要逃跑，用尽全力撬开门，看见犯人瞬间已飞快地爬出车窗跳下了车。看守长察觉到那边出现杂乱的动静奔跑过去时，厕所里面只剩下从犯人身上解下的法绳丢在地上。

事情是在白泷站发车十五分钟后发生的，列车一驶进白泷站的站台，看守长便命令看守部长和看守下车追捕逃走的犯人。自己为了把另一名犯人送到网走刑务所继续留在列车上。

列车继续行驶，看守长陪同犯人在终点网走站下车，坐上刑务所来接站的押送车，将犯人送进狱内。这时是上午 8 点 30 分。

看守长立即打电话向刑务所报告说出事了，向网走刑务所请求增援六名看守，和他一起乘坐列车返回白泷站。

犯人从列车上跳车逃跑以后，在白泷站下车的看守部长和看守向管辖白泷地区的远轻町警察署请求协助，警察署答应支援后便动员警察、指示消防队等组织进行警戒。

这时，天开始下雨，看守部长和看守以犯人跳车地点为中心分成两个方向进行搜索。

不久，看守部长接到报告，说身穿浅黄色囚服的男子在离跳车地点大约一町 ① 远的农户家出现。男子潜入农户将囚服换成偷来的衣服，接着在房间里找东西时被这户人家的家人发现后逃跑了。

看守部长立即赶到现场，和村里的消防队员一起在附近寻找，上午 11 点 30 分左右发现了躲在隐蔽处的犯人并把他抓获。犯人从列车上跳下时左肩胛骨受到猛烈撞击，因风寒雨冷和饥饿，处于几乎连走路都很困难的状态。

犯人接受治疗后不久，由赶到白泷站的看守长押送到网走刑务所。

关于这起逃跑事故，看守长、看守部长、看守被视为职务过失遭到问责，接受减薪处分。

首先，在车厢内让被押送的犯人大便，原则上是被禁止的，允许他就是违反纪律。按规定用列车押解时，出发前要事先让犯人如厕。判定是职务懈怠导致事故的发生。

① 町：日本度量衡的长度单位。1町等于60间，约109米。

其次，在列车内不得已而要让犯人用厕时，按规定看守必须先进厕所将车窗关紧，然后开着门将一只脚踏入门缝内，再将一条手臂连同肩膀嵌入门内，杜绝犯人从内部把门锁上。可是，放纵犯人逃跑的看守只将门打开五寸并站在厕所外，这违反了押解的原则。

另外，犯人起身如厕时只有一名看守陪同，看守长没有随行；担任押解指挥的看守长让部下搜索逃犯，自己押送另一名犯人离开现场；选择夜行列车押解有逃跑前科的犯人……全都不符合规定。

这起逃跑事件于 7 月 29 日上午从札幌刑务所以书面报告提交给了北海道军政部保安科。

这天下午，保安科科长奥克斯·福特大尉打电话给刑务所所长，要他马上赶到保安科科长办公室来。显然是和犯人的逃跑事件有关，估计就是下达命令，要严厉处罚导致事故发生的大通分所看守长他们。

所长立即赶往军政部。

过了有两个小时，所长回来了。

"是佐久间的押解方案啊！"所长对戒护课课长龟冈说道，在椅子上坐下。

奥克斯·福特大尉因白泷站附近的犯人逃跑事件受到极大刺激，要求所长对押解方案进行详细说明。大尉虽然对逃犯当天就被抓获面露释然，但看来对押解佐久间清太郎依然无法释怀，脸色紧绷。佐久间有着逃跑犯人望尘莫及的越狱经历，对能否把佐久间安全转到府中刑务所深感怀疑。

因为发生了逃跑事件，大尉举棋不定，对佐久间的押解方法做出了出人预料的指示。他说，要彻底杜绝佐久间的逃跑，不能用寻常的办法，要把佐久间放在水泥桶里，将设有气孔的桶盖密封，钉上钉子。另外，他还建议用圆木组成十字架，将佐久间的手脚绑在十字架上，再放在货运车厢里。

"这不是在说胡话吗?把佐久间完全当作货物了。我不会答应他这么做的。我说，我有责任，所以如何押解，就交给我来想办法。"所长扭歪着脸笑了。

这天傍晚，龟冈去特设牢房，告诉佐久间第二天要把他转到府中刑务所去。佐久间好像颇感意外，露出疑惑的表情，一言不发。

翌日，狱内从早晨就忙碌地做着押送的准备。因为傍晚 6 点有从札幌站去东京秋叶原站的货运列车，所以要把美军的专用货运车厢连接在这趟货运列车上。而且，上午札幌站的美军运输司令部早早地就来联络，说用于押解的货运车厢已经拉进了铁路支线。

戒护课课长龟冈让负责押解指挥的看守长陪同看守部长一起去检查那节车厢。看守长不久后回来报告说，车厢非常结实，侧面涂着红色涂料，四面的车壁也有气孔，载人没有问题。但是他说，地板上钉着横木呈搓板状，坐在上面会很难受，需要在上面铺木板后铺上遮阳布，再铺上草席。

龟冈认为坐货运车厢长途押解需要稍微舒服些，就同意了看守长的意见命令准备这些材料。

接着他和看守长就途中如何解决吃饭问题进行了慎重的讨论。货运车厢近乎封闭状态，因闷热食物容易变质，所以途中需要搞到新鲜食物。他们决定首先在札幌站发车时携带盒饭，在函馆、青森、盛冈、仙台都由各地的刑务所送盒饭，要尽快打电话委托各家刑务所做准备。

货运车厢内当然没有电灯，要准备手电筒、提灯各两个再加上蜡烛代替灯火。关于佐久间，规定在押解途中给他戴上刑务所锻冶工厂里打造的没有锁眼的特制镣铐。

龟冈他们担心的是，货车要经过佐久间的出生地青森县。佐久间与妻子已经离婚，但1942年6月从秋田刑务所越狱后，他躲过严密的追捕网与妻子见面，并向小菅刑务所自首。此后过了六年，能想象到他对妻子的思念之情一定是有增无减的。经过青森县的时候，尤其需要严加警戒。

准备工作全部就绪，承担押解任务的看守长他们在所长办公室里集合。给一名犯人配备九名看守，这是史无前例的。

所长指示，时刻不能放松警惕，对待佐久间要客气些，绝不能把他惹毛了。关于押解方法，龟冈做了安排，规定将看守分为两班，每班安排一名看守长和三名看守，白天每隔一个小时、夜间每隔两个小时轮流换班执行监视任务，并给两名看守部长配备了手枪和子弹。

他们穿着白色官服整队立正，在担任指挥的看守长的号令下，向所长敬礼报告出发后，便走进监舍。

特设牢房里佐久间正端坐着等待着。他头发被剃光，胡须也剃过，身上穿着新的囚衣。房间里他已经收拾过，地板也扫得干干净净。

看守长他们走进房间，给佐久间戴上准备好的手铐、脚镣，还绑上法绳。佐久间一声不吭。

戴着脚镣无法走路，看守部长在佐久间前面蹲下将他背起。看守们走出牢房外。

　　龟冈在通道里注视着，对背在看守长身上的佐久间招呼道："你是能人啊!如果服刑成绩优秀的话，将来也有希望能假释出狱，所以你要自重……"

　　佐久间的脸色微微放松，是很久未见的温顺的表情。

　　佐久间被看守部长背着在通道上走去，龟冈也跟在后面。龟冈想起佐久间从秋田刑务所越狱、向小菅刑务所自首以后，祈求在小菅刑务所服刑的事。那是因为他害怕北方刑务所的严寒。龟冈在佐久间的表情中察觉出他似乎很愿转到府中刑务所去。可是，佐久间是以巧妙洞察别人心理并加以利用才不断越狱的。他心想，对佐久间露出的表情不加辨别地接受，也是很危险的。

　　假如佐久间在押解途中逃走，军政部保安科科长奥克斯·福特大尉肯定会被激怒，会罢免所长以下干部并给予严厉处罚。他殷切希望看守们即使拼上刑务所的声誉，也要把佐久间安全押送到府中刑务所。

　　押送车就停靠在监舍外，看守们把佐久间搬进车里后上了车。看守长向龟冈举了举手便跳上车，放下了车篷。

　　龟冈目送着押送车驶出大门远去。

　　押送车于下午 5 点 50 分到达札幌站站内。

　　往货运列车上装货已经结束，涂成美军专用红色的车厢连接在破旧的黑色货车后部。

　　佐久间从押送车上下来，由看守部长背着沿着铁轨走去，将他搬进货运车厢内。

看守长命令看守从车厢顶部吊三根法绳，两根吊着提灯，一根绑着手电筒。将它们一点亮，带他们来的站台员便从外面将车厢那厚重的车门哐啷一声关上，将铁扣放下。

佐久间坐在车厢中央的席子上，以此为中心，四名看守部长、看守呈圆形坐下，另外四人每两人一组靠着车门两侧的车壁坐着，看守长站在车门前。

下午6点，远处响起汽笛声，连接器相互碰撞的声响从前方像是冲涌而来的浪头似的传来，货车剧烈地前后晃动一下便启动了。是准时发车。

车轮不断地发出撞击铁轨接口的声音，列车加快了速度。

货车与客车完全不同，摇晃剧烈，看守长颇感意外。他牢牢地抓住把手站立着，但脚下不断地发生着震动，车厢随意地摇晃着。提灯和手电筒都像钟摆似的晃动，物体的影子在摇曳。没有人说话。

在留有光亮的小窗外，夜色渐浓。信号灯的绿光像剧院里用的反光灯似的在车厢内不时地快速掠过。

两个小时后，看守长命令看守换班。从佐久间周围离开的看守们都背靠着边上的车壁，但没有人闭上眼睛。

第三次轮班后没过多久，列车的速度渐渐放缓并停了下来，身体却还在不停地震颤着，能感觉到浑身的肌肉都松垮了。

看守长从小窗向外张望。列车肯定停靠在车站附近，但看不见车站的站牌。远处传来像是在装什么货物的动静。

他注视着坐着的佐久间。佐久间一动不动地望着车厢地板，像是在思考着什么，令人担忧。

"佐久间，我想和你说说话。在一起旅行也是一种缘分。给你说说我的老家。"看守长温和地说道，谈起了自己在东北的荒野村落里度过的少年时代和父母、兄弟、妻子。

佐久间端坐着默默地听着，继而低声说起幼年时与父亲生离死别、母亲再婚等。

佐久间追溯着遥远的记忆。看守长看见他的眼睛里浮现出平静的目光。他的脸上已经看不见要闹事之类的凶险的表情。

不久，列车启动，加快了速度。凉飕飕的夜风从四面车壁上开着的气孔里钻进来。

过了有一个小时，远处传来刺耳的刹车声，连接器相互撞击的声音离得很近，车厢前后剧烈地晃动一下便静止不动了。坐着的人都用手撑着地板支撑着身体，也有人向侧面倒下。

车厢里一片漆黑。提灯和手电筒的光都灭了。

看守长顿时有一种佐久间会逃跑的预感。

"灯!快点蜡烛!"他嚷道。

传来看守们手忙脚乱的骚动，划火柴的光亮了几次，点燃了蜡烛。

看守长借着光亮看到佐久间坐着的身影。

提灯和手电筒绑在从车厢顶部垂吊着的法绳上，因紧急停车的震动而剧烈晃动着无法使用。提灯裂开，手电筒灯泡的灯丝全都断了。剩下的灯火就只有蜡烛。

看守部长用铁丝做了个蜡烛架，把蜡烛竖起来。

不久之后，列车开始行驶。不知为何紧急停车，列车像是要把失去的时间追回来似的加速行驶着。货车的震动也加剧了。

蜡烛被小窗外刮来的风吹灭，立即划着火柴点亮。用手掌护着灯火却再次被风吹灭，于是看守长让看守脱去上衣，用衣服护着灯火。

"夜已经深了，你还是睡一会儿吧。"负责监视的年轻看守部长对佐久间说道。

"押解途中睡不着啊！从小菅转到网走去时，我也没有睡。"佐久间面无表情地答道。

看守部长没有搭腔。佐久间也没有想要睡觉的模样，眼睛炯炯有神。从札幌站出发以来，佐久间一直在坚硬的地板上忍受着列车的震动，始终没有乱了端坐的姿势。面对佐久间的坚持，看守部长再次领教了他那顽强的意志力。

嵌进车门小窗里的夜色渐渐淡薄，天空开始带着蓝色。车厢内微微透亮，蜡烛被吹灭了。轮班休息的看守们靠在车壁边，剧烈的震动令他们一刻也没有闭上过眼睛，佐久间也醒着。

列车放慢了速度，连续传来车轮碾过铁轨接缝处的声响，列车停了下来。一看时间，早上 6 点。从窗口能够看到长万部站的站牌。

看守长知道列车在长万部预定要停靠近一个小时，于是命令吃早饭。

分发盒饭包。掺杂大豆的饭团加两片泽庵咸萝卜①。

_____

① 泽庵咸萝卜：日式酱菜的一种，将干萝卜用米糠和食盐腌制而成。

看守们围着佐久间吃早饭。

佐久间拿着饭团突然想起什么似的说道："今天是 7 月 31 日。是我的生日啊！"

"是吗？为庆祝你的生日，想让你吃点什么好的东西，可是在这样的状况下，看来也办不到。"看守长说道。

佐久间默默地听着。他们还把随身带着的水壶递给他，让他喝水。

铁道上传来踩着沙石的脚步声，戴着战斗帽、身穿开襟衬衫、约莫三十岁的男子从窗口探出脸来。

看守长注视着他。

"果然是佐久间啊！为什么押送？要送到哪里去？"男子说道。

从他的措辞和态度来看，看守长觉得是记者。记者肯定是通过了什么途径得知佐久间乘坐美军的专用货车离开札幌，才在这里守候着。显然是将不断越狱的佐久间视作英雄，想把移监一事写成新闻。

"是根据进驻军的命令进行押送，去向不能说。"看守长答道。

男子将目光朝车厢里看了好一会儿后，踩着沙石离去了。

汽笛声响起，列车启动了。

每隔一个小时轮班，轮班下来的看守们靠着车壁休息。

上午过了 11 点，列车到达函馆站。

车外有人，传来打开铁扣的声音，车门打开了。车外站着三名函馆少年刑务所的狱卒，向看守长敬礼，递交装有两个柑橘盒的盒饭。手电筒的灯泡坏了，看守长委托狱卒向青森刑务所联络，准备灯泡。

看守们轮流下车撒尿。佐久间在专为他搬入车内的便桶上用厕。车厢门被关上了。

列车启动，驶入渡轮里。从窗口能看见第六青函丸的船名。

渡轮正午时驶离码头。海上看来很平静，渡轮几乎没有颠簸。只有发动机的轰鸣声在沉闷地响着。

车厢内的空气凝固了，气温上升，变得更加闷热，汗水直流。水壶已经由函馆少年刑务所的狱卒帮着斟满。喝着水壶里的水就像是喝着温开水。

盒饭是掺杂大豆的饭团和鱿鱼干，他们一边流着汗一边吃着。

下午很晚车门被打开了。接到通知说押解的佐久间在渡轮上，穿着白色制服的男侍者将装着冰块的大容器送到车厢里。车厢门马上就关上了。

看守们正热得喘不过气来，顿时如获至宝。他们先把冰块放入佐久间的嘴里，然后再各自湿润自己的喉咙。

轮渡驶入青森港是晚上 8 点过后。

列车从渡轮的腹部驶出，驶入车站的区域内时，青森刑务所三名狱卒正等候着。他们送上晚餐和明天早餐两餐的盒饭，接着又交付了十个手电筒的灯泡。

看守长和狱卒低声说着话，从钱包里取出纸币交给他们。押解的看守们轮流去车站的厕所或下车在铁轨上做着伸展运动。

因为担心手电筒用法绳吊着灯丝会再次断掉，所以三名看守各自拿在手上。他们将蜡烛灭掉，捻亮手电筒的灯光。

过了一会儿，从看守长那里接过钱的狱卒拿着用报纸包着的纸包回来了。看守长一接过纸包，狱卒们便将车厢门关上，扣上铁扣。

看守长打开报纸，露出一个苹果来。

"佐久间，这是在黑市帮着买来的，给你吃，庆祝你生日。"看守长交给佐久间。

佐久间望着看守长深深地鞠了一躬。抬起头来时，他的眼睛里闪着湿润的光。

他开始默默地吃着苹果。

卸货好像正进行得热火朝天，不断传来喧闹声。也有附近传来的。

货车动了，刚以为是发车了，却传来连接器撞击的声响，随着这个冲击又停下，接着又倒退着。车站内的灯光从小窗外透进来，在车厢内横向移动过去。窗外移动着一排灯光，车厢内亮得耀眼。好像有一节车厢被留下了，有时候也会长时间地停留在那里。

佐久间开始低声哼起音乐的旋律。

"你哼的是什么?"看守长问。

"睡魔祭 ① 伴奏的笛子曲调。"佐久间答道，又随兴吟唱起来。那是带着哀愁的音色。

列车驶入佐久间的故乡区域，佐久间伤感地思念着妻子。不能说就不会发生逃跑事故，看守长的脸上浮现出紧张的神情。

盒饭是掺有小麦粉蒸制的长方形面包加腌菜。他们都默默地吃着。

---

① 睡魔祭: 日本青森县津轻地区8月1日至7日举行的七夕活动。

将近凌晨 1 点时，列车终于出发了。

佐久间睁着眼睛毫无睡意。看守长前一天夜里片刻也没有合眼，睡意猛然袭来，但在驶出青森县地界之前绝不能打瞌睡。每次脑袋昏沉沉时，他都摇着头强逼着自己打起精神。

列车开开停停。

看守长黎明时从小窗看见北福冈的车站站牌，知道列车已经过境进入岩手县内。睡意突然袭向他的全身，他命令看守部长指挥监视，便背靠着车壁坐下来睡着了。

早上 7 点，看守部长喊醒看守长吃早饭。

到达盛冈站是上午 9 点过后。在那里，盛冈少年刑务所的狱卒送来了午餐。看守长把写着列车安全通过青森县内的纸片交给狱卒，委托他们打电话或电报转告札幌刑务所所长。

列车发车了，开始备受煤烟的折磨。隧道变得多起来，机车吐出的烟从小窗和气孔外钻进来，即使出了隧道也烟雾弥漫，再进入隧道烟雾更浓。看守们都咳嗽着，佐久间也喘着气。

傍晚 7 点，列车终于到达仙台站。

宫城刑务所应该要送来晚饭和第二天的早饭，但没有听到脚步声，车门也没有打开。列车号码和美军专用货车一事已经通知过，理应会做安排的。可是没有人来打开车门，看守长不停地向外张望，但不见有人靠近的迹象。

这期间，卸货已经结束，列车开动了。

这天只是中午时吃了盒饭，所以肚子开始感到饥饿。在到达大宫站之前没有地方能补给食物，看守们的脸色都变得阴沉。

只剩下一个面包，他们决定把它给佐久间。按照纪律看守部长要先少量试食一下。不料面包因为闷热已经变质，一撕开面包便拉出丝来，于是将它扔到了窗外。

那天夜里也因为钻进车厢的煤烟备受折磨，屡次有一种窒息感觉。而且随着列车的前行，车厢内越来越闷热，浑身汗水淋漓，脸上蒙着一层煤尘，流淌着黑色的汗水，头上也满是煤尘。

感觉夜晚十分漫长。因为饥饿和呼吸困难，意识开始渐渐模糊，全身乏力，热得像是被抽去了主心骨似的。

天终于亮了，阳光从窗口照射进来。没有了隧道，也没有了让人熏得咳嗽的煤烟，但车厢里还是让人热得喘不过气。

到达大宫站已经是上午 10 点，是从札幌站出发长达六十四个小时的货车之旅。

府中刑务所的看守们在车站内等候着，同行的看守背着佐久间从车厢上下来。府中刑务所带篷的大卡车停靠在车站的后门。看守们七手八脚地将佐久间搬上卡车。就连佐久间自己都累得疲惫不堪，那张被煤烟熏黑的脸扭曲着。

看守长分发府中刑务所的狱卒带来的干面包和甘薯，看守们把佐久间围在中间饥不择食地吃着。

卡车驶离车站后门，卷起沙尘疾驶着。路上到处都是坑坑洼洼，车身不停地弹跳着。道路两侧全是废墟，在新宿也只能看见零零星星的简易棚屋。

卡车从甲州街道上驶去，下午 1 点 05 分驶进府中刑务所的大门。

树叶在夏日的阳光照耀下闪着光，蝉声不断。

───── 15 ─────

　7月上旬，府中刑务所所长铃江圭三郎被法务省请去，矫正总务局局长古桥浦四郎通知他要把佐久间清太郎转到府中刑务所的相关事宜。这是根据盟军总司令部的指令办的。

　铃江自明治大学法学部毕业后进入司法省工作，在佐久间被收监之前先后历任网走刑务所所长、札幌刑务所所长，1947年8月就任府中刑务所所长。也就是说，他没有与佐久间直接打过交道，有两次处于擦肩而过的特殊关系。

　无路可退，被迫接收越狱惯犯佐久间，他感到责任重大，从法务省告辞后回到所里。

　必须尽快落实接收佐久间清太郎的准备，并向古桥局长做汇报，但铃江觉得首先要厘清自己的思路，因此没有马上将此事向管理人员传达。

　府中刑务所是钢筋水泥建造的近代化设施，但面临着诸多难题，反映着战后社会的混乱状态。随着恶性案件的频繁发生，刑务所内包括那些犯罪的罪犯在内，还关押着气焰突然嚣张的暴力团成员和高智商诈骗惯犯等重刑犯和累犯，而且和全国的刑务所一样，收监人数远超定员，关押着四千以上的犯人。虽然四百二十个单人牢房还保持着定员，但规定八个人的杂居牢房都关押着十二三名犯人。监管他们的看守还不到编制人数，何况粮食问题很严峻，总务课的人为筹集粮食四处奔走。

在如此恶劣的条件下，铃江难以判断该如何处置有过四次越狱经历这一执行史上史无前例的刺头。假如佐久间要越狱逃跑，这会使本来就处于多事之秋的东京和东京附近的居民人心浮动，这是不言而喻的。他运用长期以来职务上积累的知识和经验，想要找出对付佐久间的恰如其分的办法来。

从翌日起，他走进单人牢房的监舍，在里面反复巡察，时而会停下脚步陷入沉思。狱卒们都惊讶地望着铃江那副模样。即使回到所长办公室，他也是长时间地抽着烟苦思冥想，甚至有人端茶来，他也忘了接。

接受行刑局局长指令的四天后，他召开干部会议，第一次传达了局长的命令。

狱卒们都惊骇不已，全都虎着脸。佐久间没完没了的越狱事故，他们也有所耳闻，甚至还有将佐久间神化的现象。无论多么严密的监视，佐久间都能像是在嘲笑他们似的成功越狱，是个凭常人的智慧无法揣测的神秘犯人，甚至觉得再怎么牢固的监舍，对他来说都毫无意义。如果负责监管他，万一发生越狱事件，就会成为刑务所狱卒晋升的重大障碍，家庭生活也会受到严重影响。这样的任务作为刑务所狱卒都唯恐避之不及，眼下得知要他们来承担这份职责，全都六神无主了。

　铃江打量着狱卒们，说出自己经过四天深思熟虑的方案。

　他说，基本方针就是作为府中刑务所，要尽可能地采取严密戒备的态势，切实防止佐久间越狱。与此同时，考虑到佐久间是一种睚眦必报的性格，要避免刺激他的情绪，对待佐久间要装得像其他犯人一样。

　根据这个方针，首先讨论关押佐久间的监室要加固的事项。对此，可以把记录佐久间以前四次越狱过程的资料作为参考。

　按常识来考虑，单人牢房是地处监舍中央、巡查次数最多的房间，大家对房间的加固进行了讨论。

　讨论的起点先从改造牢房的房门开始。

　房门的结构，内侧是木制，镶上铁皮，上方开设牢窗。面向通道的房门外侧镶着的铁皮弯向房间内侧，用螺丝钉铆住铁皮。就是说，螺丝钉露在房间内侧的铁皮外。

　铃江说，这螺丝钉很危险。看佐久间以前越狱的方法，他用豆酱汁腐蚀等办法肯定能把螺丝钉卸掉。为了杜绝他这么做，绝对不能在房间内侧露出螺丝钉。

　关于这个方法，讨论的气氛非常热烈。

　讨论中形成一个方案。那就是双重门的方案。这方法是将两扇门重叠着，相互把露出螺丝钉的一侧作为内侧。如果这样做，螺丝钉的确是隐藏起来了。但是，如果只把佐久间的房间设为双重门的话，佐久间会将此认作是刑务所方面担心他越狱而采取的措施，显然会引起他的反感，所以铃江没有同意。

作为替代方案，考虑在门内侧贴上一张铁皮，将它向外折弯用螺丝钉固定。如果采用这个方法，房内露出的螺丝钉用贴上的铁皮盖住，并且只贴一张铁皮，也不用担心佐久间会发现是特殊的房门，于是决定采用这个方案。

危险的不仅仅只是螺丝钉，对所有的钉子都不能掉以轻心。钉子可以用来打开手铐或当作割断地板等的刃器，所以必须将它们一个不留地从房间内清除掉。

放在房间里的备用品当然是使用钉子的。兼作凳子用的便桶和盥洗台等也掩埋着许多钉子，要将这些钉子全部除去是不可能的，所以要全部撤换。决定备置以前使用的椭圆形木桶替代便桶。佐久间越狱时曾将嵌在木桶上的铁箍当作锯子等使用，所以将铁箍换成竹箍，为了防止木桶被用来砸坏其他物品，换成一受到击打就会破碎的薄板制作的木桶。

牢房内的木地板上掩埋着钉子。关于这一点，经过再三讨论，最后决定给房间的墙壁垒上水泥，将地板插进水泥的底部。

房门上的牢窗扁长狭窄，要从那里钻出来是绝对不可能的，但房间内侧墙壁上方的采光窗有个脑袋能勉强钻出的空间。那个窗口嵌着铁栅栏，决定采用从外侧再镶入同样铁栅栏的方法。就是加固窗口，并完全相互镶嵌，所以不用担心佐久间会注意到设了两层铁栅栏。

商定了这些方法以后，加固牢房的讨论就结束了，但铃江指示要在房间外竖起像街灯似的灯杆。房间外也就是监舍的背后是杂木林，在那里竖一根电线杆点亮电灯，它的光会透过铁栅栏窗户照进牢房。佐久间或许会攀爬墙壁摘取电灯，造成房间内漆黑一片，如果在房间外设置一个长明灯，就能防止这一点。

铃江所长命令立即着手去做房间的改造等工作，便结束了会议。

他密切关注着房间改造工程的进展，一边还在思考着如何把握监控的态势。

按常规来说，负责监管佐久间的看守长、看守部长、看守们，都应该指派身强力壮的人。转来的佐久间当然能料到这一点，但铃江想打破这一常规。他心想，还是不要做出特意戒备佐久间的模样，采取和普通犯人同等对待的态度，也许能化解他心中的块垒，减少他企图越狱的打算。他觉得与其配置擅长武术的看守，还不如派工作认真、有毅力、性格温和的看守。

他与戒护课课长商量，决定给关押佐久间的监舍配备符合这一条件的看守。同时也有必要加强监控态势，所以计划增加一名看守。而且，为了不让佐久间察觉出是专门为他增加人员，对其他三个监舍也同样各新增一名看守。

铃江尽管采取了这些措施周密部署，还是反复阅读了有关佐久间越狱的记录，每次他都会重新意识到佐久间是个足智多谋、行动能力非凡的人。尤其对佐久间能敏捷洞察看守们的心理，并很快就能把他们引入自己的思路，简直可称是神技的能力而惊叹不已。

佐久间不久就要以敌视的情绪从札幌刑务所转到府中刑务所里来。从入监的瞬间起，他那敏锐的头脑肯定就会飞快地旋转，冷静地观察刑务所的布局、狱卒的态度，并迅速地构思越狱的计划。

对此，铃江心想与他接触时应该采取避其锋芒的策略。这也许会让佐久间感到意外，令他在心里直打鼓，无法为越狱的谋略理出清晰的思路。

铃江将大致做好收押准备的情况向桥正总务局局长古桥汇报，古桥也将此情况转告给了札幌刑务所所长楠木本顺。

楠木在单身时代就和铃江关系密切，关于佐久间的押解方法，他用电话反复同铃江进行了斟酌。

押解佐久间的美军专用车厢连接在货运列车上。铃江对货运列车在东京秋叶原站停靠深感不安。楠木预定让佐久间在秋叶原站下车，但铃江认为在东京都市中心下车容易发生意外，认为应该在半途的大宫站下车。

他与铁路当局进行交涉，要求对方在大宫站将佐久间的车厢断开，并将这意思通知了楠木。

从大宫站到府中刑务所的押送，当然需要动用汽车。刑务所里有两辆押送车，但全都已经老化，估计会在半途中出现发动机故障等情况。因此用大卡车在卡车的货台上放个座位，并载着以看守长为首的六名看守去大宫站迎接。

他对卡车到达刑务所后的程序也做了安排。卡车从办公楼右侧的便门驶入后立即将便门关上，卡车不再往里行驶，当场将佐久间放下，并将他带到能通往监舍的管理部部长办公室，让他在那里等候。

不久，札幌刑务所所长楠木向行刑局报告，说载着佐久间的货车 7 月 30 日夜里从札幌站出发了，还打电话通知了铃江。此后，货运列车渡过津轻海峡、经过青森站、盛冈站时，都向铃江发了通知。

8 月 2 日凌晨 5 点，铃江派看守长等六人乘坐带篷卡车去大宫站，自己在所长办公室等候。上午 10 点，看守长打来电话，说货运列车到达大宫站，把佐久间押到了卡车上，接着向府中刑务所驶来。

天气晴朗，窗外洋溢着暑夏特有的强烈的阳光。

下午 1 点 10 分，管理部部长用内线电话通知卡车已经到达，按规定的程序将佐久间带到了管理部部长办公室。见押送进行得很顺利，铃江终于松了口气，和戒护课课长一起走出办公楼，向管理部部长办公室走去。

他打开门，走近部长的办公桌，在椅子上坐下。屋内弥漫着异样的紧张气氛。

他凝视着初次见面的佐久间。佐久间戴着可说是铁块的巨大手铐和脚镣站立着，札幌刑务所的看守长他们紧紧地围着他站着。包括去大宫站接站押送回来的府中刑务所看守们在内，管理部部长、教育部部长以及负责单人牢房的看守长们，也都默默地站立着。

从札幌负责押解任务的青柳看守长等九人，全都是铃江在札幌刑务所任所长时关系密切的同僚，看见他们的身影，铃江感到胸膛里涌出一股热乎乎的情感。白色的官服因煤烟和汗水黑迹斑斑，斑驳地透出白色来。脸庞是大花脸。融着煤尘的汗水没有擦拭就直接干了，脸上和颈脖都黑乎乎的。看来睡眠也不够，眼睛充血却炯炯有神。面容消瘦憔悴。

铃江看见他们的惨状，体会到押解是一件极其艰难的差事，同时也知道他们忠实地完成了任务。

佐久间站立着被他们团团围着，身上的衣服和脸上也都沾满着煤尘和汗水，斜视的眼睛里带着狰狞的目光。他那戴着手铐和脚镣的身姿，像是被抓获的野生动物。

铃江将目光落在他的手铐和脚镣上。那是迄今为止从未见过的结实无比的大型戒具，看上去有相当重的重量。

看到这副戒具，铃江仿佛看到了佐久间的过去。佐久间以简直可算是神技的方法越狱成功，包括各刑务所所长在内的干部们都为防止佐久间逃跑而殚精竭虑，并对他加强了监管。但佐久间以出人意料的巧妙手段满不在乎地从监舍里逃走。这种反复是一场惨烈的战斗，它变成非同寻常的镣铐体现出来。

铃江望着那副戒具，像是看见了各刑务所的狱卒们为对付佐久间而恶战苦斗的轨迹，眼眶不由得发热了。

他向一名狱卒招招手，低声说话，好像要给佐久间搬个椅子。

狱卒回答"是"，便把放在房间角落里的椅子拿过来，让佐久间坐下。

铃江让青柳看守长他们也在椅子上坐下，然后命令狱卒给青柳他们端茶，也包括给佐久间端茶。

"你是佐久间清太郎吧？"铃江对隔着桌子坐着的佐久间温和地说道。

"是的。"佐久间的嗓音很嘶哑。

"我是这里的所长铃江。以后由我来看管你。今后很长一段时间都要对你进行照料。你明白吗？"

"明白。"

"我想尽可能地帮助你，你能接受我的心意吗？"

"能。"佐久间紧闭着嘴，面无表情地低声答道。

"看样子你嗓子很干，请先喝茶。"铃江说道。

佐久间鞠了一躬，用戴着手铐的手接过茶碗送到嘴边。

铃江望着佐久间的面容陷入了沉思。以前耳闻佐久间即使在监室内也戴着特制的镣铐，据说重量达四贯，看着眼前的手铐和脚镣，他才知道那是确有其事。

铃江以第一次见到佐久间的印象，重新思考着应该用什么样的态度面对他。他在想，假如他流露出抵触的举动，就以绝不妥协的强硬态度面对他。与此相反，如果他流露出接纳自己的那种情绪时，那就索性让他卸掉镣铐吧。

经过与佐久间的简短对话，他心想这也许能行。他甚至觉得能借此分散佐久间的注意力。

"到工厂去拿把钢锯来。"铃江命令狱卒道。

狱卒立即跑出屋去。

铃江感觉到管理部部长他们和从札幌负责押解来的青柳看守长他们都默默地注视着自己。他们好像很难理解拿钢锯要做什么用。

狱卒拿着钢锯回来，把它放在铃江面前的桌子上。

"你会使用钢锯吗?"铃江问狱卒。

狱卒露出惊讶的眼神回答说"会用"。

"把佐久间的手铐和脚镣锯开。"

听到铃江的话，屋里所有人都露出惊愕的表情。他们都愣愣地将目光集中在铃江的身上。镣铐对佐久间来说是不可缺少的，即便如此，他还屡次故态复萌越狱逃跑。将戒具锯开卸掉，就等同于催赶佐久间赶紧逃走。

狱卒犹豫着从桌子上拿起钢锯，走近佐久间。佐久间默默地将戴着手铐的双手伸上前。

狱卒将锯齿抵近手铐，开始用力拉动着。

铃江站起身，隔着桌子望着手铐。钢锯只是稍稍咬进用坚硬的铁块制作的手铐里，铁屑便开始撒落在地上。

"不要伤着手……"铃江叮嘱狱卒道。

铃江意识到佐久间朝自己的脸凝视了片刻。对佐久间来说，这是他意想不到的处置，显然他是不知所措，不知道该怎样理解这件事。

这是孤注一掷!铃江心想。对犯人来说，最重要的是人性化的对待，让犯人真心实意地遵守监规，不让犯人有可乘之机，这也是自始至终要坚持的原则。根据犯人性格的不同，需要改变相处的策略，如果根据这个原则，佐久间是个特殊的刺头，那就应该以最严厉的方式对待他。但自己却反其道而行之，说话语气温和，还要把他从镣铐中解脱出来。这是处心积虑后的计谋，如果这一计谋落空，的确会导致发生逃跑事故。

佐久间因为漫长的失去自由的牢狱生活，成为一个情感极度扭曲、思维远离正常的人。对这样的人以情相待是否真的有效，这是值得怀疑的。

铃江认为只有一条路可走，那就是让佐久间的情绪恢复平静，尽可能地减少他越狱的冲动。出自二十年从事刑务所工作的经验，他觉得这是唯一的办法。

过了有二十分钟，手铐终于被锯开，狱卒跪在佐久间的脚边开始锯脚镣。

铃江站起身注视着狱卒的动作。屋内所有人都缄默不语，只听得见单调的钢锯声和窗外的蝉叫声。

铃江忽然想起一件事。他因为从农业学校通过专业考试考入大学的缘故，对农业颇有兴趣，喜欢植物，因此就任府中刑务所所长以后，下决心让服刑人员去做花艺，以此来缓解他们的情绪。

犯人的休息时间是上午 10 点和下午 3 点各有十五分钟，利用这段时间让在各工厂干活的犯人搭建宽大的花坛，并分给由农耕班的犯人培育的花苗，让他们种植花卉。铃江利用犯人的竞争心理，春、夏两季让所长以下的管理人员当评选员，评定花卉的优劣等级，犯人们由此而热衷于修花，在宽大的花坛上，花朵竞相开放。

接着他向犯人分发插花用的小竹筒，允许犯人们将花卉带回牢房插在竹筒里。

铃江考虑在关押佐久间的房间里也要事先布置好鲜花，便向狱卒招招手，低声命令他去做。狱卒领命走出了房间。

花了有三十分钟时间，脚镣也被锯开了。佐久间稍稍伏下眼睑，一动不动地坐着。

铃江重新坐回到椅子上，将手肘支着桌子。

"你累了吧。好好休息一下。"他说道，命令监管单人牢房的看守长把佐久间带到监室里去。

佐久间站起身，向铃江鞠了一躬，朝门口走去。他被卸去了沉重的脚镣，走起路来轻飘飘的，脚底下像是不知如何着地似的显得很别扭，在看守们的簇拥下走出了房间。

铃江向看守长青柳等札幌刑务所来的看守们重新表示慰问，说洗完澡后好好休息。

青柳他们整队弯腰行礼后，排成一列走向走廊。地板上留着被割断的特制的手铐和脚镣。

第二天早晨，铃江一走进所长办公室，当班的看守长便向他汇报有关佐久间的情况。他曾有过指示，有关佐久间的情况哪怕是些微的小事，也必须做到每天汇报。

"看来他真的很累了，昨天打着呼噜睡着了。今天早晨吃饭也很香。没有其他异常。"看守长立正着说道。

"你辛苦了。和其他单人牢房里的服刑人员一样，也允许佐久间每星期洗澡两次，看样子他身上也很脏，今天让他提早洗澡。"铃江吩咐道。

看守长敬礼，走出了房间。

这天天气也很闷热，窗外蝉声不断。

他结束早晨的执勤离开了办公楼。他已经养成抽空在监舍里走一走、一间间地打开单人牢房的房门，走进去和服刑人员交谈的习惯。尤其是病舍，他每天都要去探查。

他走进单人牢房，跟随看守依次一间间地打开牢房门。他的目的是要见佐久间，但他想给佐久间留下一个印象，就是从监舍的一端走过去，这是他平时养成的习惯。

铃江在佐久间的房间门前停下，走进门里。佐久间端坐着。

"睡好了吗？"铃江问道。

"是!"佐久间低声答道。

"我最喜欢的是花。所有的房间里都在小花筒里插着花。这些花都是服刑人员培育的。如果花谢了，你对狱卒说，让他们换新的。"铃江为了表示不是只在佐久间的房间里放着花，故意用若无其事的口气说道。

佐久间默默地点点头。

"身上很脏吧。我已经向看守长说过，让你洗个澡。去热水里泡一泡，把身上好好洗一洗。"铃江一边往门外走，一边说道。

佐久间再次回答"是"。铃江看见佐久间的脸颊放松了。他朝隔壁的牢房走去，觉得佐久间的笑容很令人生厌，像是莫名其妙地冷笑。他主动提起花、洗澡，佐久间仿佛觉得他是有意而为之，正在内心里冷笑着。

铃江再次意识到这个人用普通的手段难以对付。但他心想，如果佐久间对他怀有那样的鄙视，就无论如何也要设法阻止他的愚钝。

查看有关佐久间的记录，他虽然身陷囹圄，但对看守故意采取抵触的态度。看守情绪急躁，以严厉的态度对待佐久间。可是佐久间反被激怒，会不断地做出威胁看守的言行，不久看守们便在心理战中败下阵来，向佐久间让步了。

就是说，佐久间在看守们面前处于优势，可以恣意妄为。对他来说，看守们是应该受到鄙视的，这可以用越狱的行为来一决高低。不仅仅是看守，就连所长以下的管理人员，在他眼里，只觉得看守们比他自己更拙劣。铃江心想，如果将这样的情绪反其道而行之彻底装傻的话，也许就能因此而打开某种局面。

那天下午，有报告说让佐久间洗澡。单人牢房里的犯人每个人都有看守监视着洗澡，佐久间也由一名看守陪同沿着通道走向澡堂。他原本都由数名看守簇拥着去洗澡，因此这对他来说是一个例外。

## —— 16 ——

　　缺粮的状况依然没有好转。人们拥向黑市场寻找食物。物价飞涨，公共费用也高涨，全国一百二十所学校约二十万人开始罢课，反对大学、高等专业学校的授课费大幅上涨。

　　经过战争结束后的迷茫状态，社会情势错综复杂，照料婴儿的寿产院发生了饿死了一百零三名婴儿的事件，紧接着帝国银行椎名町支行又发生了男子冒充官吏毒死了十二名银行职员的事件，引起舆论哗然。财政界的腐败也有恃无恐，发生了以昭和电工为主的大规模贪污事件。

　　在如此混沌的情势中，府中刑务所所长铃江圭三郎激励狱卒们勤奋工作。他最担心的是佐久间。如果他要越狱，会使本来就混乱不堪的社会雪上加霜。他觉得自己收监了佐久间，努力不让佐久间出事是自己重大的社会使命。

　　佐久间已入监了两个星期，铃江想把自己经过深思熟虑的方案付诸实施。将已经定下的方案坚定不移地贯彻到底，这也是他的信条。

回顾佐久间的过去，可以说，在监室里囚禁期间，占据在佐久间头脑里的，就是什么时候、用什么办法可以越狱逃跑，他就是为此而活着的。

铃江估计如果不消除佐久间这个念头，他就极有可能驱使他那卓越的头脑，琢磨从府中刑务所越狱的办法，并巧妙地成功逃脱。

他心想，佐久间每天都在单人牢房里端正地坐着，会满脑子都想着越狱的事，要让他没有胡思乱想的时间，就必须让他在房间内干活，尽可能地转移他的注意力。

在佐久间的眼里，劳动与他毫无关系。这对不断越狱的他来说，理所当然是一种惩罚，但铃江考虑，应该果断地让他参加劳动，这是防止他越狱的办法之一。

犯人对参加劳动会有一种近乎欣喜的感觉。被囚禁在监室里的生活只是如厕、吃饭，这种痛苦等同于死亡。为了摆脱这种痛苦，干活能打发无聊，从中找到自我拯救的出路。

府中刑务所也在狱内设置了各种工厂，给百分之九十的杂居牢房三千余名犯人分配他们参加适合各自脾性的劳动。吃完早饭后走出牢房去向各个工厂，一直劳动到吃晚饭的时候。他们的时间就在肢体活动中流逝。

可是，因为战争结束后带来的经济混乱，刑务所接受外来的工作量锐减。战争期间与军需有关的任务很多，被迫追赶着完成军需任务。随着战争的结束，军需任务化为乌有。刑务所动用各种关系努力揽活，但因战祸而损毁的工业迟迟没有得到恢复，而破产企业增多，产生了严重的失业问题。在这样的状况中，刑务所即使有薪资低廉这个优点，企业方面也几乎没有多余的工作派发给刑务所。

刑务所即使勉强接到来自中小企业的工作，也是杯水车薪，狱内各工厂约有一半处于休业状态，允许干活的犯人有三分之一不用去工厂，待在杂居牢房里无所事事，这会令犯人们情绪烦躁，有给狱内酿成囚情不稳的危险。

铃江正在为打开这一局面绞尽脑汁，不料却从一名犯人的话中得到了意想不到的启发。

"房间内很脏，如果能让工厂里的劳动休息一天，就能把房间打扫得干干净净。"那名犯人说。

铃江正在想方设法不让犯人空闲下来，觉得打扫房间也是一项重要的工作。

"不要说是一天，就算休息两三天，能把房间打扫干净，只要你觉得合理，休息再多的天数都可以。"他说道，便准许他不去工厂干活。

第三天，那名犯人向他提出去参观房间，铃江一走进牢房，为房内的焕然一新感到惊讶。地板等甚至连备用品之类都擦得能照出脸来，卧具等也按照规定叠放得整整齐齐。

铃江考虑要把这次清扫活动拓展到所有牢房，他灵机一动想到要利用犯人的竞争心理，让两边相邻牢房里的人参观那间房间，命令他们打扫自己的牢房。清扫活动很快拓展到所有监室，没活干的犯人们都埋头专心打扫自己的房间。

于是，没有犯人在牢房内百无聊赖地度日了，但能干的活儿很少，这依然是个大课题。

　　在这样的状况中，要找到能派发给佐久间的活儿是很困难的。铃江将意向转告给总务课课长，才终于能给一个轻松的活儿。那就是把用于毛毯边的麻线串接起来这一不能算是"活儿"的简单差事，即使借此放弃使用防止他逃跑的戒具这一点，也是顺理成章的。

　　铃江悄悄地观察着佐久间的反应。根据专职看守的报告，最初给他这份差事时，佐久间好像很疑惑，但很快就按照指示开始串接起麻线来。接着第二天的报告说，佐久间埋头干活颇有耐性，一刻也没有休息。

　　铃江心想也许给佐久间带来了些许好的影响。翌日去单人牢房时，一走进佐久间的房间，他便招呼道："好像成绩不错啊！"

　　佐久间看了一眼铃江，随即将目光移开继续干活。从佐久间的表情上很难判断他是什么样的心情。

　　至少觉得让佐久间干活能使他心无旁骛，对不让他有多余时间钻在越狱的牛角尖里肯定是有好处的，但他也许是伪装，装作在埋头干活，以便令铃江他们放松警惕。

　　可是，第二天傍晚听着看守的汇报，铃江的眼睛里闪出光来。

　　据说，那天佐久间难得地停下手中的活儿，眼睛望着手掌不停地将手掌凑到鼻子跟前。看守顿起疑窦，便透过铁栅栏死死地盯视着，见他的手掌上放着花瓣。

　　监室内的竹筒里插着一朵花，花瓣有大半散落在地上。佐久间撮起花瓣放在手掌上望着，闻它的香味。

　　看守在巡查时再次走到佐久间的牢房前，佐久间在干活，掉在地上的花瓣一片也不见了。

“花瓣呢?”看守问。

佐久间指了指嘴巴。他微微地蠕动着嘴，放在舌头上像是在品尝着花瓣的香味。

铃江听到此话，感觉到佐久间的心扉终于被打开了。经常徒步山野接触大自然的佐久间应该也是爱花的，所以才嗅闻散落的花瓣的馨香，并爱惜地含在嘴里。这仿佛是表示他作为人开始找到了心灵的安宁。

铃江心想，佐久间自从卸去镣铐时起面对他的温情对待，开始能真心实意地接受他了。

他觉得要深入他的内心不能错失这次良机，也萌生了信心要继续推进自己的方案。

几天后，铃江一走进佐久间的房间便说道：“佐久间，听人说你在秋田刑务所的禁闭室里，没有梯子也能像壁虎似的爬上墙壁，打破天花板上的采光窗钻出去，这种事不会是真的吧?”

佐久间抬头望着铃江。他表情松缓，但那不是冷笑。

“这种事很简单啊。”

“真的吗?若是真的，做给我看看?”铃江流露出兴趣盎然的眼神。

“那就给你看看吧。”佐久间把麻线从膝盖移到地板上，站起身来。

铃江看着佐久间走到房间角落里。他想象着大概是头朝上爬上去吧，然而错了。佐久间稍稍倾斜着身体，将双脚的脚底紧抵着一侧的墙壁，双手的手掌紧贴着另一侧的墙壁，并且脚底和手掌交替着向上滑动，身体开始向上移动。

铃江和随行的看守长都默默地注视着佐久间的肢体动作。不一会儿，佐久间便倾斜着身体到达天花板，用力使劲将手脚撑住，用一只手伸向灯泡捻松又拧紧。接着他稳稳地沿着墙壁下来。

铃江深深地喘了口气，发出一声叹息。

佐久间站在地板上面红耳赤。他的眼睛里浮现出腼腆的笑意和得意的神情。

铃江再次意识到佐久间是个能力超群的人，心想难怪他以前能屡次越狱。他领悟到假如佐久间想要逃跑，要从号称具有现代化设施的府中刑务所越狱，也绝不是不可能的。

他心想必须十分警惕，同时又觉得佐久间流露的炯炯眼神里有着可乘之机。佐久间情绪平和，对着铃江露出笑脸。让他当众表演攀爬到天花板，也许作为所长是不符合身份的，却有着交流情感的效果，这是毫无疑问的。铃江想顺势再前进一步。

他问如何翻越高墙，佐久间回答说，沿着围墙斜着奔跑过去就能攀登上去。另外，抽出地板等处的铁钉，他说如果将手指用力按着铁钉的头部反复旋转，就能轻易拔出来。佐久间说起这些事时，他的脸上总是流露出羞涩和炫耀的表情。

铃江考虑下一步的做法。那就是让佐久间与家人联系，以此稳定他的情绪。佐久间已经与妻子离婚中断了联系。他是越狱惯犯，以前不允许他们会面，但现在这个时候，铃江想让佐久间与妻子重归于好，让他们交换书信，也同意他们会面。佐久间从秋田刑务所越狱后曾偷偷地去见了妻子，可见他对妻子的爱情应该是很坚贞的。

佐久间的妻子住在他的老家。铃江决定调查佐久间妻子的情况，便把教育部部长召来，指示他去见佐久间的妻子，了解她对佐久间的态度，转交书信，劝她方便的话来刑务所与佐久间会面。

教育部部长立即乘坐夜行列车赶往青森县佐久间的出生地。

几天后部长回来了，他的汇报令铃江颇感失望。部长见到了佐久间的妻子，转告了铃江的意向。

"他每次越狱，侦探（刑警）就闯到家里来进行严厉的讯问。还远远地包围着房子监视着，所以家人遭到村里人的白眼。尽给家里添乱，所以我不想再有什么牵连。请不要再来骚扰我们。"她生气地说道，因备受冷遇而无所适从。

铃江知道佐久间是个失去了故乡的人。由于他屡次越狱，包括他妻子在内的亲属们被村里人疏远，日子过得很颓丧。他们对佐久间的感情只有憎恶，也许根本就没有要接纳佐久间的打算。

铃江原来计划靠与家属的交流来稳定佐久间的感情，如今知道这个意图已经落空了。

然而铃江没有退缩。佐久间生性多疑，自己对他以诚相待，他也不会毫不设防地接受，相反会有鄙视的情绪，以为铃江不过是一种策略。可是收监两个月以来，佐久间的身上也确实发生了些微变化。铃江去他牢房向他打招呼，能感觉到他抬头望着铃江的眼神里，浮现着与开始时截然不同的柔顺的目光。

铃江拿定了主意，决心在普通犯人集中时也试着让佐久间参加。

对刑罚的执行表示理解的女性教育家守屋东，每年都在圣诞节带领老师、学生来刑务所，以学生们的合唱、舞蹈等文艺节目慰问犯人。这在犯人中获得好评,很多人都十分期待这一天的到来。

铃江想让佐久间参加这个活动,也知道此事必须经过慎重的讨论。

问题的焦点有几个。

这个慰问活动不允许囚禁在单人牢房里的重刑犯参加,如果让佐久间参加,那么四百多名单人牢房里的服刑人员也必须全部参加。如果只允许佐久间一个人参加,其他囚禁在单人牢房里的犯人就会表示出强烈的抗议,估计会出现无法收拾的混乱局面。

让单人牢房里的犯人与关押在杂居牢房里的犯人一起参加,把佐久间放在犯人群里也是很危险的。活动在教诲堂里举行,因为场地关系只能放入一半犯人,活动分两次举行。也就是说,二千余名犯人齐聚一堂,但看守人员不足,如果发生事故就无法有效采取制止等措施。

佐久间是天才的越狱惯犯,在全国的刑务所犯人中已经广为人知,府中刑务所的犯人们也知道佐久间已经入监。佐久间走进教诲堂,如果突然做出鼓动越狱那样的举动,视他为英雄的犯人们齐声响应,担心会发展成史无前例的集体越狱事件,而且会波及在舞台上唱歌做游戏的学生以及老师们,有引发人身伤害事故的危险。尤其囚禁在单人牢房里的犯人们,全都是犯下滔天罪行的人,能预测到他们会做出超越常规的行动。

秋色远去,气温下降。

铃江在暗暗地权衡着这件事的利弊,直到 11 月下旬,才在管理人员会议上提出这件事。

狱卒们紧绷着脸听着铃江叙说。

等铃江解释完毕，教育部部长说"你的意思我很清楚……"便闭上了嘴。这是代表管理人员的心情说的，充满着即使能理解这件事的意义也担心真的会付诸实施的情绪。

房间里一片死寂。

铃江打破了沉寂。他说："从佐久间的经历来看，监管越是严厉，他就越是抵触，越会增强越狱的执念图谋逃跑。对他来说，要从府中刑务所逃跑轻而易举，除了缓解他的那种执念之外，没有别的办法能阻止他越狱。责任全都由我来负。这是一次巨大的冒险，但我想咬咬牙试一试。"

面对铃江毅然决然的态度，狱卒们都默默地点着头。

圣诞节来临，狱卒们脸上的神情变得更加紧张了。

先由关押在杂居牢房里的犯人们走进教诲堂里坐下，然后单人牢房里的犯人们在看守的带领下走进教诲堂。佐久间生怕被擦得发滑的地板滑倒，低着头小心翼翼地走进来。犯人们都已经知道佐久间要来参加活动，一齐把目光朝向佐久间。

佐久间感觉到大家都在注视着他，便抬起头一边打量着教诲堂一边往前走，按看守的指示坐下。

铃江站在舞台上向来慰问的人们表示感谢，然后坐在自己的座位上。

学生们开始合唱，犯人们两眼放光地注视着舞台，也有很多人将目光望向佐久间。铃江装作没有注意的样子鼓着掌脸色放松下来，但内心里也有着会发生突发事故的预感。他悄悄地窥视着佐久间。佐久间面无表情地望着舞台。

铃江觉得活动的时间很漫长。站在教诲堂大门内侧的看守们没有人欣赏舞台上的节目，全都注视着佐久间。他们虎着脸，神情紧张。

活动终于结束，从犯人中响起热烈的掌声。

看守们迫不及待地招呼包括佐久间在内的单人牢房的犯人们。犯人们站起身，按照指令整队走出教诲堂外。铃江目送着他们离去。

不久，听到看守长报告说佐久间回到了牢房里，铃江这才长长地松了口气。

翌日，铃江给举办慰问活动的守屋打电话道谢，同时提起佐久间的经历。说佐久间好像对活动很感兴趣，这对铃江他们来说具有很重要的意义，正因为如此，所以十分感谢前来参与慰问的人们。守屋好像对佐久间深感兴趣。

1949 年来临了，铃江想试着在服刑人员的元旦餐具上动动脑筋。

外出劳务能接到的活儿依然很少，铃江想给他们找点什么活儿干。他盯上了木工厂里出来的大量的胶合板边角料。对犯人们来说，正月是凄凉的，为了让他们或多或少能感受到正月特有的气氛，他考虑用木盒作为元旦的餐具。让他们制作与关押人数相当的四千余个木盒，这就是分配给他们干的活儿，是一石二鸟之计。

铃江赶紧向负责木工厂的狱卒发出指示，狱卒找出对制作木盒有绝活的专业的犯人，在他的指导下开始制造木盒。工作进行得很顺利，新的木盒在年底前制作完成，消毒后堆放着。

元旦早晨，这些木盒里随主食一起放入鱼糕、半个橘子等分发到各个牢房。早餐后，铃江照例向集中在教诲堂里的犯人们做新年贺词，从犯人中久久地爆发出热烈的掌声。他知道这是大家对他采取的措施表示感谢。

取下新年装饰的门松后不久，铃江接到守屋打来的电话。事情是关于佐久间的。

她对佐久间的经历非常关心，琢磨着想对铃江他们的努力再助一臂之力，忽然想到让佐久间在监室内喂养小鸟。她说，在牢房内喂养动物，作为原则是不被允许的，但为了尽可能地缓和佐久间的情绪，希望作为特例能得到准许。

铃江表示了感谢，答应要考虑一下便挂断了电话，但他在心里已经拿定了主意。佐久间在农村出生、长大，何况越狱后经常躲藏在山里生活。让每天都享受着大自然的恩赐生活的他喂养小鸟，能使他的情绪得到稳定，并且应该会很有效果。

他想征求佐久间的意向，但又觉得没有这种必要，便打电话给守屋，答应说允许养小鸟。

过了十天左右，守屋拜访了所长办公室。手上提着关有小鸟的竹笼，还带着装有饵食的袋子。小鸟是雀形目的黄鹂，背脊呈绿灰色，翅膀带绿色，叫声格外悦耳动听。

铃江着迷地望着小鸟，脑海里浮现出佐久间的喜悦面容。

他考虑应该让守屋直接交给佐久间，便把教育部部长请来，一起走出办公楼，向管理部部长办公室走去，让他把佐久间喊来。

佐久间一走进房间，目光立刻被啼叫着的小鸟吸引过去了。

铃江告诉他，守屋提出申请想要把小鸟寄养在他那里，自己作为特例也同意他养鸟。

"把这鸟当作朋友，好好地生活。"守屋走近站立着呆若木鸡的佐久间身边说道，并把竹笼和饵袋一起交给他。

佐久间手足无措，恭恭敬敬地鞠躬说"谢谢"，便跟随看守走出了房间。

铃江想象佐久间应该会脸色泛红、眼睛发光地接过鸟笼，所以感到有几分失望。他推测佐久间没有露出那样的欣喜，也许是因为对事情始料未及，没有反应过来吧。

盟军总司令部强行推进占领政策，对法务省的控制也很严格，但从去年秋季起出现了松动的迹象。那是因为战后国际情势急剧变化，美国对共产主义国家加速持强硬态度，就将原敌对国日本当作自由主义国家阵营的一员来对待了。1月1日盟军总司令部发表声明，允许自由使用自占领以来禁止悬挂的日本国旗。铃江战后第一次让人在刑务所办公楼的旗杆上悬挂国旗。

2月上旬，教育部部长来铃江这里汇报一件意料之外的事，说佐久间拒绝养鸟，提出申请希望请求所长把小鸟放生。

铃江对佐久间提出的要求颇感意外，便询问原因。

"按佐久间的说法，黄鹂的叫声很悦耳，但那不是欢快的叫声，而是忧伤的叫声，因为它不能在山野里自由地飞翔。他说，我在山里生活过，所以我很清楚，它和山里的鸟叫声完全不一样，听着哀伤的叫声我受不了……"教育部部长的脸上露出困惑的表情。

等部长离去后，铃江坐在沙发上陷入了沉思。他回想起佐久间从守屋手里接过鸟笼时的神情。原先他想象出佐久间肯定会流露出欣喜的表情，想不到佐久间只是不知所措、一脸迷茫。他期盼着必然会收到很好的效果，不料那竟是误判。佐久间也许在笼中小鸟的身上看到了自己。小鸟被关在狭窄的空间里只是陶醉于啄食，靠着本能用清澈的声音啼叫着，早晚身体会衰弱，掉在笼底变得冰冷。佐久间觉得自己在走一条与小鸟同样的路，看见它的身影便无法忍受。

弄巧成拙了！铃江心想。佐久间自去年夏天入监以来，他的情绪虽然有限却也朝着稳定的方向发展，铃江担心由于给个小鸟会适得其反。佐久间的性格具有锱铢必较导致过激行动的倾向。他心想，必须依从他的情感，把小鸟从他的身边拿走。

铃江拿起听筒给守屋打电话，坦率地说明情况，陈述自己的想法。守屋当即表示谅解，并希望按佐久间的要求去做。

第二天，铃江随教育部部长一起去管理部部长办公室。即使将小鸟放生，他们也希望采用有效的、能使佐久间完全认可的办法。这也是一种表演。

佐久间提着鸟笼走进房间里。

"你的想法我已经听说了。我们想按你的要求去做，你一起来。"铃江站起身，催促着佐久间。

教育部部长和看守跟随着，佐久间跟在铃江的身后走到监舍背后，走到最靠近树木的地方。

"你来放。"铃江说道。

佐久间默默地打开了鸟笼的门。

黄鹂站在鸟笼门口，猛地跃起，停在附近的树枝上，并惶遽地打量了四周后，再次飞起，消失在高高的围墙外。

"现在你放心了吧。"铃江露出了笑脸。

"对不起。这下我放心了。"佐久间露出柔和的眼神鞠躬道。

铃江觉得因为放生了小鸟，佐久间好像重新变得快活了。

缺粮的状况终于好转，4月蔬菜类的统制历经九年被废止，翌月酒类也能自由买卖，啤酒店再度开门营业。包括分配给刑务所的主食在内，鱼类、蔬菜类也增加了，狱卒的录用也在继续，能够保证编制规定的看守人数了。

战争结束后，经常发生在刑务所的事故也绝迹了。府中刑务所也过着有条不紊的太平日子。

艺人的慰问申请很多，在节假日里，一流的浪曲①家、漫谈②家、落语③家等来访，一流的相扑力士们在狱内的土台上比赛相扑。佐久间和犯人们一起观看比赛，鼓掌喝彩。

那时，巢鸭监狱关押着日本的战争罪犯。美国狱警和负责公安的官员等结伴拜访府中刑务所。他们对府中刑务所的管理状况无一例外地赞不绝口，工厂的机械、器具都摆放整齐，对监室和通道都打扫得干干净净连连发出赞叹。

巢鸭监狱的管理人员一旦有高官从美国来日本，为了让他们了解日本刑罚执行部门的实况，就介绍他们到府中刑务所。这已经成了惯例。

---

① 浪曲：日本大众曲艺之一。三味线伴奏，由一个演员以通俗易懂的曲调说唱故事。

② 漫谈：日本大众曲艺之一。单人表演，以滑稽的口吻来讽刺社会、世态。

③ 落语：日本大众曲艺之一。语言滑稽，由小笑话发展而成的日本独特的说话艺术。

夏季过后秋风乍起的时候，铃江受命出差，和矫正保护局局长古桥、刑务协会常务理事泷泽胜司一起视察北海道的刑务所。对铃江来说，他已经很久没有踏入北海道地界了。他想和旧友们围着石狩火锅畅饮一顿。

出发那天早晨，他到办公楼露面，指示部下看家，便径直去上野站，和古桥局长他们一起坐上特快列车。傍晚到达仙台站。列车一驶入站台，副站长像是在等着他们似的跑进车厢。

"府中刑务所的所长在吗？"副站长问。

铃江回答"是我"。

副站长走到他的面前。

"刑务所有紧急事务，我们接到车站打来的电话，说希望你赶紧打电话回去。还要求我们转告，要你马上从这里返回。"

铃江猛地站起身来，心想，是佐久间逃跑了！是在洗澡时还是放风时？自己正在去北海道的途中，要求自己向刑务所紧急联络，还要求立即返回，这表示发生了难以应付的事态。刑务所最担心的就是佐久间越狱，唯一能猜测的，就只能是他真的越狱了。

"是佐久间吧。"古桥也脸色陡变，目光盯视着铃江的脸。铃江对佐久间的宽容，古桥曾表示理解并给予支持，所以佐久间越狱，他也是有责任的。

铃江慌忙从行李架上取下背包。

"我也回去！"古桥说道。

"这是我的职责。局长按预定直接去北海道。详细情况等我的汇报。"铃江赶紧制止道，迅速地下了车。

发车的铃声响起，铃江没有目送着古桥离去，而是立即跟随着副站长走进站长室。用长途电话连接到刑务所需要花费几个小时，所以按站长的劝告用国铁专用电话连接离府中刑务所最近的中央线国分寺站。

铃江喊国分寺站的站长接电话，委托他让刑务所的管理人员赶紧赶到车站，向仙台站的站长室打电话。

放下听筒，铃江感到自己开始站立不稳。自己的处置太乐观了！他感到自责。从解开镣铐开始以情相待，对特殊的刺头佐久间基本上是不切实际的，可说是很拙劣的，是在促使逃跑事故的发生。

铃江感到自己身为所长责任重大。越狱事件会成为巨大的社会问题，会受到社会的猛烈抨击。自己当然会被追究责任，但部下都是按他的指示忠诚执勤，此事甚至会牵连部下受到减薪处分，这使他感到万分愧疚。

他对佐久间顿时火冒三丈。忽视他的越狱经历，允许他干些轻活儿、洗澡、放风，接着让他参加慰问活动，不料他却恩将仇报。他想，绝不能把他当作人来原谅他。

同时，他的内心里却还潜伏着佐久间不应该闹出这种事故来的想法。佐久间在望着他的眼神里开始浮现出温和的目光，情绪在一年内似乎也开始渐渐地稳定下来。可是，要说紧急事态，除了与佐久间有关之外，狱内没有会出事的隐患，肯定是他逃跑了。铃江的头脑里浮现出狱卒们发疯般地四处奔走、警察署的警察们被大量动员起来的情景。他无法静下心来，时而在椅子上坐下，时而又站起身。

过了有三十分钟，电话铃响起，副站长接起听筒后说"是刑务所打来的"。

铃江走上前，一把抓住听筒。

"出了什么事?"铃江劈头便问。

对方是总务课课长，听到铃江的提问，一下子不知道如何回答是好。

"事故，是什么事?"

"没有。没出什么事。狱内极其平稳，没有反常……"

铃江顿时说不出话来。

"不是打紧急电话到这里的车站来，说要我马上返回吗?"

"是的，打过电话。其实是今天接到巢鸭监狱路易斯博士的电话，说美国的重要高级官员要视察刑务所，明天想和所长见个面。我们说你在出差，但视察是在后天，所以路易斯博士提出，希望取得联系把你喊回来……"课长断断续续地说道，话音里隐含着不得不通知旅途中的铃江返回的难堪。

铃江感到浑身的肌肉顿时松垮下来。

"明白了。我马上返回。"

他一放下听筒便瘫坐在椅子上，感到面颊自然松懈了。他在胸膛里嘀咕着：佐久间怎么可能逃跑呢!

他掏出香烟，用火柴点上烟。手指不自觉地颤抖着。

他好不容易才镇定下来，便委托副站长购买上行的夜车车票，接着给青森刑务所打电话。责任性很强的古桥局长应该还在担心着，所以委托刑务所所长去青森的渡轮码头迎接局长，转告他紧急事务与佐久间无关。

他向站长和副站长道谢后走出站长室，提着包走向上行的列车站台。

第二天，铃江回到府中刑务所，接受了盟军总司令部民间情报局公安部执行科科长巴戴德·G.路易斯的访问。路易斯是法律学家，在占领期间是指导、监督日本刑务所的负责人。

路易斯科长的访问目的，据说是因为正在日本的美国陆军副司令托雷西·布利兹翌日要视察日本刑务所的实况，才拜访府中刑务所想打个前站。副司令极其繁忙，视察时间只有二十分钟，为了按分钟确定视察路线，还要彩排一下。

铃江很谅解，和路易斯科长一起制定路线，实地走了一遍。

翌日，在路易斯科长的带领下，以陆军副司令为首的多名高官来到刑务所，铃江沿着预定的路线向他们做介绍。他们对与美国的刑务所不同、看守也不带武器严守执勤纪律，犯人们在收拾得十分整洁的劳务所卖力地干着活儿留下了深刻的印象。

视察结束后，陆军副司令突然说出佐久间的名字。他知道佐久间以前曾四次越狱、现在被关押在府中刑务所。

铃江有问必答，对佐久间从四家刑务所越狱的方法进行了解说，副司令他们饶有兴趣地听着译员的翻译。

"你有信心能防止他从府中逃跑吗？"副司令笑着问道。

"我觉得他恐怕不会逃跑。"铃江答道。

听到铃江的回答，副司令收敛了笑容连连点头。

预定时间超过了三十分钟，他们乘坐着汽车鱼贯驶出府中刑务所的大门。

气温降低，早晨狱内开始下霜了。

佐久间平静地过着日子。

铃江开始考虑作为最后的手段要给佐久间特殊的照顾。囚禁在单人牢房里的犯人即使允许参加劳动，也不会去狱内设置的各种工厂，而是在牢房内做些简单的轻活。可是，铃江考虑让佐久间去工厂内劳动，让他融入普通的犯人群体中去。

估计这一点如果能够做到，关押在其他单人牢房里的犯人们对只允许佐久间一个人这么做会感到不满，出现不稳定的动向。可是，也能够理解为佐久间是个特殊的犯人，特殊的恩典也是刑务所方面下血本对他的感化。

但是，无法预测让佐久间到牢房外参加劳动，是否果真能获得令人满意的结果。在工厂里劳动的人全都是关押在杂居牢房里刑期较短的犯人，刑期结束就能出狱。其中只有佐久间是无期徒刑再加刑十年、三年的人，很难心平气和地目送着犯人陆续出狱离去。铃江担心他对自己不得不留在刑务所里面对死亡的境遇会感到焦虑，从而导致他做出越狱的行为。

然而，铃江觉得即便有令人担忧的因素也值得试一试。无法预测佐久间会做出什么样的反应，但铃江希望继续推行始终贯彻至今的方针。

他拿定了主意，突然想起索性采用一步到位的方法。他心想，如果允许他去工厂干活，干脆让他到伙房里去会怎么样？

让犯人去伙房帮忙，仅限于服刑期已经很长、服刑成绩极佳的囚犯，或是假释日期临近的犯人。因工作关系，自然处在连犯人们牵肠挂肚的食物也能吃得比普通犯人更优越的食物环境里，也就是说，是所有犯人最憧憬的劳动场所。

伙房就有着这样的特点，因此让特殊刺头佐久间那样的犯人去伙房干活，是破天荒的事，完全没有先例。各工厂的大门都上着锁，唯独伙房全都是不用担心会逃跑的犯人在干活，所以不用锁门。而且，在那里劳动的犯人到吃饭时间要把装着食物的容器放在手推车上，分发到各工厂、监区，所以可以广泛了解狱内的情况。也就是说，对企图越狱的犯人来说，到伙房干活也是将逃跑计划付诸实施最合适的劳动场所。

可是，作为佐久间的劳动场所，伙房也具有令人满意的条件。和许多人一起劳动的工厂不同，伙房是个劳动人数不多、有三十来人的地方，佐久间也很少因人际关系和其他人产生摩擦。另外，在伙房内的碾米所劳动要搬米袋，是重体力活，很适合体力格外强壮的佐久间。

铃江暗暗下决心让佐久间去碾米所干活，同时也觉得需要加强伙房的监控态势。以前是一名看守负责监管，他决定再加派优秀的看守部长塚本。就是说增加一个人，提前先让塚本担任伙房的负责人，不让佐久间察觉这个戒备措施是针对他的。

一个月后，铃江告诉管理人员让佐久间出牢房劳动，并请求得到大家的协助。他把佐久间喊到管理部部长办公室。

"你入监以来已经有一年半，服刑成绩也很好。因此我和狱卒商量，最后决定让你去伙房的碾米所劳动。早晨起得很早，结束时间很晚，会很辛苦，想让你从明天起去劳动。行吗?"铃江用若无其事的口吻说道。

佐久间的脸上露出惊讶的表情，神情恍惚地望着铃江。他也深知伙房作为犯人的劳动场所具有什么样的特点，知道那个地方与自己完全没有缘分。他像是怀疑自己的耳朵出了问题似的微微张大着嘴，呆呆地站立着说不出话来。

"行吗?"铃江叮问道。

佐久间默默地点点头，深深地鞠了一躬。抬起头时，他的眼睛里浮现出呆滞的目光。

佐久间跟随看守离开房间。他的脚步有几分蹒跚。

第二天一早，佐久间去碾米所劳动了。那天夜里很晚，看守部长塚本打电话到铃江的机关宿舍做汇报。

他说，早晨伙房里的人看见佐久间来劳动都目瞪口呆，佐久间腼腆得不知所措，可是佐久间搬运米袋时双手一手提一袋，令周围的人张口结舌，他一刻不停地干到夜里，然后回单人牢房了。

铃江知道自己采取的措施看来没有错。

后来塚本继续报告说，佐久间对干活的顺序花了一番心思，提高了效率。铃江也察看了佐久间的劳动状态，但他有意识地避开了，没有走近伙房。

过了有一个月，铃江装作满不在乎的样子走进伙房。佐久间在用铲子将麦子掬到桶里。

"干劲很足啊!"

铃江一打招呼，佐久间回过头来。

铃江感觉到他的脸上掠过一丝惊讶，浮现出亲睦的表情，皮肤也有了光泽，面颊松缓，那是灿烂的笑容。

原本凝聚着阴沉目光的斜视眼睛里也闪烁着光芒。铃江见状不由得眼睛湿润了。他心想，自己的监管方针确实结出了果实。他甚至在想，佐久间恐怕再也不会逃跑了。

铃江转过身去，离开了碾米所。

过了年，生活必需品的统制快速解除，开始允许自由买卖。同时新兴宗教接二连三地出现，色情出版物、展览品等充斥街头巷尾。受到压抑的东西一时间有着决堤失控的气势，犯罪事件也不断发生，它带着反映时代形态的多样性色彩。

6月下旬，朝鲜战争爆发，它给铃江的境况带来了一个变化。

前年的1948年12月下旬，东京法院对七名A级战犯进行处刑以后，盟军总司令部对战犯的管理开始放松，实行假释。接着在朝鲜战争开始的同时，那种倾向出现加快的势头，这只能体现了美国想把日本当作友好国家对待的强烈愿望。

随着战争的爆发，配属巢鸭监狱的美国官兵被大量派往战场，因此盟军总司令部设想将巢鸭监狱移交给日本方面管理，并向法务府发出指令，要将所长以下三百八十九名日本人看守派往巢鸭监狱。

总司令部和法务府之间经过反复协商，任命铃江圭三郎为巢鸭监狱日本国方面第一任所长，兼任府中刑务所所长，8月23日，在府中刑务所讲堂举行了任命仪式。

这次兼任出乎铃江的预料，铃江每天忙得应接不暇。他在巢鸭监狱继续改善服刑人员的待遇，同时又煞费苦心地调整与盟军方面的所长戴维斯上校之间的分歧，自然大多数时间都待在巢鸭监狱里，府中刑务所那边只是每周去一两次。

他惦记着佐久间，每次去刑务所都要审阅有关佐久间的报告，去伙房远远地看着佐久间双手提着米袋搬运的身影，有时也会走上前打个招呼。佐久间一副明亮的眼神，与其他犯人们也已经完全融合了。

铃江利用上午、下午、午饭后的休息时间，以各工厂为单位建立体育联赛式的比赛体系，并在春、秋两季公布比赛成绩决定排位。项目有软式棒球、垒球、网球、台球、相扑等，设法让所有人都能参与。

在相扑项目里，佐久间作为伙房的代表参加比赛。他体力超群，成了狱内引人关注的目标，但他的竞技技巧不如体力那么出众，在联赛中获得的白星①只比别人稍稍领先，与曾在相扑高手手下训练过的犯人比赛中一次也没有赢过。

看见他败下阵瑟缩着身子从土台上下来的身影，铃江下意识中感到一丝放松。

翌年5月，铃江卸去巢鸭监狱长的职务，6月为考察美国的刑罚执行情况预定去美国三个月。

出发那天，各工厂的服刑人员代表随狱卒和他们的家属一起，集中在办公楼前为他送行。佐久间作为伙房的一名代表也在其中，但办公楼地处监舍的高墙外，作为佐久间来说，是囚禁期间第一次踏上

---

① 白星：相扑比赛中在得分表上表示胜利的白色圆形符号。

狱外的土地。从大门口狂奔出去就能逃跑，但已经没有狱卒会对他怀有这样的担忧。

回国后不久，铃江和正在伙房里休息的佐久间交谈。

面对铃江的提问"有没有什么难受的事"，佐久间吞吞吐吐地回答说："出狱的人有的会再次犯罪后重新回到这里来。我听那些人说我'你还在吗'，我就很难受啊。有时也想干脆逃跑吧。"

"为什么没有逃跑呢?如果想逃跑的话，随时都能逃跑啊。"

佐久间歪着脑袋稍稍想了想，微微地笑着答道："我已经累了呀!"

铃江回到所长办公室，反复回味着佐久间说的"累了呀"这句话。从十五年前的 1936 年从青森刑务所越狱开始，共计越狱了四次，反复逃跑、被抓。这需要穷极想象的智力和体力，"累了"这个表现里隐含着真实的感受。他作为人的力量在这期间恐怕已经消耗殆尽。在府中刑务所服刑，也许恰好是这个时期，面对意想不到的境遇，反抗心理变得淡薄，对越狱的执念突然萎缩了。疲劳沉重地压在他的身上，它就变成了"累了"的表现。

佐久间今后恐怕再也不会逃跑了。铃江对此坚信不疑。

佐久间开始过着平静的牢狱生活，是由于自己细心且大胆的处理所致。铃江知道这在狱卒以及上层机关人员之间得到了很高的评价。可是铃江的理解是，把佐久间当作人来看待的磨合确实大获成功，但接受他时恰巧是在他刚开始感到疲惫的时候。铃江还在想，自己之所以能将设定的方针贯彻到底，是靠狱卒严正的执勤和深刻的理解所致。平时与佐久间接触的是他们。是他们的人性化对待，才使佐久间失去了越狱的意志，这是不言而喻的。

同时，作为外部条件，佐久间对北方的刑务所里严酷的寒冷怀有恐惧，对在设施齐全不会暴露在寒冷中的府中刑务所里服刑，怀有一种近似满足的情感，这也是毋庸置疑的。

他想到了佐久间的将来。佐久间已经头发斑白，皮肤也开始有些松弛。四十四岁，显得比真实年龄苍老。

铃江自1947年8月就任府中刑务所所长以来已经有四年多，近期内肯定会接到调动工作的任免书。他考虑在接到调令之前，能不能创造让佐久间从刑务所出去的可能性。

就连无期徒刑的犯人，如果在服刑期间不闹事，入监十年后也可以成为假释的对象被提上议事日程。可是，佐久间屡次越狱，而且因为逃跑罪加刑三年，因为逃跑、伤害致死罪加刑十年，按常识来考虑，就不得不在刑务所里悲惨地度过一生。

可是……铃江心想。这在法律上不能断定说是毫无希望的。原则上第一刑期的执行如果没有终结，就不能移到第二、第三刑期的执行上。佐久间的情况，第一刑期是无期徒刑，所以必须在刑务所里服刑到死。

根据检事的裁夺，如果同意将他与只按无期徒刑服刑的犯人同样处理，虽然半途中由于逃跑而中断了刑罚的执行，但在刑务所内已经过了十多年，所以再有四五年就能接受刑期执行终结的处理。

接着移到十年刑期和三年刑期的执行上，如果分别服刑三分之一，就能采用刑期终结的处理方法，所以佐久间如若度过那段刑期，就能获得临时假释的资格。

铃江心想也许会受到检察方面的阻挠，但他想为佐久间的将来打通一条假释的生路。而且，他去东京地方检察厅拜访检事正马场义续，详细说明佐久间以往的经历和服刑情况，恳请给予照顾，要求停止执行无期徒刑。

马场理解铃江的心情，答应会慎重考虑。

1952 年 3 月，铃江受命调任大阪矫正保护管区区长。

铃江将全体服刑人员集中起来，向他们道别，还特地去单人牢房看望佐久间，语气和蔼地说道："希望你今后还要振作精神……"

"谢谢您的关照。所长也请精神抖擞地工作……"佐久间说道，鞠了一躬。

后任所长是东京矫正保护管区第一部部长本田清一，他答应接管佐久间的假释事宜并继续努力。

铃江以后每次去东京会与后任所长见面，询问佐久间自那以后的情况。听说佐久间与善气迎人的看守们完全融洽，也没有明显的违规言行，作为模范犯人在服刑。

关于佐久间的假释，铃江屡次与所长交换意见，并一起去检察厅求情。

1956 年 2 月，铃江就任东京矫正保护管区区长。1960 年 8 月辞官，做公证人，后成了律师。

他在当公证人期间，听说佐久间于 1961 年 12 月 12 日假释出狱。佐久间，那年五十四岁。

1962 年正月，佐久间提着礼物到千叶县我孙子町的铃江家拜年。以后每到正月，他都必然会去铃江家拜年。铃江有两次勉强婉拒，还把五千元和一万元的纸币作为零用钱给他，佐久间在这上面用铅笔写上所长的姓名，作为护身符带在身上。

他已经没有能称得上是故乡的归宿地，也没有身份保证人，所以寄居在刑务所附近的国分寺町司法保护会，在慈善家大岛金作经营的面包制作所里工作，不久他便离开了保护会。

根据他向铃江说的实话，与其寄身在规矩严格的保护会，他更想过无拘无束的生活，希望寄居在山谷里的简易投宿点，作为按天受雇的劳务工养活自己。

他在山谷里不辞辛苦地劳动着，所以总雇用他的建筑公司执着地劝他进公司，但他想保持自由之身，没有答应。

他每年都在新年里拜访铃江家，说起不幸的少年时代、家人关系，还用饱含着笑意的眼神说起越狱时的往事。那时他还脸色黯淡地透露假释后曾回过一次老家，但很多人都拒绝见他，他只好徒劳地返回东京。他心满意足地吃着铃江妻子做的新年料理，傍晚时恭恭敬敬地道谢后回去了。

他开始衰老，还患上了心脏病，丧失了劳动能力，靠着保护观察所的斡旋，被收容在府中市司法保护会安立园的养老院里。此后病情难以预测，由保护观察所的人员陪伴左右，住进东京都三井纪念医院接受治疗，然后出院。

病情暂时有所缓解，不料却再次恶化，因心肌梗死在三井纪念医院不停地住院、出院，还并发了脑梗塞。

1978 年 12 月 23 日，他到了医院的门诊部，但离诊疗还有一段时间，他便去了浅草的电影院。在看电影时突然感到呼吸困难、痛苦不堪，被急救车送到三井纪念医院。

　　不久，他陷入昏迷状态，翌日凌晨 3 点 45 分去世。解剖结果，判断为心肌梗死、主动脉不全、心功能不全导致的死亡。享年七十一岁。

—— 后记 ——

　　十七年前，我听原警察方面担任要职的朋友说起一个屡次越狱的男子。这个警察方面的朋友，就是小说里的樱井均（化名）先生。越狱的男子，就是我取名为"佐久间清太郎"的人。

　　此后，由于接触到行刑史，这个越狱男子的形象就经常在我眼前晃动。身陷囹圄的他和囚禁他的男人们之间的这种冲突，我以1945年前后的时代为背景来挖掘他们的人际关系，以此为契机也来从另一个角度看待战时和战败。我就是怀着这样的创作冲动来写作的。

　　至于素材的提炼，我将几乎所有的人物都用了化名，出自同样的意愿，我尽量少写协助过我的许多相关者的名字。对那些有关联的人们，和帮助连载这部小说的《世界》编辑部山口一信先生，为出版助一臂之力的岩波书店编辑部清水克郎先生和卜部三郎先生，我衷心地表示感谢。

吉村昭

昭和 58 年（1983 年）初冬

— 日本文库版附记 —

　　这部作品在岩波书店出版单行本以后，我看见在法务省担任要职的友人在法务省有关的小册子上刊登了对我这部作品的评论。文章里充满着善意，但我很留意其中记述佐久间清太郎（化名）死亡情况的段落，说佐久间在浅草的电影院里倒下，被送到急救医院，第二天便咽气了。

　　我赶紧向担任要职的友人联络，想请他告诉我具体的细节，但他回答说因职务关系不能说。

　　此话合情合理，于是我放弃了这个念头，独自进行调查。急救医院是三井纪念医院，此事已不容置疑。我还得知，佐久间在该医院第一次接受治疗是 1974 年 7 月 14 日，当时住了九天，此后有四年多时间在反反复复地住院、出院。

　　关于浅草的电影院，只要查阅一下辖区内消防署的急救车出车记录就能一目了然，但据说那记录于三年前已经上交本厅，向本厅进行了询问，最后没能查出电影院的名字。

　　单行本的最后三行字，在上述调查的基础上，为在日本出版文库本而做了修改。

　　同时，关于官职名称，根据铃木淳一先生的精准指示，做了修改补充。


　　　　　　　　　　　　　　　　　　　　　　　　　吉村昭
　　　　　　　　　　　　　　　　昭和 61 年（1986 年）初冬

—— 参考文献 ——

《战时行刑实录》（矫正协会刊）

《刑务事故研究》（高桥良雄著、矫正协会刊）

《北海道警察史》（北海道警察本部刊）

《青森县警察史》（青森县警察本部刊）

**图书在版编目（CIP）数据**

破狱 /（日）吉村昭著；李重民译 . —北京：北
京联合出版公司，2018.9
ISBN 978-7-5596-2406-2

Ⅰ.①破… Ⅱ.①吉… ②李… Ⅲ.①长篇小说 – 日
本 – 现代 Ⅳ. ① I313.45

中国版本图书馆 CIP 数据核字（2018）第 172087 号

Hagoku by Akira Yoshimura
Copyright © 1983 by Setsuko Yoshimura
First published in Japan in 1983 by Iwanami Shoten, Publishers, Tokyo
Simplified Chinese translation rights arranged with Setsuko Yoshimura
through Japan Foreign-Rights Centre & Bardon-Chinese Media Agency

著作权合同登记 图字：01–2018–4681

**破狱**
作　　者：〔日〕吉村昭
译　　者：李重民
责任编辑：杨　青　高霁月
特约监制：赵　菁　单元皓
装帧设计：唐　旭

北京联合出版公司出版
（北京市西城区德外大街 83 号楼 9 层　100088）
北京嘉业印刷厂印刷　新华书店经销
字数 199 千字　880 毫米 × 1230 毫米　1/32　10 印张
2018 年 9 月第 1 版　2018 年 9 月第 1 次印刷
ISBN 978-7-5596-2406-2
定价：45.00 元

# OWL 猫头鹰

阅读，认识你自己
Lege, temet nosce

| | | |
|---|---|---|
| 001 | 《我生命里的光》 | 中村修二 著，安素 译 |
| 002 | 《当呼吸化为空气》 | 保罗·卡拉尼什 著，何雨珈 译 |
| 003 | 《刀锋》 | 毛姆 著，林步升 译 |
| 004 | 《圣诞男孩》 | 马特·海格 著，马爱农 译 |
| 005 | 《了不起的盖茨比》 | 菲茨杰拉德 著，徐之野 译 |
| 006 | 《为你，耶路撒冷》 | 拉莱·科林斯、多米尼克·拉皮埃尔 著，晏可佳、晏子慧、姚蓓琴 译 |
| 007 | 《街角的奇迹》 | 肯尼迪·欧戴德、杰茜卡·波斯纳 著，王楠 译 |
| 008 | 《你杀不死一只老狐狸》 | 大卫·豪沃思 著，静恩英 译 |
| 009 | 《个人的体验》 | 大江健三郎 著，王中忱 译 |
| 010 | 《树上的时光》 | 韩奈德 著，鲁梦珏 译 |
| 011 | 《彼得·潘》 | 詹姆斯·巴里 著，黄意然 译 |
| 012 | 《长腿叔叔》 | 简·韦伯斯特 著，黄意然 译 |
| 013 | 《津轻》 | 太宰治 著，吴季伦 译 |
| 014 | 《小说灯笼》 | 太宰治 著，陈系美 译 |
| 015 | 《小丑之花》 | 太宰治 著，刘子倩 译 |
| 016 | 《长夜漫漫路迢迢》 | 尤金·奥尼尔 著，乔志高 译 |
| 017 | 《夜莺书店》 | 维罗妮卡·亨利 著，王思宁 译 |
| 018 | 《简·爱》 | 夏洛特·勃朗特 著，陈锦慧 译 |
| 019 | 《乱时候，穷时候》 | 姜淑梅 著 |
| 020 | 《野性的呼唤》 | 杰克·伦敦 著，杨耐冬 译 |
| 021 | 《寻找更明亮的天空》 | 古尔瓦力·帕萨雷、娜德纳·古力 著，吴超 译 |
| 022 | 《荒野求生手册》 | 贝尔·格里尔斯 著，李瑷良 译 |
| 023 | 《善心女神》 | 乔纳森·利特尔 著，蔡孟贞 译 |
| 024 | 《越过一山，又是一山》 | 特雷西·基德尔 著，钱基莲 译 |
| 025 | 《寂静的春天》 | 雷切尔·卡森 著，黄中宪 译 |
| 026 | 《超越人类》 | 伊芙·赫洛尔德 著，欧阳昱 译 |
| 027 | 《无人岛生存十六人》 | 须川邦彦 著，陈娴若 译 |
| 028 | 《圣诞女孩》 | 马特·海格 著，鲁梦珏 译 |
| 029 | 《伤心咖啡馆之歌》 | 卡森·麦卡勒斯 著，赵丕慧 译 |
| 030 | 《心是孤独的猎手》 | 卡森·麦卡勒斯 著，赵文伟 译 |
| 031 | 《权力之路》 | 罗伯特·A.卡洛 著，何雨珈 译 |
| 032 | 《海的那一边》 | 梅丽莎·弗莱明 著，小庄 译 |
| 033 | 《了不起的身体重启术》 | 崎田美菜 著，田中千哉 监制，单元皓 译 |
| 034 | 《宅人瑜伽》 | 崎田美菜 著，福永伴子 监制，单元皓 译 |
| 035 | 《夜行》 | 森见登美彦 著，单元皓 译 |
| 036 | 《不抓狂人生指南》 | 艾米丽·雷诺兹 著，何雨珈 译 |
| 037 | 《荒野之狼》 | 赫尔曼·黑塞 著，阙旭玲 译 |